天啓

ハンセン病歌人明石海人の誕生

松岡秀明

短歌研究社

目次

装幀　岡　孝治
写真　sweet fingertip / PIXTA

天啓――ハンセン病歌人明石海人の誕生

一、海人の作品は、架蔵の『白描』（改造社、一九四〇　第三十五版）、『海人全集』（皓星社、一九九三）、「愛生」（長島愛生園所蔵のもの）、『復刻版　愛生』（不二出版、二〇二一）に拠っている。

二、原則として漢字は新字体に改めたが、仮名遣いに変更はない。

プロローグ　「癩歌人」としての明石海人

ベストセラーとなった『白描』

明石海人（一九〇一～一九三九）は、一九二六年春に癩と診断され一九三二年に岡山県の国立らい療養所長島愛生園に入ってから本格的に短歌に取り組んだ人物である（現在「癩」や「らい」は用いられないが、本書では当時の文脈でこの言葉が用いられている場合はそのまま用いることとする）。海人は一九三五年一月に「水甕」に参加するが、八月には前川佐美雄（一九〇三～一九九〇）率いる「日本歌人」に転じている。病勢は容赦なく進み、一九三六年秋に失明、一九三八年十一月には気管切開を受ける。一九三九年二月二十三日生前唯一の歌集『白描』が改造社から出版されるが、その年の六月九日に亡くなっている。

出版されるとすぐ『白描』は歌壇だけでなく文壇でも高く評価され、二万五千部が売れた。この歌集の出版に尽力したのは、次節で紹介する長島愛生園の医師で歌人の内田守（一九〇〇～一九八二）である。内田は『日の本の癩者に生れて』（第二書房、一九五六）に「個人の歌集で短時日にこんなに売れたのは出版界でも空前のことで、啄木、牧水らと比して劣っていないという評判」だったと記している。日中戦争下の時局を鑑みれば、歌集としては異例な売れ行きである。『白描』がベストセラーになったことを受け、改造社はただちにその年の八月に『海人遺稿』を出版する。初版は六千部だった。改造社はさらに一九四一年の一月と三月に『明石海人全集』の上巻と下巻をそれぞれ出し、合わせて一万部が売れたという。

しかし、一九四一年十二月の太平洋戦争の開始から敗戦にいたる社会の大きな変動もあり、海人が注目されたのは『白描』出版後の数年間である。戦後いくつかの文学全集や短歌全集に海人の短歌が収められたものの、海人は長い間半ば忘れられていたと言ってもあながち誤りではないだろう。たとえば、木俣修（一九〇六〜一九八三）『昭和短歌史』の再版（明治書院、一九六四）には、「癩短歌」についての記述は全く見当たらず人名索引にも「明石海人」の名はなく、年表に「白猫《ママ》」（海人）と現われるに過ぎない。

一九七八年、内田守が編集した『明石海人全歌集』が短歌新聞選書の一冊として出版されるが、これは画期的な出来事だった。というのは、一九四一年の改造社版『明石海人全集』上・下二巻以降海人の短歌はまとまった形で出版されていなかったからである。一九八〇年には、筑摩書房版『現代短歌全集』第八巻に『白描』が収められるにいたる。この巻の入っている歌集全体についての解説は塚本邦雄（一九二〇〜二〇〇五）が書いている。第七章で紹介するように、塚本は『白描』の「第二部　翳」を非常に高く評価していたにもかかわらず、この解説では「昭和十五年」に焦点を合わせたためかその前年に出た『白描』には一言も触れていない。

『白描』はさらに一九九〇年に、『昭和文学全集　第三十五巻　昭和詩歌集』（小学館）に収められる。ちなみに、同巻にはやはりハンセン病患者である伊藤保（一九一三〜一九六三）の歌集『仰日』（第二書房、一九五一）も入っているが、この二つの歌集を収録するにあたっては、小学館の編集部に在籍していた篠弘（一九三三〜）が尽力したという。一九九三年には、上・下巻と海人の追悼記や海人論とともに詳細な年譜を収めた別巻の計三冊の『海人全集』（皓星社）が刊行されている。

海人論に眼を転じよう。『白描』は出版されると大きくジャーナリズムに取り上げられたこともあり、さまざまな評論や記事が書かれた。当時の海人の受容についてはエピローグを見ていただくとして、以下戦後の海人論を示す。

短歌関係の雑誌に掲載された海人だけを対象とした評論に、一九五一年の鹿児島寿蔵（一八九八〜一九八二）「明石海人の歌」（『日本短歌』九月号）、一九八三年の篠弘「ハンゼン氏病歌人の原点――明石海人――」（『国文学　解釈と鑑賞』七月号）、一九八六年の三枝昻之（一九四四〜）「同時代短歌の連鎖　近代から現代まで　明35生から明39生まで」（『短歌研究』七月号）、一九九六年の吉本隆明（一九二四〜二〇一二）「明石海人の場合1、2」（『写生の物語』講談社、二〇〇〇）があり、それぞれ貴重な見解が示されている。また、前述の塚本邦雄も何度か論評している（『短歌』一九六四年四月号に掲載された「短歌考幻学」など）。

一方、佐佐木幸綱（一九三八〜）や篠弘らが参加した一九九四年の「短歌」誌上の「『昭和』短歌を読みなおす」という連続座談会の一回として、三月号で渡辺直己（一九〇八〜一九三九）とともに海人が取り上げられており、岡野弘彦（一九二四〜）のこの座談会での発言をエピローグで紹介する。

二〇〇〇年以降の海人、そしてハンセン病文芸

二〇一二年に、岩波文庫の一冊として民俗学者の村井紀（一九四五〜）が編集し示唆に富む解説を付した『明石海人歌集』が出た。そして二〇一六年に刊行された池澤夏樹（一九四五〜）個人編

集の全三十巻の『日本文学全集』（河出書房新社）の第二十九巻『近現代詩歌』のなかに、海人の短歌が収められる。詩、短歌、俳句を収めたこの巻で詩を選んだのは池澤だが、短歌は穂村弘（一九六二〜）が担当し五十人の歌人を選んでいる。そのなかの一人が明石海人なのである。またこの年には、海人の評伝の決定版とも言うべき荒波力（一九五一〜）の『幾世の底より　評伝・明石海人』（白水社、二〇一六）も出ている。

海人は再び知られるようになってきたといってよいだろう。いや、『白描』出版から数年間の明石海人ブームでは、海人は歌人としてよりも癩者の生を語る者として注目されていたのかもしれない。そうだとすれば、近年海人はようやく一人の傑出した歌人として広く評価されようとしているということになるだろう。

だが、本書の主たる目的は海人の全体像を捉えることではなく、癩患者としての人生を詠んだ歌集『白描』の「第一部　白描」の歌を、その背景を検証しながらていねいに読んでいくこと、そしてなぜこの歌集がベストセラーになったのかを考えることだ。

『白描』から五首を引いてみる。

雲母《きらら》ひかる大学病院の門を出でて癩《かたゐ》の我の何処《いづく》に行けとか
みめぐみは言はまくかしこ日の本の癩者と生《あ》れてわれ悔ゆるなし
世の中のいちばん不幸な人間より幾人目位にならむ我儕《われら》か
蒼空のこんなにあをい倖をみんな跣足で跳びだせ跳びだせ
シルレア紀の地層は杳《とほ》きそのかみを海の蠍《さそり》の我も棲みけむ

歌を作っていた期間が十年に満たないにしては、歌のつくりも内容もずいぶん幅があるなと感じられる読者も少なくないのではないか。この幅こそが、海人を一筋縄ではいかない歌人にしているのである。掲出歌を順にみていこう。

一首め。大学病院で癩と診断された時の驚き、落胆を示す。古くから知られているこの病気は、一八七三年に病原菌のらい菌を発見したノルウェーの医師アルマウェル・ハンセン（一八四一～一九一二）に因んで現在はハンセン病（かつてはハンゼン病とも）と呼ばれている。顔や手足に症状が現われることがあり、外見からこの病気を患っていると分かることが少なくなかった。

一九四三年にアメリカで特効薬のプロミンが開発されるまで、有効な治療法は存在しなかった。この薬が日本で使われるようになったのは一九四七年からで、それまでは不治の病いとされてきたのである。『白描』出版当時、癩や乞丐（かたい、かったい）などと呼ばれていたこの病気は「国辱病」（後述）や「天刑病」（第一章参照）ともされ、患者に対する差別は著しく癩になることは社会から放逐されることを意味していた。結句の「何処《いづく》に行けとか」は、患者には居場所がないという状況を表している。

二首めと三首めでは歌の内容が大きく異なる。二首めは、日本で「癩者」（癩患者）に生まれたことに悔いはないと歌う。それに対して、三首めには強い自己憐憫が示される。四首めと五首めは、三首めまでとトーンを異にする。『白描』は二部構成となっていて、一首めから三首めは「第一部　白描」、四首めと五首めは「第二部　翳」から引いている。当時海人といえば「癩歌人」とされており、実際病気についての歌は多い。しかし、「日本歌人」の影響が指摘される短歌も少なくない。この二首は、そうした歌が収められている「第二部　翳」から選んだ。四首め。空が変わりゆくさまを詠んだ六首からなる「天」と題された一連のなかの一首である。空がこんなにも青い、そのことだけで幸せを感じようと歌う。

五首めは海人の代表歌のひとつ。出身地の沼津にある千本浜公園には海人の歌碑が三基建っているが、そのうちの一つに刻まれている歌である。ウミサソリは海中に棲息した節足動物で約四億年前のシルレア紀に栄えた。異形の生物に自らを重ね合わせ、輪廻思想を感じさせる。

＊　＊　＊

ハンセン病患者の文芸全般に目を向けると、二〇〇二年から二〇一〇年にかけて彼らの文芸作品全般を取り上げた『ハンセン病文学全集』全十巻が皓星社から出版された。二〇一一年には、荒井裕樹（一九八〇〜）が日本文学研究者として初めて癩患者の文芸全体を捉えた著作『隔離の文学―ハンセン病療養所の自己表現史』（書肆アルス）を上梓している。

さて、『ハンセン病文学全集』で短歌を収める第八巻（二〇〇六）は、癩患者や元患者の一九二六年から二〇〇一年までの個人歌集と合同歌集一八五冊から選んだ千二百人の短歌二万首を収めている。『ハンセン病文学全集』で短詩型文学の第六巻と第七巻（「詩」一、二）、第八巻（「短歌」）、第九巻（「俳句・川柳」）を編集した大岡信（一九三一〜二〇一七）は、「作品の質からしても、すぐれた作品が実にたくさんあって、少し不謹慎な言い方かもしれないが、宝の山をさえ思わせる」とこの全集のパンフレットに記している。たしかに、第八巻に収められている短歌を読み進めていくと無名の人々のすぐれた歌に出会うことができて、大岡の指摘は当を得ていると言えるだろう。

この宝の山に分け入ってすぐれた歌を見つけだすことは、意義深いことである。しかしそれは本書が目指すところではない。ただ、『白描』を読みはじめる前に、このプロローグと続く序章で、海人の先達を何人か紹介しておきたい。そうすることによって、『白描』の独自性がよりはっきりすると考えるからである。また、冒頭に示した海人の五首のうちの一首「みめぐみは言はまくかしこ日の本の癩者と生《あ》れてわれ悔ゆるなし」という歌の背景についても説明しておきたい。

「癩短歌」の黎明

九州療養所の二冊の合同歌集

癩の患者に短歌を指導した者のなかで、最も重要な人物である内田守について簡単に紹介しておこう。

内田守は、一九二四年に現在の熊本大学医学部を卒業し、一九四六年までの二十三年間に三つのハンセン病診療施設に勤務した医師である。内田は、ハンセン病の患者たちに短歌を詠むことを奨励し自ら指導にあたった。歌人としては内田守人《もりと》の名で「水甕」に所属し、『一本の道』（日本文芸社、一九六二）、『続一本の道』（短歌研究社、一九七〇）、『わが実存』（短歌研究社、一九七四）の三冊の歌集をのこしている。内田は本名の守とペンネームの守人を使い分けているが、これまで通り内田守で統一する。

内田は、ハンセン病患者や囚人に短歌の指導を行ない彼等の短歌を世に出した。島田尺草（一九〇四～一九三八　島田については「序章」で取り上げる）や明石海人の歌集や、長島愛生園の医師小川正子の歌文集『小島の春』の出版に尽力した。そして、ハンセン病の歌人についての多くの評論を書いた。内田は「癩短歌」というジャンルの成立に大きな役割を果たしたのである。

海人と内田の関係は折にふれて示していくことにして、まず内田に師事した熊本の九州療養所の患者たちの短歌を収めて九州療養所が出した『檜の影』第一集（一九二六）と第二集（一九二九）を取り上げてみたい。第一集は短歌と俳句を収めた合同句歌集で、第二集は短歌だけの合同歌集となっている。

第一集と第二集の短歌を、（一）叙景歌、（二）望郷の歌（故郷の家族の歌も含む）、（三）病気についての歌、（四）その他の歌、の四つに分けてみる。まず、叙景の歌から見ていこう。

水汲めば井底につきし釣瓶音朝の檜山にこだましにけり　柴田芳酬（第一集）
塀外の石ころ道を此の夜ふけ馬車はわだちの音立てて行く　水原　隆（第二集）
柵外を砲車曳き行く兵隊の帽子の星の光る朝かも　村上芳人（第二集）

九州療養所は、高原の檜の森のなかにあった。一首めに現われる「檜山」は、その自然環境をさす。二首めは、療養所を外部と隔てる壁の向こうを通る馬車の歌である。この二首から、静寂につつまれた療養所が浮かび上がる。一方、軍隊が詠まれている三首めは別の光景を示す。塀ではなく柵が療養所を外界から区切っていた所もあったのだろう。ある朝その柵越しに砲車を曳いていく兵士たちが見えて、その帽子の五芒星の光に焦点を合わせた歌である。二首めと三首めに、療養所の内と外の意識を読み取るのは穿った解釈だろうか。

では、望郷の歌にはどのようなものがあるだろうか。

棲みつかぬ心かなしもいつまでも思ひ忘れぬ故郷の町　　野津原すすむ（第一集）
この夜らを河鹿鳴くらむ故郷の山国川の川床にして　　岡　静枝（第二集）
離れ来て十年相見ぬははそはの母のみ腰のいやくぐむらむ　　金丸幽逸（第二集）

一首めは作者の望郷の念を直截に詠んだものだが、いつまでも療養所に親しめない患者も当然いたことだろう。二首めは、河鹿が鳴いているだろうと思うことで山国川の川床の故郷が具体性を持つ。三首め。患者たちは激しく差別されていたため、一旦療養施設に入ると一時的にでも故郷を訪れることは容易ではなかった。同じ作者の別の歌で作者の母は菜を売って得た僅かばかりの金を送ってきたことが分かるが、これは十年会っていない母の腰はずいぶん曲がっているだろうと思いやる歌である。

叙景歌や望郷の歌にもまして、三つめのカテゴリーとした病気についての歌が読む者に強い印象を与えるのではないか。これは当時の読者も現代の読者も変わりないだろう。長い経過をたどる癩のさまざまな重篤な症状が、歌に詠まれている。

松葉《つ》杖《ゑ》つきてたたずみ居れば友は来て洗面の水を汲みてくれたり　　安枝柏葉（第一集）
足どりのひとりびとりに異なれる足わづらひし患者行き交ふ　　小池かず（第一集）
しほらしき妹が手紙の幼な文字に曲がりし指の伸びしやとあり　　同

癩は慢性炎症性疾患で、その症状として自覚症状のない多様な皮疹、知覚麻痺を主とする末梢神経障害がある。炎症が知覚神経だけに起こっている場合は、知覚が鈍麻したり麻痺するだけで運動麻痺は起こらない。しかし、それが運動神経にも及ぶと運動麻痺、さらには筋萎縮をきたす。その結果として、手足の変形が起こることがある。特効薬のプロミンが一九四七年に日本で用いられるようになる以前には、皮膚の変化、神経障害による顔や手足の変形、神経の麻痺から瞼が閉じなくなりその結果失明に至る場合も少なからずあった。

引用した歌に表されているのは、足の運動障害や指の変形である。一首めには、杖をつく患者をいたわる別の患者が描かれている。二首め。文化人類学の一部門である医療人類学の研究者のなかには、病気（sickness）は、一般の人たちが理解し、感じている病気の概念や経験の「病い」（illness）と、医療の専門家が下す診断の「疾病」（disease）から形成されていると考える者があるが、筆者もその一人である。「病気」について歌を詠む場合、一人の人間としての主観的な体験が重要な意味を持つ。癩が足に障害をきたす場合でも、症状の現われ方は個々人で異なる。この歌は、そのことを「足どりのひとりびとりに異なれる」と的確にとらえている。

明石海人も失明しそれにかんする短歌も残しているが、海人の先達はこの困難な体験についてどんな歌を詠んだか。

御会式の燈籠の俳句読みきかす眼あきの友に我は添ひけり　　政本鬼山（第一集）

見えぬ眼に夢見る時のたぬしさや夢見ぬ朝はもの足らなくに　　岡　静枝（第二集）

一首めの御会式《おえしき》は、日蓮の命日十月十三日に日蓮宗系の寺で行なわれる法要である。光を失っている作者の横には友がいて、御会式の燈籠を詠んだ句を読み聞かせてくれる。『檜の影』第一集の内田守の序文によれば、一九〇九年開設の九州療養所では一九一五年くらいから句会が定期的に開かれており、あるいはそこに出した句かもしれない。二首めは夢の歌である。失明している作者でも夢のなかでは見ることができるという切ない歌である。

では、なぜ患者たちは自らの病気について歌を詠んだのだろうか。もちろん、症状の辛さや運命の残酷さを嘆く、といった感情が自然に短歌になることはある。しかし、九州療養所では、病気について歌を詠むことが勧められていた。

内田守は、患者に「精神的甦生の道」を説き短歌を指導していた。『島田尺草全集』（長崎書店、一九三九）巻末の内田守の解題「尺草の人と歌」によれば、内田は「歌は自分の懺悔に等しいものであるから、自ら病患を回避することなく、之に直面することこそ最良の克服法である」と患者たちに教えたとある。内田は次のように続ける。

病者の一般は自分の病気に触れることを極度に恐れてゐたが、私は病患を題材となし、正面から克服せなければ駄目であると強調した。

海人の『白描』「第一部　白描」のほとんどの歌が、このような「病患を題材」とした短歌だが、それは内田の方針に従った結果なのである。「序章」では、療養所の外の読者に向けて最初の癩歌人として歌集を出した島田尺草の歌を読んでいく。しかし、その前に先に引いた海人の「みめぐみ」の歌について触れておきたい。

貞明皇后の「み恵」

『白描』「第一部　白描」に「恵の日に」という二首一連があり、次の歌がある。

みめぐみは言はまくかしこ日の本の癩者と生《あ》れて我悔ゆるなし

恵みを与える者は大正天皇の妃で当時皇太后となっていた貞明皇后（一八八四〜一九五一）、受ける者は癩患者である。貞明皇后に感謝を表している点、そして「我悔ゆるなし」と断言している点で、癩の発病から末期までを経時的に構成した『白描』の「第一部　白描」にあって、この歌は異色である。この節では、大きな政治的影響力を持つことになった癩患者を思いやる貞明皇后の短歌、皇族とその関係者たちの癩についての短歌、そして海人をはじめとする患者たちの貞明皇后に感謝の意を表した短歌を見ていきたい。

日本で最初の癩にかかわる法律「癩予防ニ関スル件」が成立したのは、一九〇七年三月である。それに先立って、一九〇五年にイギリス人の聖公会女性宣教師ハンナ・リデル（一八五五〜一九三二）が、大隈重信（一八三八〜一九二二）を訪れ癩についての意見書を渡している。一八九〇年に来日し一八九五年に熊本に癩療養施設の回春病院を設立したリデルは、日本の初期の癩医療と政策に大きな影響力を持った人物である。意見書のなかで、リデルは癩患者を多数有することは、国家が必要とする愛国者の多数を失うと指摘している。つまり、癩患者は国家が必要とする人々にあらず、ということになる。この病気が国辱病と呼ばれたのは、こうした考えに基づく。

貞明皇后は癩に関心を持っており、一九一五年彼女を宮中に召してリデルの回春病院に御手許金《おてもときん》（皇族の私有財産）を下賜し、一九一七年にも援助を行なっている。また、一九二四年には静岡県のカトリック系の療養所である神山復生病院に金一封、六十八名の患者に対して縞の反物と裏地を与えてもいる。

一九三〇年十一月十日、貞明皇后は「救癩」のために二十四万八千円の御手許金を下賜した。この援助は、それ以後の日本の癩についての政策において画期的な意味を持つ。後に長島愛生園に移る医師で歌人の内田守が勤務していた熊本の公立療養施設九州療養所の患者だった島田尺草は、下賜の直後に次のような歌を詠んでいる。

大御心

畏くも皇太后陛下には我等癩患者を哀れにおぼしめされ
昭和五年十一月十日御下賜金を賜ふ

醜《しこ》の身も生きながらへて畏《かしこ》しやけふの御沙汰に逢ひにけるかも

下賜された御手許金のうち十万円と財界からの寄付金等々をもとに、内務大臣の安達謙蔵（一八六四〜一九四八）と実業家渋沢栄一（一八四〇〜一九三一）らが一九三一年一月十四日に癩予防協会を設立する。この協会は、一九三二年に貞明皇后の誕生日六月二十五日を「癩予防デー」、十一月十日を「恩賜記念日」（後に「みめぐみの日」）としたのだった。癩予防協会は、その後各地で癩患者に療養所へ入ることを促す「無癩県運動」を推進していく。

大宮御所での歌会

一九三二年十一月十日、貞明皇后は大宮御所（現在赤坂御所となっている場所にあった）で歌会を開いた。兼題は「癩患者を慰めて」である。御所の歌会でこのような題が選ばれたことに驚いた者も少なくなかったのではないか。この歌会に出詠した貞明皇后をはじめとする八人の皇族と四十七人の関係者合わせて五十五人、癩患者という社会から疎外された存在にも心を配っているのだと表明しているのである。癩患者と短歌の関係を考える際に、この歌会はこの点で非常に重要な出来事である。

この歌会のすべての出詠歌は、癩予防協会が作成したパンフレット『大宮御所御歌会兼題詠歌写』に収められている。兼題の「癩患者を慰めて」が記されている頁の次に現われるのは、歌会の主宰者貞明皇后の歌である。

皇太后宮御歌

つれづれの友となりても慰めよ行くことかたきわれにかはりて

歌の意味するところは、行きたくても行くことができない私の代わりに患者の友となって手持ち無沙汰な彼らを慰めよ、というものである。この歌は癩患者の隔離を推進した「救癩運動」で頻繁に引用されるようになり、癩にかかわる医療のなかで大きな意味を持つようになっていった。それは隔離する側である医療従事者や政策担当者、隔離される側の患者を問わない。

貞明皇后の「つれづれの」の歌は、各地の癩療養施設に広められた。一九三三年二月まで宮内次官（現在の宮内庁長官）を務めた関谷貞三郎（一八七五～一九五〇）は、『皇太后陛下の御仁慈と癩予防事業』（癩予防協会、一九三五）というパンフレットのなかで、次のように述べている。

此の御歌は其の後御歌所の入江子爵が謹書致しまして、先刻申しました官公私立の療養所に掲げる事になりまして、患者には悉く其の御歌を奉戴せしめたのであります。

歌による返礼

実際に、貞明皇后の短歌を奉戴させる式典が行なわれた。先に紹介した九州療養所の島田尺草は、一九三三年に「大御心」という題の五首一連を作っている。その詞書と一首を引く。

皇太后陛下には我等患者に深く心を用ひさせられ先年は御下賜金を賜ひ
昭和七年十一月十日再び御歌を賜ふ畏き極みなり一月七日の拝受式に列席して

有難き御歌思ひつつ常床の埃りはたけりやまひ癒ゆがに

尺草のように、貞明皇后に歌で感謝を表した癩患者たちがいたのである。隅青鳥《すみせいちょう》（一八九五～

一九三六）は、次のように詠んだ（『隅青鳥歌集』、日本ＭＴＬ――キリスト教系の「救癩」団体、一九三七）。

皇太后陛下の「癩患者を慰めて」と題する御歌を拝し奉りて
九重の雲より洩るるみ光に照らさるる身や病嘆かじ

詞書と歌から、一九三三年一月七日に御歌の「拝受式」なるものが行なわれ、隅は貞明皇后に深い感謝の意を表している。
内田守は「癩短歌の昔と今」（「短歌研究」一九三八年九月号）で、貞明皇后がこの歌を「御下賜遊ばされたので、患者の感激は言語に絶し、一般人士の救癩精神を鼓舞」したとする。この「患者の感激」は、癩予防協会がこの歌の下賜五周年を記念し、全国から募集した奉答歌と職員の奉答歌、すなわち「病人みとり人らの感激を新にしてよみ出でつる歌の数々」を集めて一九三七年に出した歌集『楓の落葉』のなかに見て取ることができる。この歌集の巻頭を飾るのが、冒頭に引いた海人のこの歌なのである。

みめぐみは言はまくかしこ日の本の癩者に生《あ》れて我悔ゆるなし

海人は、貞明皇后の「みめぐみ」のもとでの癩の患者としての自分を肯定する。それは、「日の本」でこの病気にかかわる医師ら医療従事者の行なっていることの肯定、最終的には隔離政策の肯定につながっているのである。つまり、この歌は公的な場に登場する前提のもとに詠まれたものなのである。

＊　＊　＊

前川佐美雄にあてた手紙に、海人は『白描』について次のように記している。「歌集とは云っても一種のプロパガンダに過ぎないのですから致し方ありません。」たしかに『白描』の「第一部白描」は、癩患者の生を世間に広く知ってもらおうとするプロパガンダとも読める。それを踏まえつつ、序章の後に『白描』を読んでいこう。

序章　島田尺草——海人の先達

短歌を導きとして

最初の「癩歌人」

「水甕」の同人で熊本の公立の癩療養施設だった九州療養所（一九〇九年開設、現在は国立療養所菊池恵楓園）に薬剤師として勤務していた小塚龍生（生没年不詳）は、この療養所で一九三八年二月二十三日に亡くなった島田尺草を悼んで、「水甕」の同年四月号に次のように書いている。

全国三百の癩歌人中に最も重要なる役割を演じて来た島田尺草君はつひに歿した。日頃好んでゐた櫟の花のあの優美な垂れ花がにほふ春も待たずに。

プロローグで紹介したように、九州療養所の癩患者たちの短歌をまとめて同療養所から出された『檜の影』第一集（一九二六）と第二集（一九二九）は、療養所の中だけでなく外でも読まれた。一九二九年以降癩患者たちが単独の歌集を出すようになったが、海人の『白描』以前に療養所の外で最も注目されたのは島田尺草（一九〇四～一九三八）である。

この歌集は、短歌結社の水甕社が出版した最初の癩患者の歌集であり再版も出ているという二つの点で画期的である。尺草が「全国三百の癩歌人中に最も重要なる役割を演じて来た」と小塚が記しているのは、そのためだ。

尺草は、『一握の藁』（一九三三）と『櫟の花』（一九三七）の二冊の歌集を水甕社から出し、没後の一九三九年には長崎書店が『島田尺草全集』（以下、全集）を出版している。尺草の師である内田守は、『全集』巻頭の「編者の言葉」のなかで、「北條民雄、明石海人の二天才」と比較すると、尺草は「才気とぼしく天才的な感じが少いのは否めない」としている。たしかにその通りだろう。しかし、尺草の歌を読むことで当時の癩患者の療養所での生を知ることができる。また、尺草と海人を短歌や生き方において比較することで、海人の特質が明確にもなる。この序章で、海人より先に「癩歌人」として世に出た尺草を取り上げるのは、こうした理由による。

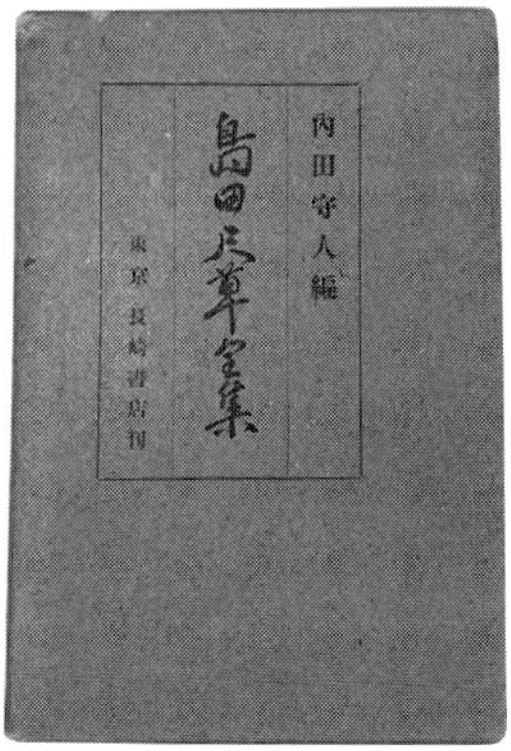

『島田尺草全集』（箱）
1939年10月1日刊
長崎書店はキリスト教系の出版社だが、ハンセン病関係の本も多く出した。

尺草の足跡

島田尺草の本名は大島数馬で、一九〇四年に福岡県嘉穂郡に生まれた。一九一九年に十六歳で発病し故郷を出て薬を求め各地を放浪した後、一九二四年十一月に九州療養所（前頁参照）に入所する。医師になったばかりの内田守が、この年の四月から勤務していた施設である。以下、冒頭で紹介した二冊の歌集と『全集』に収められている尺草の短歌や散文および内田ら関係者の文に拠って尺草の足跡をたどってみよう。

『一握の藁』のあとがき「一握の藁を求めつつ」で、尺草は「最後の避難所を療養所に求めた」と書いている。九州療養所は、「檜の森にかこまれた静寂な天地」だったが、しばらくすると「無味乾燥で生きた屍の集団に他ならない療養所の生活」が「死の宣告にも勝るもの」だと感じるようになる。

そんな時に出会ったのが短歌だった。内田はすでに歌会を立ち上げて患者たちに短歌を指導しており、尺草はそこに参加し歌を詠みはじめた。一九二六年の五月からは、所内の文芸回覧誌「黒土」の編集に携わっており、文芸への関心が高まっていったことが見て取れる。

ただ、歌を始めてしばらくはあまり熱心ではなかったようだ。一九二六年八月、前回紹介した患者たちの合同句歌集『檜の影』第一集が内田の尽力によって出版された。この句歌集には、一九二四年から一九二六年までの患者四十五名の短歌二百六十首が収められているが、尺草の作は大島草夫名義の二首にすぎない。一首引く。

春雨の降る度ごとに窓に伸ぶ柳に暗く文読みにけり

『全集』の解題「尺草の人と歌」（以下、「解題」）で、内田守はこれを「稍天分的豊かさの見える歌」としているが、「後日の大成などは夢想だにし得なかつた」と記している。

「解題」によれば、尺草が熱心に歌を作るようになったのは発病してから七年を過ぎ目が悪くなりかけてきた一九二七年からだが、当時は癩患者の十～二十パーセントは失明者で、「発病後十年――十五年を経過すると、多くの人が眼を侵されて来る」という状態だったという。そう遠くない将来に光を失うことがはっきりして、尺草は内田の忠実な弟子として歌の道を歩み始めたのである。

一九二八年に内田は「水甕」同人となったが、尺草はこの年の六月に「水甕」に入る。一九二九年十二月に九州療養所が出した『檜の影』第二集には、本名の大島数馬名義で八十六首も掲載された。この合同歌集は療養所の外でも話題となり、評が新聞に載った。大島数馬が九州療養所にいる、つまり癩だということが知られたため兄と妹が抗議し、これ以来内田が付けた島田尺草の筆名を使うことになる。一九三〇年一月に「水甕」主宰の尾上柴舟《おのえさいしゅう》（一八六七～一九五七）の選となり、八月には後に「水甕」を主宰することになる松田常憲（一八九五～一九五三）が九州療養所を訪れている。

一九三三年は、尺草にさまざまな出来事が起こった一年である。一月に「水甕」の准同人に推薦されたのも束の間、二月についに失明してしまう。しかし、六月二十五日には尺草の第一歌集『一握の藁』が水甕社から出版される。この六月二十五日はプロローグでとりあげた癩行政に大きな影響力を持った貞明皇后の誕生日で、前年の一九三二年に「癩予防デー」とされた。『一握の藁』については、後で詳しく紹介する。

光を失った尺草を、さらに過酷な運命が待ちかまえていた。翌一九三四年十二月、病気が進行して呼吸困難となり、内田が手術して呼吸管を通して息をすることになる。声が出なくなったため、布団の上に指を押し付けて字を書き、付き添いがそれを写し取るという方法で歌を詠んだ。一九三六年一月には、内田がそこで海人と出会うことになる岡山の愛生園へ異動となる。内田は尺草が困窮しており「水甕」の会費を払うこともままならないことを知り援助した。

一九三七年一月、尺草は「水甕」同人に推薦されている。この年の会費は、冒頭に紹介した尺草の追悼文を書いた小塚龍生が支払っている。両手の皮膚の病変が悪化し包帯を巻くことを余儀なくされたため、尺草は布団に字を書くこともできなくなった。そのため、かろうじて出る小さな声を付き添いに聞きとってもらい歌を作った。十二月には、内田が取り計らって「水甕」から出した第二歌集『櫟の花』が届き、冒頭で引用した小塚の文によれば「もう死んでもいゝ、何も思ひ残すことはなき」と言ったとされる。一九三八年二月二十三日、尺草は櫟の花が咲くのを待たずに亡くなった。その直後、「短歌研究」三月号に「癩歌人」として初めて短歌八首が掲載され、四月には改造社が出版した『新万葉集』第四巻に九首が収録された。先述のように、一九三九年には内田が編集した『島田尺草全集』が長崎書店から出ている。

風景との交感

プロローグで、『檜の影』第一集と第二集の短歌を、(一) 叙景歌、(二) 望郷の歌および故郷の家族の歌、(三) 病気についての歌、(四) その他の歌、の四つに分けて紹介したが、尺草の歌もこの分類によって見ていきたい。

まず、叙景の歌から見ていこう。編年体を採る『全集』は、一九二七年から始まっている。「黒石原の春」(八首一連)、「夏より秋へ」(十五首一連)、「高原の冬」(六首一連) あわせて二十九首である。そのほとんどが叙景歌で、尺草の出発点は叙景にあったことが分かる。「黒石原の春」は、詞書に「吾が療院は東に阿蘇を望み鬱蒼たる檜林と櫟林に囲まれて閑寂限りなき高原にあり」と記されている。

桃の花散りたまりたる庭隈《にはくま》に蜥蜴《とかげ》出で来てはや去りにけり

「夏より秋へ」には、左のような歌がある。

筍の皮を落してつやつやしき明るき山に入りて来にけり
七夕の竹にそそげる雨の音昼の寝覚めに我は聞き居り
接穂《つぎほ》せし柿の新芽の二葉のみ大きくなりて夏たけにけり

そして「高原の冬」には、

障子戸のにはかに明るくなりにつつ外《と》の面《も》の雪の解くるけはひす

といった歌がある。「解題」で、内田守は「夏より秋へ」で引いた右の三首について、「之等の伸びのびした自然観賞の歌には、宿命を負つてゐる病者とは思はれない程の明るさがある」と記している。さらに、『全集』の「約半数は自然観賞の歌」であり「勝れた叙景歌」が多いとも評している。ちなみに、亡くなる日に詠んだ歌は、

山茶花をひと本を庭に植ゑしより雨の音にも心和ぐ日のあり

で、尺草の短歌の特質である自然との交感が表されている。

遠い故郷

内田守が「解題」で「彼には多くの家族があつた。善良なる彼はよく家族の事を思ひだして歌にしてゐる」と指摘している通り、尺草は家族についても多くの歌をのこしている。

一九二八年の歌に「隠家」と題された五首一連がある。詞書には、「昭和三年の暮に一時帰省を許され往時の隠家を訪ぬ」とあり、尺草が家族のもとを離れ隠棲していた家を訪れた際の歌と思われる。

朝な朝な我がたのしみし山茶花の庭木も人に掘り去られゐし

寂寥感が漂う歌である。この一連には家族についての歌はなく、荒れ果てたかつての住まいや川の水の音が詠まれているばかりなのだ。当時の癩患者への差別を鑑みれば、実家の近くまで行きながらも家族のことを思ってあえて会わなかったのではないか。そうだとすれば、たいへん切ない一連である。後には、次のような歌を詠んでいる。

かくれ家に住める思ひのいまもありて心ひらけぬ日を過し来ぬ　「療院生活八年」一九三一

療院にかくれすみつつ吾が病うちあけむ日もなくてすぐしき　「義兄の死」一九三四

歌の師や友を得ても、尺草は、家族から切り離され隠れて生きているという思いを心から完全に拭い去ることはできなかったのだ。

一九二八年作の「家郷を想ふ」の一連には、故郷の家族が登場する。「家郷を想ふ」は、「たらちねの母よ」（三首）、「末妹逝く」（六首）、「次妹嫁ぐ話あり」（三首）、「父を祝ひて」（六首）のあわせて十八首からなる。それぞれ一首を引く。

ははそはの質屋通ひもなれたりと言ひませし言未だ忘れず　「たらちねの母よ」

故郷に泣きます母の御姿の眼に見え来つつ尚しかなしも　「末妹逝く」

人のいむ病の兄を持つ故に嫁ぎ行くにも心せまからむ　「次妹嫁ぐ話あり」

これの世に逢ふよしもなき父なれど居ますと思へば心強しも　「父を祝ひて」

二首めは、末妹の死を母が悲しんでいることを想う歌である。これまでに何度か記したように、当時癩患者は激しい差別を受けていた。身内に患者が出ると、患者の家族はそれを隠した。もし世間に知られれば、家族も差別され結婚もままならなくなった。三首めの「心せまからむ」は、次妹の心情を慮ったものである。一九三六年作には「療院に吾が病むを秘め嫁ぎゆきて便りを断ちし姉妹三人」があり、その後尺草の身に起こった病気がもたらした家族の断絶が読みとれる。

四首めは、この年に還暦を迎えた父に向けた歌である。現世では会えないだろうと思っていた父だが、「年譜」によれば翌一九二九年に療養所を訪れ尺草と面会している。尺草にとっては幸運な出来事だったと言えるだろう。

それ以降の家族についての一連として、次のものがある。祖父の死去（「祖父逝く」一九二九）、父の七年ぶりの面会（「父」一九二九）、母の八年ぶりの面会（「母」一九三〇）、結核を患っていたが小康を得て数年たった妹（「妹」一九三二）、尺草の病気のため四十を過ぎて独身の兄と、まだ結婚していない妹（「はらから」一九三二）、八年ぶりに面会に来た妹（「妹来る」一九三二）、故郷の家族（「家郷を思ふ」一九三三）、今月は仕送りができないという手紙を書いてきた婚期を逸しつつある妹（「妹の手紙」一九三三）、義兄が亡くなったため三人の子を連れ実家に戻った姉（「義兄の死」一九三四）。「家郷を思ふ」から三首引く。

妹の別れにくれし紅ばらは夜汽車のなかにしるく匂ひし
病める眼に障ると思へ仮名書の母への文はせめて書きたき
病ゆゑ心に深く秘め居つつ願ふともなき恋なりしかも

はじめの二首は追想の歌で、病気のために家から出ていく時と、すでに目がかなり悪くなっていた頃を詠んでおり解説は不要だろう。三首めは、いずれも叶えられない故郷を思う気持ちと恋心（「解題」によれば、尺草には愛する人がいたものの、結婚はできなかったという）が詠み込まれている。

短歌の意味

病いを見つめるための短歌

前節で読んだ家族に会えないつらさ、そして癩という自分の病気のために家族が経験するつらさを詠んだ尺草の歌も切ないが、自らの病気の歌はさらに胸に迫る。癩文芸のなかに感傷主義、すなわち感情——なかでも悲嘆——を重視した表現を見て取ったのは、木下杢太郎すなわち皮膚科医として癩研究も行なっていた東京帝国大学医学部教授太田正雄（一八八五〜一九四五）だが、海人の歌の感傷については後の章で何度か指摘するとともにエピローグで論じるとして、自らの病気についての尺草の歌をみていくことにしよう。

一九二八年の作に、「病患に直面して」という題の五首一連がある。一連全体に対する詞書として、「歌は懺悔なれば自ら忌避せず病患に直面することこそ最良の克服法なりと教へられる」とある。『全集』の「解題」に、内田はこう教えたのは自分だと書いている。

我が病幾年ひめて来しものをあらはに言へば淋しかりけり
秘めて居し我の病も歌の上にはいつはらずけり豈くいめやも
眼を病める友にしあればひそかにもむしんの手紙我にたのめり

当時の癩患者は、自分や家族に対する差別を避けるため病気を隠していた。自分が癩患者であることを公にするには、患者としての人生を引き受けるという決断をしなければならなかった。一首めを詠んだ時尺草はすでに九州療養所に入っていたので、追想の抒情歌である。「淋しかりけり」は直截に過ぎるかもしれないが、その時の作者の感情が伝わってくる。二首めの「豈くいめやも」は、自分の病気を忌み嫌わないという決意表明で、そこには内田の教えに従って運命を引き受ける尺草がいる。

三首め。癩で眼を病む者は多かった。尺草も後に失明するが、この時はまだ眼を侵されてはいなかった。療養施設の患者は、自分の家族の所在を他の患者に知られるのを怖れていた。どこからか情報が漏れ、自分が癩で療養施設にいることが外部の人に知られると、家族に累が及ぶからだ。だから、眼が悪くなっていた友人は、信頼できる尺草に頼んで金の無心の手紙を――おそらく親族にだろう――書いてもらっているのである。「ひそかにも」と「むしんの手紙」とが相乗効果をなしてわびしさを際立たせている。

一九三二年から、病いについての連作が増えるが、一九三一年の最後の連作「療院生活八年」(三首一連)に、

注射もせず薬ものまずなりはてし心荒びのしるきを思ふ

という歌がある。効果の期待できない治療を受けなくなっていたこと、そして最早自分はよくならない、いや悪くなる一方だという現実に心がひどく荒んでいると捉えている。この歌には諦観とそれを見つめる客観があり、内田の言う懺悔としての歌と読むことができる。

存在証明としての短歌

すでに書いたように、尺草が失明したのは一九三三年二月である。『全集』の「年譜」には、一九三一年二月に「病やうやく眼を侵し初む」とあるが、眼についての最初の短歌は一九三二年春の「眼を病みて　その一」という十二首からなる連作である。

読み書きも出来ずなりつついまははた何し慰めむ我の心は
視力うするるこの寂しさや現身の命もながく願はざるべし
窓外の櫻の花の見ゆる朝はうれしくなりて茶をのみにけり
明暗の境さまよひ日を経ればただに心のとがりゆくなり

一首めと二首めには、遠からずやってくる失明の恐怖が現われている。三首めと四首め。徐々に視力が失われていく過程で、見え方がよかったり悪かったりする不安定な視力に心は落ちつかず、うれしくなったりするかと思えば悲嘆にくれる。また時には攻撃的となり、運命に対して怒りをぶつける。「心のとがりゆくなり」という表現は、どこにぶつけたらいいか分からない怒りを的確に表している。

「解題」で、内田は「多くの病者は『癩の宣告を受けた時より失明する時の方が多く悲観する』と云ふ」と書いている。目が悪くなり一九三三年二月失明にいたる経過を、歌で追うことができる。

「眼を病みて　その一」の後、病いにかかわる一九三二年作の一連には、「病みつきて　その一」

（十三首）、「不自由室」（五首）、「病みつきて　その二」（六首）、「病みつきて　その三」（十八首）がある。「不自由室」とは主に目の不自由な患者たちを集めた部屋で、症状の軽い患者たちが重い者の世話をすることになっている。

昭和七年七月十七日不自由室に入る
いまは体弱りて余命いくばくもなき思ひしきりなり

うつそ身のなべてを終る心地しつつ不自由室に送られて来し
身のはてを思ひ臥れるこの部屋の窓辺に咲ける立藤の花
庭先の芙蓉の花にあたる日を見つつしづけし朝の心は

視力低下のため、ついに一人では日常生活が困難になった尺草の心は揺れている。立藤や芙蓉の花に心和ませるかと思えば、自分はこれまでと悲観する。

「病みつきて　その三」に次の歌がある。

いまは病重りて五官完全に働き得るものなし

何ものもうばはれゆきてはてはてはいかにかならむ我の体か

「解題」での内田の癩による五官の障害についての言及を要約すると、次のようになる。四肢の麻痺と感覚のゆっくりとした消失、鼻の潰瘍と閉塞による嗅覚障害、さまざまな視覚障害（失明にいたることあり）、末期に起こる味覚障害。聴覚の障害は最も遅い。詞書の「五官完全に働き得るものなし」は、程度の差はあれ尺草の五官はすべて侵されていたことを示している。

一九三三年六月二十五日に尺草の第一歌集『一握の藁』が出版されるが、それについては次の節に譲り、病いについての歌を見ていく。この一九三三年作の「眼を病みて　その二」（十首）、「病み重りつゝ」（四首）を読むと、尺草がより深刻な状態になっていったことが分かる。冬に詠まれた十首一連「眼を病みて　その二」は、失明後の作と思われる。

現身の視力かへらずこの春は花さへ我にそむく思ひす
背負はれて医師に通ふ今朝の道に散りて匂へる白梅の花
眼の望み今は盡きつつそなへゐし歌書の数々手ばなす我は

花を擬人化した一首め。既に書いたように尺草は自然を愛していた。しかし、光を失った今自分を愛でてくれた春の花さえも自分に背くように思われるのである。二首め。嗅覚はまだそれほど侵されていなかったのだろう。友人の背で白梅の匂いを感じている尺草が目に浮かぶ。三首め。歌を詠む者にとって、歌集や歌論を読めなくなるということがどれほどつらいことか。しかし、尺草は歌を捨てなかった。「年譜」によれば、尺草は失明後も、僅かに残った手先の感覚を頼りに用紙一面に一首を探り書きして歌を作り続けた。あたかも自らの存在を証明するかのように歌を詠む尺草の姿に、鬼気迫るものを感じるのは筆者だけではあるまい。

内田は「解題」で、次のように論じている。

（松岡補足：尺草の）失明生活は七年間であり、歌が上手になつたのは失明してからである。読み書きが出来なくなつてから短歌が上手になるなんて、一寸変であるが、短歌と云ふものは要するに精神力であり腹の力であると云ふことが彼に於て証明されると思ふ。

失明しても強い精神力があれば歌がうまくなれる。内田にとって、自らのこんな考えを体現している尺草は理想的な患者だったのである。

死を超越して

失明した尺草に「癩者に取りて最も恐るべき咽頭狭窄の苦難はひそかに忍び寄つてゐたのである」と、内田は「解題」に書いている。呼吸が困難になった場合は、喉仏の下で気管を切開し金属製の呼吸管を挿入する。正常の発声は不可能となり、かすかな声が出るだけとなる。内田によれば、この気管切開を受けるのは「最も重症な人で全患者の二――四％位で、其の大部分が失明を兼ねてゐるので、其の予後の困難は常人の想像以上」という。

「年譜」によれば、尺草は一九三四年十二月八日、呼吸困難となり内田守が気管切開を行なった。一九三五年冬の「咽頭の切開手術を受けて」八首から二首を引く。

切り口の痛みうすらぎうつつにし思ひかへれば故郷恋しき

赤彦の歌道小見を聞きつつ

病室の夜の静けさに歌道小見読みもらふ声ひくくしたのめり

二首めの詞書に見える「歌道小見」は、一九二四年にアララギ叢書第十六篇として岩波書店から出た島木赤彦（一八七六〜一九二六）の『歌道小見』だろう。驚くのは、気管切開を受けてからそう長くたっていない尺草が、友に歌書を読んでもらっているという点である。『歌道小見』の「はしがき」には、「歌の道は、人情自然の道であって、万人共通の大道にあるべきである」と記されているが、この短歌の捉え方は尺草と彼を指導した内田に通じている。

一九三六年の病気にかんする連作には、「闘病賦　其の一」（十三首）、「闘病賦　其の二」（十四首）、「気管切開室に移る」（十四首）がある。「解題」で内田は、「『咽喉切り三年』とは癩院の成語である」と書いている。気管切開を受けた者はおおよそ三年で死亡するという意味だが、なんという冷酷な言葉だろうか。事実、一九三四年十二月に咽頭切開を受けた尺草は、およそ三年三か月後の一九三八年二月に亡くなっているのである。

この手術によって患者は声を失うだけでない。寒いときは、冷たい空気が直接気管に入るため、気管や気管支が炎症を起こし痰が出やすくなる。一九三六年の十三首からなる「闘病賦　其の一」は冬から春にかけて詠まれたもので、その二首めは次の歌である。

胸のなかに痰の灼きつく雪の日は心ゆるして眠ることもなき

一月十六日、呼吸状態が悪化し尺草は重体となる。「寒中我が咽喉の病悪化し生死の境を彷徨すること五十日余二月に入りて暖気漸く加はれば蘇生の思ひあり」という長い詞書がある五首めは、「臥床の上にたまれる落皮掃きおとしふたたび臥る春の寒きに」となっている。

「闘病賦　其の二」六首の詞書に「四月十一日暫し絶息して意識不明となれり」とあるように、尺草は再び重体となり「呼吸絶えてありししばしの虚しさの心に沁みて去りがてぬかも」と詠んだ。しかし、この一連には次のような落ちついた歌もある。

此の春は見る眼はなれて櫟散る夕べをひとり門までは来つ

一九三七年十二月に出た尺草の第二歌集『櫟の花』の「序」で、「水甕」主宰の松田常憲は次のように述べている。

病勢の募るにつれて君の歌には一層の寂しい影をやどすとともに、ゆとりのある諦めに似た法悦の世界がひらけてきた。生死の境を超越して恐れず、亡んでゆく肉体をじつと眺めうる様な悟入とでもいふべき境地にまで達した。

掲出歌は、このような境地を示すものではないだろうか。

九州の歌人たち（故人に限る）のアンソロジー『九州の歌人』（現代短歌社、二〇一八）に、尺草の短歌が収められている。尺草の解説を書いているのは黒瀬珂瀾（一九七七～）で、「癩歌人」という枠組みについて次のように指摘する。

> 病の進行を直視し、生の在り方を見つめ続けるという「癩歌人」の像を、特定の歌人に対して多くの読者は期待してきた。

たしかに、島田尺草や明石海人は「癩歌人」として捉えられることが多かった。というのも、近代短歌においては作者のアイデンティティとその短歌は不可分とされてきたからだ。つまり、短歌の読み手は作者の名前と歌をセットにして鑑賞してきた。彼らの場合、読み手はなによりもまず癩の患者であることを意識して短歌を読んできたのである。

これまで、尺草の歌を（一）叙景歌、（二）望郷の歌および故郷の家族の歌、（三）病気についての歌に分けて見てきた。これ以外に、人とのかかわりを詠んだ数多くの短歌がある。そのなかには、さまざまな権威とのかかわりを知ることができる歌があり、次節ではそれらが詠まれた状況を検討することを通して当時の癩短歌をめぐる社会的な力を考えてみたい。

人と人の間で

同病の友に

内田守が、「解題」で「交友と云ふことが彼の生活の重要なる部門であつた証左である」と評しているように、尺草には人とのかかわりを詠んだ歌が多く、それらを読んでいくことにしたい。

まず、尺草には九州療養所の患者について詠んだ歌が多くある。また、尺草は「非常に多く人に感謝する歌を作つてゐる」と内田が指摘しているとおり、尺草は療養所の職員、そして療養所を訪れた人、さらには貞明皇后に感謝を示す歌を詠んでいる。

患者を詠んだ歌からみていこう。尺草の歌に現われる「友」とは、九州療養所の患者をさす。患者ではあるが比較的元気な友を詠んだ歌を二首あげる。

友が打つ輪替《わがへ》の音は小春日のぬくとき軒に響き渡るも　「黒石原の春」一九二七

友の背に負はれて帰る道すがら芝生は下りて我が歩みけり　「病みつきて　その二」一九三二

看取《みとり》の友遊びにやりて独りわが臥れば春の昼はながしも　「眼の手術を受く」一九三四

二首めを詠んだ時、尺草の眼はかなり悪くなっていた。さらに体調も悪かったのだろう。友の手に導かれるのではなく、背負われている尺草がいる。三首め。すでに失明した尺草を別の患者が世話していた。その看取の患者がしばらく不在で、周りに人がいなくなったわびしさが伝わってくる。

しかし、尺草の歌ではこうした元気な友よりも亡くなった友への挽歌の方がずっと多く、歌を作るようになってから間もない一九二七年にすでに次の作がある。

みまかりし友の遺稿を写し居る夏の浅夜を雨降り出でぬ　「夏より秋へ」

そして、一九二八年の七首一連「病患に直面して」のなかには次の一首がある。

同室の友逝く

病む故に家をたたみて此処をしもつひの住家と定めませしか

当時の癩患者をとりまく状況を考えると、九州療養所の患者のほとんどはそこで亡くなったと思われる。遺族が遺骨を引き取らない場合も少なくなかっただろう。そうした場合、遺骨は院内の納骨塔に収められた。一九三二年の「納骨塔」五首一連から最初の一首を引く。詞書の「奥津城」は、ここでは単に墓の意味で用いられている。

病院にて命終りしはらからの霊を祀る奥津城は松の間にあり

納骨塔の昼のしじまにひとり来てぬかづき居れば松葉降る音

松林の静けさのなかで、骨となっても故郷に帰ることができなかった死者を一人弔う尺草の姿が浮かびあがる。

歌友への挽歌

尺草が残した多くの挽歌のなかから、歌の友へのものを見ていきたい。

歌友水原君逝く

友の骨甕にをさめて帰り来る山路は寒き雨となりけり　「立秋のころ」一九三四

歌友上村正雄君急逝す君も水甕の準同人に挙げられしことあり

友を葬る鐘きこゆれば病室の寝台の上に眼をつぶりたり　「春は訪へれど」一九三五

一首めの「水原君」は、プロローグで紹介した『檜の影』第二集に寄せた歌から一首引いた水原隆である。「水甕」から「アララギ」に移り、一九三四年に三十六歳で亡くなっている。二首めの上村正雄は、やはり『檜の影』第二集に歌が載っている。

一九三六年には僧侶だった歌友を失う。「闘病賦　其の一」のなかの「古賀法山兄を悼む」三首のうちの二首を紹介したい。

すこやけき頃の法衣のましろきを療院に在りて君は着たりき

療院に万葉古義をそろへ置きて逝きたる君は忘られざらむ

古賀もまた『檜の影』第二集に歌が入っており、「水甕」に属していた。一首めで、古賀はかつて僧侶だったことが分かるが、たしかに「法を捨て家をも捨てし吾身はも此の療院の廊下行き来す」という歌を詠んでいる。二首めに出てくる「万葉古義」は、鹿持雅澄《かもちまさずみ》（一七九一〜一八五八）の著書『万葉集古義』だろう。近世の万葉集研究の最後を飾る一四一冊で一八四四年頃までに成立したとみられる。一八九一年に宮内省版が出ており、古賀法山が持っていたのはこの版と思われる。

療養所でこの大著を読んでいる者があったことには驚かざるを得ない。多くの歌友に恵まれ、尺草は生きる糧として歌を詠み続けたのである。

尺草の挽歌の白眉は、一九三〇年の「石川孝君を悼む」九首一連である。詞書には「檜の影の俊才として知られ己の肉を抉ぐるが如く迫る君の歌は我等に教ふる処多かりき」とある。石川孝（一九〇六～一九三〇）は、一九二三年に九州療養所へ入り、一九二四年から内田守のもとで短歌を詠みはじめ、失明、気管切開をへて、一九二九年に土屋文明（一八九〇～一九九〇）が率いていた「アララギ」に入っている。九州療養所の患者たちの合同歌集『檜の影』の第一集と第二集には、石川のすぐれた短歌が数多く収められている。一首だけ挽歌を引く。

吾が胸に打ち込む如し今朝逝きし友の棺に打つ釘の音

（『檜の影』第二集）

その石川は、一九三〇年四月、「櫻の花の窓をうちて散る日」（詞書より）に亡くなってしまう。「石川孝君を悼む」には、次のような歌がある。

病院にありと知らると誇りたる我等の孝逝けば寂しゑ
あかあかと友を焼く火の燃ゆる夜の山路は寒し雪ふみ帰る
友を焼く煙の匂ひうら悲し日暮れて山を我が帰り来ぬ

ライバルを失った尺草の悲しみが伝わってくる歌といえよう。

師としての内田守

九州療養所所長河村正之（一八七八〜一九三三）は、一九〇九年四月から一九三三年七月に急逝するまで二十五年の長きに亘って所長を務めた医師で、尺草は河村について数首をのこしている。九三三年七月河村は阿蘇の温泉逗留中に急逝したが、尺草は「河村所長を哭す」という題で四首詠んでいる。二首を引く。

救癩のけはしき道をひたすすみけだしや安き日はなかりけむ

郷里柳河に帰りたまふ御遺骨を送る

柳河の古き家居にかへりますすみ骨送ると門までは来つ

さらに、河村が一九三二年に医学博士号を授与された折、尺草は「河村所長を祝す」という題の長歌一首と反歌二首を詠んでいる。尺草が所長に阿っていたとは思えず、心から尊敬をしていたと考えられる。

九州療養所の職員のなかで尺草が最も信頼し敬意を払っていたのは、しかし、内田守である。一九二八年の「斯の道に楽しみつつ」は、「内田守人先生に捧げて」六首、「黒木傳松氏を迎ふ」二首の合わせて八首からなる。「斯」とは短歌を示す。また、プロローグに記したように「内田守人」は内田守が短歌にかかわる場合に用いたペンネームだが、本書では内田守で統一している。この連作を読むと、作歌を始めてから二年に満たない尺草にとって、短歌がどれほど大切なものになっていたかがはっきりと伝わってくる。黒木は療養所の職員ではなく訪問した歌人なので後にして、内田についての歌から見ていこう。

尺草にとって内田は、医師としての権威と歌人としての権威の両方を体現した人物だった。この連作で内田に捧げた歌には次のようなものがあり、尺草の内田への感謝や敬意が示されている。

手を取りて教へ給へばいささかのなげかひごとはわが言ひ難し
ストーブの焼けほてりしを囲みつつ師と語り居る今朝は嬉しも
はらからの歌集あますとわが大人《うし》の尊き言葉今日ききにけり
永らへる命思へば世を頼み君を頼みて歌を学べり

二首めには、冬のとあるストーブを囲んで短歌談義に花を咲かせる内田と患者、そしてそれを嬉しく思う尺草の姿が描写されている。三首めの「はらからの歌集」とは、内田が編集し一九二九年に九州療養所から出版された『檜の影』第二集だろう。この『檜の影』第二集は第一集以上に療養所の外で評判となった。

尺草は、その後も折に触れて内田について歌を詠んでいる。先に書いたように、長島愛生園に異動のため、内田は一九三二年一月二十一日に九州療養所を去る。「闘病賦　其の一」のなかに、そのことを詠んだ歌が二首ある。

内田先生の御栄転を送る
寝台車にねかされながら先生に別れにいゆく長き廊下を

別れとぞ吾が手を堅く握りませし一月二十一日忘れがたからむ

尺草の第二歌集『櫟の花』（水甕社、一九三七）の跋で、内田は「私は可成り多くの癩歌人と関係がありますが、その内で此の島田君と一番因縁が深いやうです」としている。そしてさらに、次のように書いている。

熊本を去るに臨んで、君の包帯に巻き太つてゐる手を打ち振つて、別れを告げたのでありますが、君は呼吸管を押さへて口の方から空気が出るやうにし、小さな声で「又御逢ひする日まで必ず生き延びてゐます。」と云つてくれたのでした。

尺草はこの約束を守った。同じ年の二月に内田は郷里の熊本を訪れるが、その際九州療養所にもやって来て尺草と会っている。同じ「闘病賦　其の一」のなかに次の三首がある。

内田先生御来訪

先生の尋ね来ます日まで耐へてあらむ苦しき喉や昼夜となく
再は逢ひがたからむ先生の前に言はむとしつつ声のかするる
先生の帰りゆきたまふ靴音の何時までも聞ゆながき廊下に

尺草がいかに内田を慕っていたかが伝わってくる。内田もまた尺草を高く評価していた。「解題」

で内田は次のように書いている。

尺草は私の狭い交友中実に稀に見る人格者であり、病者として実に敬仰するに足る人物であつた。温和ではあつたが決して卑屈ではなかつた。常識が円満であり、私の仕事をよく理解して援けてくれたが、決して盲従したのではなかつた。

『島田尺草全集』に載っている文章だから、尺草について悪く書くはずはない。しかし、これまで読んできた尺草の歌や内田の文から考えると二人は互いに信頼し合っていたと考えていいだろう。

『一握の藁』をめぐって

さて、尺草の最初の歌集『一握の藁』を検討してみたい。この歌集は、一九三三年六月二十五日に名古屋の水甕社から刊行された。六月二十五日は貞明皇后の誕生日で、一九三二年から「癩予防デー」とされており、この日にちなんで出版されたのである。『一握の藁』には、「水甕」の重鎮が序歌や序を寄せており、結社の期待の大きさが窺われる。

序歌を寄せているのは、尾上柴舟と石井直三郎である。尾上柴舟は、一九一四年「水甕」設立時の主幹である。柴舟は文学者で、自ら詩や短歌をつくり叙景歌運動を推し進めた。書も一流で、一九三七年には書家として芸術院会員となっている。柴舟が寄せた自筆の序歌一首が、口絵に収められている。

これにのみ生きの命をまかすらん君のちからの歌にし見ゆる（次頁写真）

尺草が歌に命をかけていることが作品に如実に表れている、と評価するこの柴舟の自筆の歌に尺草はよほど感激したようで、一九三三年の八首一連「歌集一握の藁上梓」のなかに次の歌がある。

尾上柴舟先生の御自筆の序歌を頂く
み情けの水茎のあとをたどりつつ涙にくもる瞳ぬぐふかも

「水茎」とは筆で、「水甕」の主宰から贈られた直筆の歌に尺草は感涙にむせんでいるのである。序歌を寄せたもう一人の石井直三郎（一八九〇〜一九三六）は「水甕」設立当時のメンバーで、当時八高教授を務めていた。序歌は次の二首である。

寂しさのそのはてにして至りえしたふときものを我はかなしむ
光りつつとほくつづける一筋の路あり君はい行きやまずも

尺草は短歌を「道」として生きがいにしているのだ、と石井が考えていたことがはっきり示されている。

尺草の「歌集一握の藁上梓」に戻って、最後から二首を引く。

出版記念祝賀会

むらぎもの心かたむけしこの道に命我が得し心地するかも

この道に手を引き給ふ先生のみかげ安らかに吾が守り来し　内田先生に

「むらぎもの」の歌に、石井がみた尺草と尺草の自己認識、つまり短歌という道を進んでいく姿が重なっていることが示されている。そして、この道の先達は、内田守なのである。

熊本医大教授の生化学者加藤七三（一八九一～一九四七）は、『一握の藁』の跋に次のように記している。

作歌の様な文芸の道が一本通じて癩患者が世間の人々と往来しうることは、実に患者の喜びであらう事は、その人々の隔離生活を度々訪問する私には実によくわかる（後略）。

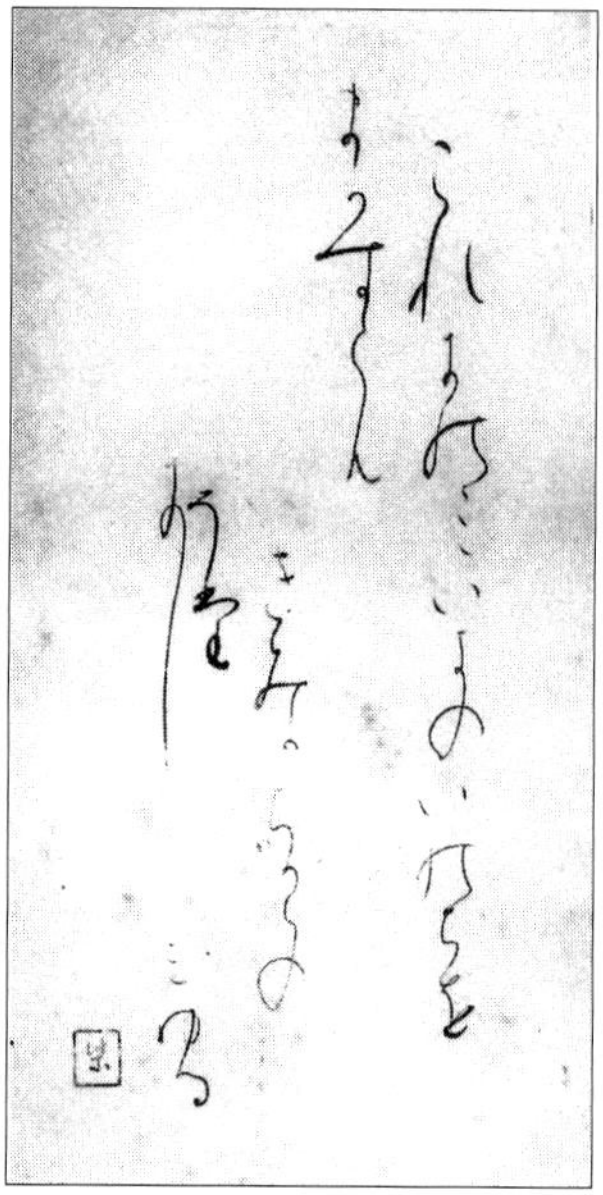

柴舟自筆の『一握の藁』の序歌

「癩患者が世間の人々と往来しうること」のなかで、尺草にとって最も重要だったのは思いもよらぬ皇室の対応だったろう。一九三四年の「侍医山川先生」は、『一握の藁』と皇室の關係を示す三首一連である。詞書も含めすべて引く。

侍医山川先生

拙著一握の藁の一読をたまはりし大宮御所の侍医山川一郎先生より御所より拝領の御茶菓に添へて数々の御見舞品を送らる

送られし菓子の包に手もふれず幾時かものを思ひつづけし

大宮をかしこみ思ひいただくにつつましきかも今朝の心は

先生の御配慮にて拙著一握の藁怖れ多くも大奥に非公式ながら献上の光栄に浴すと漏れ承り感激措くところを知らず

喜びを告げまく思ふ吾が父のいまさざる世は寂しかりけり

山川一郎（一八八二〜一九六九）は、一九二二年から大正天皇の侍医を務めた東大医学部卒の内科医で、一九二六年の天皇崩御後は皇太后すなわち貞明皇后の侍医を一九五一年に彼女が亡くなるまで務めた。山川は「心の花」の歌人で、佐佐木幸綱氏のご教示によれば佐佐木信綱の主治医でもあった。歌集に『秩父嶺』（竹柏会、一九五九）がある。この歌集の四十三頁に、一九三五年作の次の歌が載っている。

つきぞめの鐘のひゞきをかしこみてよみがへるがにきゝけむ病人
み恵みの鐘の音

この鐘は、明石海人がいた長島愛生園の丘の頂にある鐘で、何度か紹介した貞明皇后の歌が刻まれている。

山川は『一握の藁』を読み、感動したに違いない。そして、貞明皇后の大宮御所にこの癩患者の歌集を献上したのだろう。詞書に「御所より拝領の御茶菓」とあることから、御所がそれを受領したことが知られる。さらには、貞明皇后が『一握の藁』を読んだ可能性も浮かびあがる。

尺草の歌に戻ろう。一首め。貞明皇后の侍医から「御所より拝領の御茶菓」が贈られてきたことに、驚きつつも喜んでいる尺草がいる。自らを「醜《しこ》」と卑下する尺草が、自分の歌が貞明皇后の眼にふれたかも知れないという喜びをどれほど父に伝えたかっただろうか。しかし、その父はすでにこの世の人ではなかったことが三首めから分かる。

第一章　発病

錯綜する感情――診断から診察室を出るまで

巻頭歌の衝撃

　これからいよいよ『白描』を読んでいくわけだが、まずこの歌集の特殊な構成を指摘しておきたい。『白描』は、「第一部　白描」と「第二部　翳」に分かれているが、第一部と第二部では、形式が異なっている。

「第一部　白描」では、五十六頁の写真のように奇数の頁の真中にあたかも章のタイトルのように題が印刷されている。その頁をめくると、偶数の頁の冒頭に連作のタイトルが記され短歌が始まる。つまり、奇数頁の題は章を示しているような働きをしている。そこで、今後は連作を束ねる奇数頁の題のようなものを、〈診断〉のように〈　〉に入れ、連作の題は「診断の日」のように「　」に入れて示すことにする。この形式は「第二部　翳」では踏襲されず、写真のように歌集の一般的な形式で連作のタイトルが示されている。

　さて、『白描』に最初に現われるのは〈診断〉で、「診断の日」（二十三首）、「その後」（四首）、

「家を棄てて」（十首）、あわせて三十七首からなる。〈診断〉の歌の多くは「短歌研究」一九三八年四月号に掲載された「癩」（五十首）が初出である。

「診断の日」の第一首、つまり巻頭の歌は次のとおりである。

病名を癩と聞きつつ暫しは己が上とも覚えず
医師の眼の穏《おだ》しきを趁《お》ふ窓の空消え光りつつ花の散り交ふ

まず、詞書について書いておきたい。短歌における詞書は、一般的にその短歌が詠まれた背景を明確にするが、『白描』では詞書に重要な情報が含まれている場合が少なくない。そこで、詞書は省略しないこととする。さらに、海人は詞書の使い方がたいへん巧みであり、詞書と歌が相乗効果を上げている場合がしばしばあり、その点にも留意して詞書も読んでいきたい。

歌に戻ろう。海人は癩と診断した医師の穏やかな目を見るのだが、医師は目をそらしていく。海人がその目を追っていくと、窓から見える空に行き当たる。窓からは外で桜の花びらが明滅しながら散り交っているのが見える。

時間的・空間的な展開が過不足なく詠まれている。また、「目」ではなく「眼」を用いたことによって即物的な表現となり眼という球体も想起させることも効果的だ。

現時点で最も情報量が多い海人の年譜は、荒波力『幾世の底より　評伝・明石海人』（白水社、二〇一六）の巻末のものである。それによれば、海人が受診したのは東京帝国大学医学部附属病院である。海人は『白描』、エッセイ、さらには日記でもどこで癩と診断されたのかを明らかにして

診 断

『白描』第一部 3頁

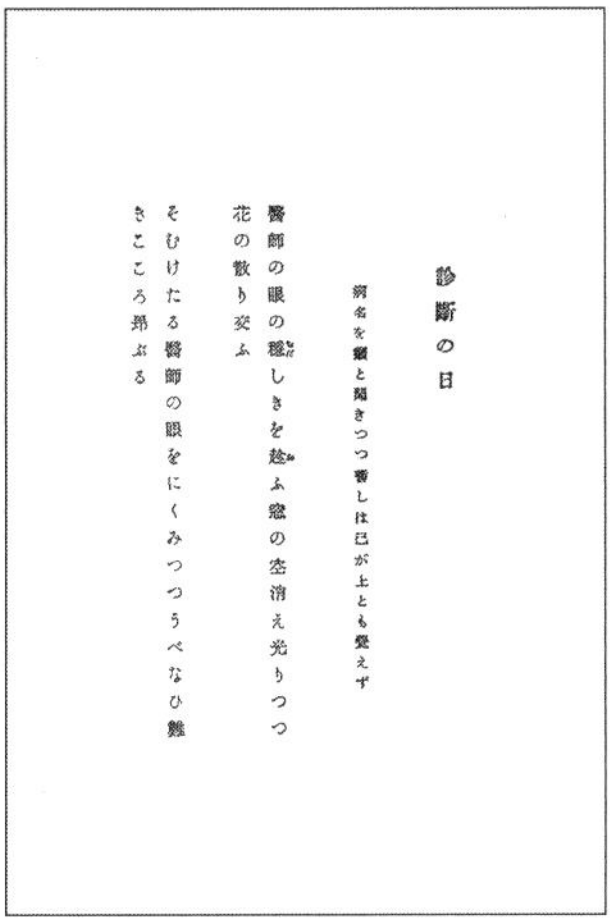
診断の日

病名を癩と聞きつつ暫しは己が上とも覺えず

醫師の眼の穏しきを趁ふ窓の空消え光りつつ花の散り交ふ

そむけたる醫師の眼をにくみつつうべなひ難きこころ昂ぶる

『白描』第一部 4頁

いないが、詞書や歌に「府立美術館」「銅像の西郷公」「上野の山」「博物館」が現われることから、『白描』が出版された当時の読者もうすうす見当がついたに違いない。詞書と相まって、『白描』巻頭のこの歌は、癩と診断され茫然自失した海人が的確に描き出されている。

ところで、この短歌には「趁」という現在ではほとんど目にすることのない漢字が用いられている。意味は「追」と等しいこの「趁」は、かつては文芸作品に用いられることがあった。たとえば、北原白秋（一八八五～一九四二）の詩集『観相の秋』（アルス、一九二二）の序には次のような箇所がある。「此の東に於てひたすら彼の西の旧を趁ふて新しと成す秋に、却て西に於ては此の東方に道を求める事が常に新風発生の素因を成してゐる。」戦後でも、室生犀星は短編小説「蜜のあわれ」（一九五九）で四回この漢字を用いており、一つ例をあげれば、「その後で女の方が、おじさまの後を趁うて来たらどうなさる」とある。

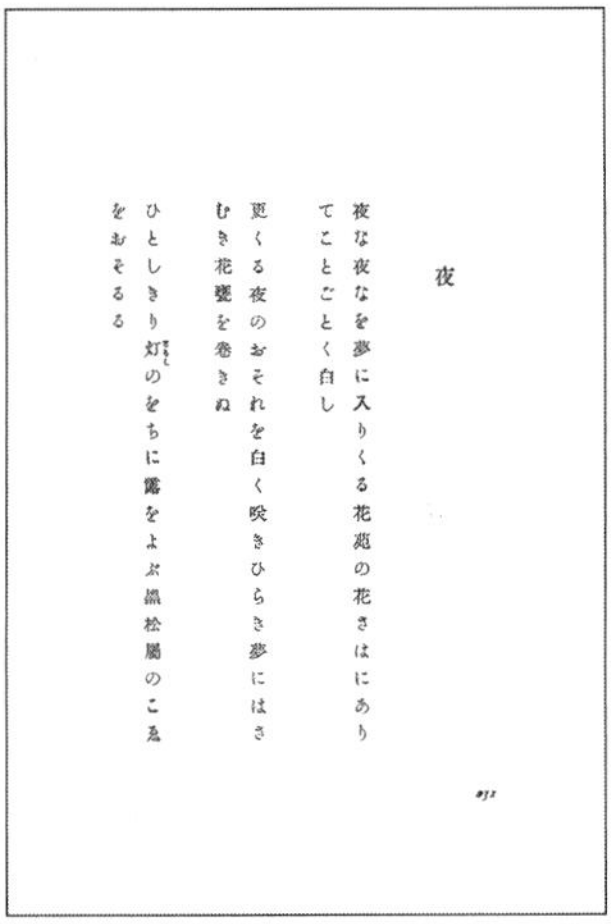
夜

夜な夜なを夢に入りくる花苑の花さはにありてことごとく白し

更くる夜のおそれを白く咲きひらき夢にはさむき花甕を巻きぬ

ひとしきり灯《ともし》のをちに露をよぶ温松膈のこゑをおそるる

231

『白描』第二部　231頁

これからたびたび指摘するが、海人は常軌を逸していると言っていいほどの拘りをもって短歌に用いる漢字を選んでいて、『白描』巻頭からそれが現われているのだ。ただ、海人がなぜここでこの「趁」という字を使ったのかは分からない。

〈診断〉を読み進めていくに先立って、アメリカの精神科医キューブラー＝ロス（一九二六～二〇〇四）が、末期がん患者に対して行なったインタビューにもとづいた『死ぬ瞬間』（原著一九六九）で示した死にゆく者が死とどのように向き合うかについての五段階のモデル（キューブラー＝ロス・モデルと呼ばれる）を参照したい。それは、次の五つの段階である。

段階である。

第一段階：否認と孤立。患者は大きな衝撃を受け、自分が死ぬということはないはずだと否定する。そのために、周囲から孤立することもある。第二段階：怒り。なぜ自分が死ななければならないのかという怒りをあらわにする。第三段階：取り引き。「死ぬのは仕方ないが、せめて……であってほしい」という形の取り引きをしようとする。第四段階：抑うつ。それすらも虚しくなり、無気力な抑うつ状態におちいる。第五段階：受容。死を受け入れる。

筆者は、この順に五つの段階が死にゆく人に現われるか否か、あるいは人類に普遍的に該当するかどうかについて検証する立場にない。ただ、〈診断〉を読み進めていく際に、死を間近にひかえた人にこのような心の変化が現われうることを知っておくことは意味あることだと考える。なぜなら、当時癩は治療することが困難だったうえに、患者は激しい差別の対象になっていた。したがって、当時「癩」と診断されることは社会的な死の宣告を受けることに等しかった。そして、海人の〈診断〉の連作には、キューブラー゠ロスが示したいくつかの感情を見て取ることができるのだ。

錯綜する感情——診断から診察室を出るまで

「診断の日」第一首の詞書「暫しは己が上とも覚えず」には、診断が自分についてのものか信じられない、あるいは信じたくない、間違いであってほしい、といった心の揺れが表されているが、〈診断〉の二首めで海人の感情はさらに昂ぶる。

そむけたる医師の眼をにくみつつうべなひ難きこころ昂ぶる

当時、癩の診断を患者に告げることは医師にとってもたいへんなストレスだったに違いない。海人に病名を告げた医師は、海人と目を合わせようとしなかった。そこで、巻頭の歌にあるように海人はその目を「趁」ったのである。自分に向き合わない医師のその「眼」を、海人は憎むのだ。そして、どうして自分がこの業病にとりつかれたのかという到底納得できない気持ちを押さえることができない。重篤な病気の診断を医師から告げられた経験がない読者も感情移入して読むことができるところに、この歌の巧みさがある。また、一首めと二首めの有機的なつながりは、診察室の緊迫した雰囲気を伝えるのに役立っている。

三首めに進もう。

言《こと》もなく昇汞水に手を洗ふ医師のけはひに眼をあげがたし

この歌には、時間の経過が的確に描写されている。医師も海人も言葉を発せず静まりかえった診察室のなかに、押し黙ったまま手を洗う医師の気配がする。目を伏せていた海人はそれを感じたのだが、目を上げることができない。海人の目には、自分の一世にとって決定的な宣告を告げたこの医師は、たとえば神、あるいは悪魔のような人智を超えた超越的な存在に映ったのかもしれない。

「昇汞水」は「しょうこうすい」と読む。ルビが振っていないのは、当時はその必要がないほど広く知られていたからである。一八九七年に制定され一九九九年に廃止された伝染病予防法の「伝染病予防法施行規則」には、法定伝染病患者の発生時に消毒に用いる薬品としてクレゾール水などの七種類の薬品が指定されているが、昇汞水もそのうちの一つで広く使われていた。余談だが、癩を研究していた太田正雄（木下杢太郎）は他一名の医師とともに一九三〇年に「癩菌其他二三の抗酸性菌の昇汞水又は温熱に對する抵抗に就いて」という論文を発表している。二句め三句めの「昇汞水に手を洗ふ」には、自分が汚れたものとされているという海人の痛みが表わされていると思う。

四首めになって第三の人物が登場する。看護婦である。

看護婦のなぐさめ言も聞きあへぬ忿《いかり》にも似るこの侘しさを

海人は看護婦の慰めを聞く耳を持たない。「忿《いかり》」という見慣れない用法に注意したい。「忿怒」や「忿懣やる方がない」という熟語で用いられる「忿」は、サンスクリット語 krodha に由来する仏教用語で、激しい怒りを意味する。なお、「佗」は誤用で、「侘」が正しい。

五首め。癩という診断を受け入れられないまま、海人は診察室を出る。

診断をうべなひがたくまかりつつ扉に白き把子《ノッブ》をば忌む

癩というこれからの生き方を決定するあまりにも残酷な診断が下された診察室それ自体を、海人は忌むのである。

一首めから五首めまでの短歌には、自分が癩に罹っていることの否認や、激しい怒りといったキューブラー＝ロスが示した死を間近にひかえた者に現われうる感情が認められる。そして、そのさまざまな感情は一首一首の巧みさと見事な構成があいまって、読む者を感傷的にさせるのである。感傷は「第一部　白描」で重要な役割をはたしており適宜指摘し、エピローグで詳しく論じる。

大学病院から上野へ

診察室を出て

「診断の日」の六首めで、海人は視線を変える。

踏む階《きだ》のいたき磨耗《へり》にも思ほゆる子等は睡気にむづかる頃か

長い時の流れを想起させる病院のひどく擦り減った階段から、自宅の階段を思い出したのだろうか。病院の階段から、子供たちは眠くなって機嫌が悪くなる頃だろうと思いやる心への跳躍が、この歌に奥行きをもたらしている。子を想起したことで、海人の思いはますます混乱する。なお、当時海人の子は一九二五年に生まれた娘一人であり、次女は一九二六年の年末に生まれている。したがって、この短歌の「子等」は創作である。

七首めと八首めには、大学病院を出た後のことが詠まれている。この二首で、『白描』で初めて短歌のなかで「癩」という字が用いられる。

東大病院から上野への最短ルートは、病院の南側から池之端門に至るゆるやかな下り坂だ。92 年前、診断を聞いた海人はこの坂をゆっくり下りていったのだろう。

（著者撮影）

雲母《きらら》ひかる大学病院の門を出でて癩《かたゐ》の我の何処《いづく》に行けとか

診断を今はうたがはず春まひる癩《かたゐ》に堕《お》ちし身の影をぞ踏む

七首めでは「雲母」のきらきら

したイメージと「癩《かたゐ》の我」が対比され、八首めでは診断は自分の病気に対してのものだと受け入れる心情が表されている。この二首については、後に論じる。

東大病院を出た海人は、一人上野へと向かった。

行楽の人に群れて上野の山に来つれどもまた行くべき
方もなく、人なき処をもとめて博物館の広庭をさまよふ
在るまじき命を愛《を》しくうちまもる噴水《ふきあげ》の水は照り崩れつつ

「博物館」は東京帝室博物館（現・東京国立博物館）である。「広庭」にある噴水とは、博物館正面の上野公園の噴水広場の噴水と思われる。もともと上野公園は博物館の所管だった。「在るまじき命」は、癩者として自らの命を意味している。「愛《を》しく」とは、『続後撰集』に入っている百人一首九十九番の後鳥羽院の「人もをし人もうらめしあぢきなく世を思ふゆゑに物思ふ身は」の「人もをし」の「をし」で、「愛《を》しく」は「いとしく」の意味である。「うちまもる」は「見守る」の意で、噴水が存在を許されない命をいとしく見守っているということとなり、噴水が擬人化された表現である。「水は照り崩れつつ」とは、陽の光が当たり落下するという水の運動をスローモーションで捉えたような興味深い表現である。方丈記冒頭の「ゆく河の流れは絶えずして、しかももとの水にあらず」を想起するのは筆者だけだろうか。

十首めで、海人は博物館のなかにいる。

七宝の太花がめのあをき肌夕かげりくるしづけさを冷ゆ

「七宝」は、金、銀、銅などの金属にガラス質の釉薬をかけて高温で焼く七宝焼きのことである。「冷ゆ」は自動詞なので、博物館に陳列されている七宝焼のふっくらとした青い花瓶が夕方になって冷えていくという光景が描写されている。静かな陳列室の雰囲気が伝わってくる一首だ。

人間の範疇を遂われて

「診断の日」の十一首めは次の歌である。

人間の類を逐はれて今日を見る狙仙《そせん》が猿のむげなる清さ

狙仙とは、狩野派や丸山応挙の影響を受けながら独自の画風を築き大阪を中心に活躍した森狙仙（一七四七～一八二一）をさす。細密でユーモアに富んだ動物の絵で知られるが、特に猿の図を得意とし多くの作品をのこしている。

筆者は句切れなしで読み、「人間の類を逐はれて今日を見る」の主体は「狙仙の猿」と考える。仏教が説く世界観の六道（ろくどう、りくどう）は、生命が輪廻転生する天道、人道《にん》、修羅道（戦いに明け暮れる阿修羅の世界）、畜生道（人間以外の動物の世界）、餓鬼道（食物を手に取ると火に変わってしまうので、食べることができない餓鬼の世界）、地獄道の六つの世界を意味する。本歌で、「狙仙の猿」は人道を逐われて畜生である猿となっている存在である。「むげなる清さ」の「むげ」は無碍（または無礙）で、何ものにも固執しないさまを意味する。海人は、狙仙の猿が人間のように多くの欲にとらわれていないと見る。癩と診断され「人間の類を逐はれ」た自分を猿と比較することで、海人は自分がさまざまな欲望に拘泥していることを示した。

この歌は、「診断の日」の七首めと八首めに関係している。

雲母《きらら》ひかる大学病院の門を出でて癩《かたゐ》の我の何処《いづく》に行けとか

診断を今はうたがはず春まひる癩《かたゐ》に堕《お》ちし身の影をぞ踏む

この三首から、当時の癩患者が社会的にどのような立場に置かれていたか、そして海人は自らをどのように捉えたかを見て取ることができる。癩患者となることとは、「人間の類を逐はれ」ること、すなわち人間以下のカテゴリーに「堕ち」ることを意味していた。それゆえ、癩と診断された海人はどこに身を置いたらいいのか途方に暮れるのである。

ここで、病気の社会的な意味を分析するために一九五〇年代にアメリカの社会学者のタルコット・パーソンズ（一九〇二～一九七九）が創り出した「病人役割」（sick role）という概念を参照することにしたい。パーソンズは、『社会体系論』（原著　一九五一）等の著作で、個人としての人間、そして社会的存在としての人間にとって病気がどのような意味を持つかについて注目した最初の社会学者である。

パーソンズは、病人役割として以下の四つをあげている。文化人類学者の池田光穂（一九五六～）のまとめを参照しつつ、それらを簡潔に示すと次のようになる。

一、通常の社会的役割が免除される
二、患者は病気という状態に対して責任を取らなくてよい
三、病気の状態は好ましくないとされている
四、患者は医師が提供する治療を受ける義務がある

戦前の「癩患者」たちの境遇

明石海人と同時代の「癩患者」についてこの四つを考えていくが、それに先立って戦前の日本の癩についての法律を把握しておきたい。

一八九七年ベルリンで開催された「万国癩会議」で、癩は感染症でありその予防には隔離が有効であることが確認された。また、一八九九年には日本と欧米諸国との間の条約改正によって、「内地雑居」（外国人の日本国内における自由な居住、旅行、営業の許可）が開始された。この二つが主な契機となって、政府は浮浪患者を隔離の対象とした法律「癩予防ニ関スル件」を一九〇七年に公布し、隔離政策を開始した。この「癩予防ニ関スル件」は一九三一年に大幅に改正され、浮浪患者だけでなくすべての癩患者を療養所に隔離することを可能とする「癩予防法」が制定され、いわゆる「絶対隔離」が始まった。

では、患者たちは実際にどのような境遇に置かれていたのだろうか。一九二五年六月に設立された日本ＭＴＬ（日本救癩協会　ＭＴＬは mission to lepers の頭文字）は、癩患者とその家族を支援するキリスト教団体である。その初代理事長小林正金（一八七九～没年不詳）は、その機関誌「日本ＭＴＬ」第一号（一九二六）に次のように書いている。

癩患者は一度発病するや、家から出だされ或は八十八ケ所の遍路となり、清正公へ、身延山へ、金毘羅へ又温泉場へ集まり又は土蔵に押込め家族とは交通をなさしめず、医者には特に依頼して他の病名とする。

清正公《せいしょうこう》は、熊本城を築城した加藤清正（一五六二～一六一一）を祀っている熊本の発星山本妙寺（日蓮宗）をさす。参詣する癩患者が多く、参道で物乞いする患者たちの救済を目的として一八九五年に回春病院を開設したのがイギリス聖公会のハンナ・リデル（一八五五～一九三二）である。身延山は山梨の日蓮宗総本山の身延山久遠寺で、ここも参詣する患者が多かった。久遠寺に参拝した折に患者たちのありさまを見た九州の日蓮宗の僧侶の綱脇龍妙《つなわきりゅうみょう》（一八七六～一九七〇）が久遠寺の貫主と尽力して一九〇六年十月に癩療養施設身延深敬《じんけい》病院（一九九二年閉鎖）を設立している。金毘羅は、香川の金毘羅宮である。

ここに語られているような患者たちを小林が実際に見たか否かは明らかではないが、こうしたことが起こっていたことは当時よく知られていた。路傍で患者を見たことがある伊丹万作（一九〇〇～一九四六）は、「映画評論」一九四一年五月号に寄せたエッセイ「映画と癩の問題」のなかで、少年の頃を次のように述懐している。

私の郷里は四国であつて比較的癩患者の多い地方である。そして其の大部分は浮遊癩と言ふか、四国遍路乃至は乞食と成つて仏蹟を浮浪して廻つてゐるのが多い。従つて私は幼時から癩を意識したり癩者を見たりする機会が多かった。

先に紹介したように、「癩予防ニ関スル件」が成立したのは一九〇七年で、施行されたのは一九〇九年、伊丹が九歳になった年である。この年に全国を五つの区に分けそれぞれの区の道府県の連合立により東京、青森、大阪、香川、熊本にそれぞれ療養施設が開設された。熊本の施設は、後に島田尺草が入所し内田守が医師として勤務することになる定員百八十名の九州癩療養所（一九一一年九州療養所と改称）であった。これら五つの公立療養所の定員を合計しても千百人で、一九〇六年に二三、八一五人と報告されていた患者総数の四・六％に過ぎなかった。故郷に住めなくなって放浪していた患者、「放浪癩」や「浮浪癩」と呼ばれた患者たちが当時どれほどいたのかは不明だが、彼らのすべてが療養所に隔離されたのではない。伊丹のエッセイは、このことを物語っている。

癩患者の「病人役割」

パーソンズの「病人役割」の一つめ、「通常の社会的役割の免除」を考えてみよう。患者たちは、家を追われるようにして病院に入ったり、経済的にそれができない場合は乞食となって放浪生活を送ったりしていた。あるいは、自宅で——時には幽閉に近い形で——人目を憚って生活していた。したがって、彼らは社会から切り離されており、「通常の社会的役割」は免除されていたと考えることができる。

二つめの、病気に対する患者の責任はどうだろうか。『白描』の海人による序は、「癩は天刑である」という文で始まっている。天刑は、天がくだす刑罰、天の制裁、天罰といった意味である。当時、「天刑」（あるいは「天刑病」）は癩を意味した。この言葉を用いた場合、癩はある人間またはその先祖が何らかの罪を犯したことに対する罰として発病したことになる。この場合、患者は病気に対して責任をとらなくてもよいとするパーソンズの見解は当てはまらない。因果応報説は、当時まだ世間に広く流通していた「癩は遺伝病である」という説とも密接な関係があった。ちなみに、現代における生活習慣病も患者の自己責任が大きいとされ、パーソンズの論は当てはまらない。

三つめについて。パーソンズが論を立てた六十年前から現在に至るまで、病気の状態は好ましくないとされてきた。海人が生きた時代、癩は病気のなかでも究竟的な不幸と考えられていた。再び伊丹を引用する。

我々は癩といふものを単なる肉体の病気の一種としてのみ理解して居るのではない。寧ろ人生に於ける、最も深刻なる、最も救ひのない不幸の象徴として理解してゐるのである。

最後の「医師が提供する治療を受ける義務がある」はどうか。海人が診断を受けた当時の癩にかかわる法律「癩予防ニ関スル件」では、いわゆる「浮浪癩」でなければ、必ずしも隔離は必要とされていなかった。しかし、治療を受けることは要請されていた。パーソンズのこの主張は、当時の癩にかんしては妥当である。

徘徊する海人

孤独な彷徨

十二首め、十三首め、海人はまだ博物館にいる。

天窓のあかりは高くひそまれる陳列室にひとりゐがたし

博物館の森閑とした薄暗い陳列室、長い時の流れを感じざるを得ない空間に一人だけでいる孤独感に海人は耐えられないのである。

おそろかに見つつ過ぐれどマンモスの化石の牙は彎《まが》りたくまし

『白描』「第二部　翳」の八首一連の「軌跡」には、次の有名な一首が収められている。

シルレア紀の地層は杳《とほ》きそのかみを海の蠍《さそり》の我も棲みけむ

いずれも海人が生きた時代と遥か古代の昔との連続性を捉えた歌である。十四首めで、博物館を出て美術館の壁の前を歩く海人の姿が描写される。

日暮れて博物館の門を後に、さる夜の夢などを辿る如く一足毎に
重る心は踏みゆく石塊の一つ一つにもよるべなき愛着を覚えつつ
あるときは世ののぞみをも思ひてし府立美術館の石壁は黄に

詞書にある「石塊の一つ一つにもよるべなき愛着を覚えつつ」、つまり歩道に敷き詰められた小石の一つ一つに愛着を覚える心情は、打ちひしがれるような現実に直面した時に生じるのではないか。たとえば、安部公房（一九二四〜一九九三）の『箱男』（一九七三）に次のような箇所がある。

小さなものを見つめていると、生きていてもいいと思う。雨のしずく……濡れてちぢんだ革の手袋
大きすぎるものを眺めていると、死んでしまいたくなる。国会議事堂だとか、世界地図だとか
……

『箱男』には、安部公房自身が撮った写真が八枚挿入されているが、これはそのなかのカーブミラーに映った二階建ての家の写真に添えられた文である。小説の筋からみると重々しい展開の部分に、この写真と文は現われる。

病気の歌人に目を向けると、肺結核で夭逝した相良宏（一九二五〜一九五五）には小動物、特に昆虫を詠んだ歌に秀逸なものが多い。一首引く。

病む部屋に羽音ひびける鬼やんま朝餉を終へし吾はまどろむ

（『相良宏歌集』「無花果の果て」）

相良の心に、鬼やんまという小さな生物が安らぎをもたらしているのだ。

さて、海人の歌は三句切れで、癩と診断され現世における希望は失われたという上句から叙景の下句へと跳躍する構造となっている。「府立美術館」とは、一九二六年五月に開館した東京府美術館である。この美術館の壁が何色だったか確認できなかったが、黄色ではない壁が黄色く見えたという意味かもしれない。離人症については後にふれるが、もしそうだとしたら、離人症の一症状としての海人の色彩感覚は変化していたのかもしれない。

十五首めに再び親族が登場する。

身一つのあらましごとぞ消《け》なば消《け》ね消ぬべくもあらぬ妻子《めこ》が縁《えにし》は

「あらましごと」は、「こうあってほしいという希望」である。「消なば消ね」の「ね」は完了の助動詞「ぬ」の命令形で、「消えるなら消えてしまえ」という意味で、強い意志が感じられる。この言い回しを用いて広く知られる歌に、百人一首八十九番の式子内親王「玉の緒よ絶えなば絶えねながらへば忍ぶることのよわりもぞする」（『新古今集』恋一・一〇三四）がある。海人の歌は、自分の希望など消えるなら消えてしまえ、しかし妻や子の縁《えにし》は消えることがないという妻子を案じた切ない歌である。

上野公園から駅まで

海人は博物館を出て、上野公園を歩く。十六首めは次の歌である。

銅像の西郷公は紙つぶてあまた著けたり素足の甲にも

西郷隆盛（一八二八～一八七七）は、西南戦争（一八七七）で明治政府と戦ったため逆賊とされたが、一八八九年に名誉回復している。一八九八年に建てられて以来、愛犬を連れた浴衣姿の西郷の銅像は上野公園の名物となって今日に至っていることは広く知られている。

「紙つぶて」とはいったい何か。一九〇九年七月一日の「東京朝日新聞」に、ロシアからやってきた観光客の東京見物の記事「露観光団の昨日」が載っているが、「銅像の紙玉」という中見出しがあり、人々が西郷に「紙玉を打附ける」ところをあるロシア人が見たことが紹介されている。それから二十年近くたった一九二八年三月二十三日の「朝日新聞」朝刊には、ぜひ銅像を建てましょうと勧められた渋沢栄一の談話がある。渋沢は、「上野の西郷さんの豪傑振りも西南の役当時をしのんで奥ゆかしいがかみつぶした紙をあゝ投げつけられてはいゝ気持ちはせない、だからどうぞやめてもらいたい」と断っている。ここから「紙つぶて」とは「嚙みつぶした紙」であることが分かる。さらに、「読売新聞」の一九三五年三月十日の夕刊には、西郷の銅像の「『鼻に当つたら出世する』といふので心らなずもぶつけられる紙つぶて」と出ている。これらの新聞記事から、現代からみればずいぶん奇妙な風習が長い間続いていたことが分かる。癩の診断についての重苦しい歌が続くなか、当時の風習を知っていなくても少しほっとする歌である。「診断の日」の構成の巧みさについてはこの章の終わりに論じるが、ここに叙景歌を置いたことにもそれは現われている。

十七首め。上野公園を出た海人は日暮れの情景を描写する。

霧《き》らひつつ入る日の涯はありわかぬ家並《やなみ》を罩めて灯《あか》りそめたり

「ありわかぬ」は「ありとも分かぬ」の省略と思われる。島崎藤村（一八七二〜一九四三）の『若菜集』に「母を葬るのうた」という詩が収められているが、一回り小さな字で「うき雲はありともわかぬ大空の月のかげよりふるしぐれかな」という歌が記されている。この歌は藤村のものではなく作者不詳だが、「ありともわかぬ大空の月」とは、あるかどうかはっきりしない大空の月という意味である。

「罩めて」は「こめて」と読む。「罩」という漢字は現在ではほとんど用いられないが、動詞の「罩める」（文語では「罩む」）は、霧や煙があたり一面に広がる様子を表す。たとえば、漱石の「坑夫」には「どこまでも片づかぬ不安が立て罩めている」という表現がある。

「ありわかぬ」が「家並《やなみ》」を修飾しているとすると、霧が立ち込めているなかの落日が、霧に霞んでいる家並一面を包み込んでぼんやりと照らしているといった意味だろうか。叙景歌だがどことなく幻想的な光景であり、次節で触れる離人感が表わされているのかもしれない。

十八首めになると、あたりはすでに夜になっている。

陸橋を揺り過ぐる夜《よる》の汽車幾つ死したくもなく我の佇む

私は、海人が何本もの線路を跨ぐ長い陸橋の上にぼんやり佇んで、行き来する夜汽車を何本も眺めていると読んだ。「死したくもなく」、すなわち死にたくないという意思が表明されているが、裏を返せば海人は死を意識したということである。先に紹介したキリスト教系の「救癩」団体日本MTLの機関誌「日本MTL」第一号（一九二六年三月）には、キリスト教による「救癩」の宣言、医師である光田健輔が隔離の必要性を説いた記事の他に、当事者である患者の手記も載っている。安部千太郎（一八八二～一九三二）の「一癩病者の生の解決」がそれで、次のような記述がある。

何故癩病になつたか、いかにして此世の生を送るべきか、その将来は果たしていかになりゆくべきか、といふやうな事を考へ（中略）遂には死を決する事幾度、然かも死なんとして死なれず、生くるも生くるにあらず（後略）

当時の癩は、患者に自殺を考えさせるほど大きな意味を持った病気だったのである。

三等車での離人感

次の十九首めで海人は車中の人となっている。東京駅――熱海駅間に電気機関車が導入されたのは一九二八年なので、海人が乗ったのは汽車である。

洗面所の鏡にうつる影、昨日に異ならねど、病み頽るる日のさまを
思へば、我身ながら已にこの世のものとも覚えず。やがて灯かげ暗

今日一日《ひとひ》の靴のよごれをうちまもる三等室に身は疲れたり
き車室の一隅に外套の襟を立てて

詞書が海人の心情を過不足なく説明している。汽車の洗面所に映る自分の姿から、海人は自分の将来の姿を想像する。すると、現在の自分も自分でないように感じられるのだ。

海人は離人感に襲われていたのではないか。離人感をきたす「離人症」の項目を精神医学や臨床心理学の事典で見ると、その定義に若干の異同はあるものの、自分や外界に対する現実感の喪失と要約することができる。精神科医の清水光恵（一九六七～）は、具体例として「自分が自分でなくなった」「何をしても自分でしているという感じがしない」「周りを見ても、映画をみているみたいで現実感がない」などをあげている（『現代精神医学事典』弘文堂、二〇一一）。

離人感はさまざまな疾患で出現するが、生命の危機にかかわるような体験をした場合にも一時的に現われることがある。海人はまさにそれを体験していたのではないか。十四首め「あるときは世ののぞみをも思ひてし府立美術館の石壁は黄に」について、海人の色彩感覚は変化していたのかもしれないと書いたが、離人症では「世界が色褪せてみえる」こともありうるからである。

先に紹介した「一癩病者の生の解決」で、安部は診断を受けた時のことを次のように述懐している。

癩病の宣告を受けたもの、心理状態は筆紙の表はしうるものではない。余もまたその一人である。（中略）とある皮膚専門医につき診察を受けたのだが、彼は慎重な口調で、癩病の宣告を余に下した……その一刹那の光景、いま回想するも恐ろしいやうである。（中略）暫しは涙も出でず、ある別世界に急に移されたやうな、人であつて人でないやうな、只夢現に横たはつて居た。

安部もまた、強い離人感に苛まれたのだと思われる。余談だが、現在脳科学の領域で離人感出現のメカニズムの解明が進みつつある。

短歌に戻ろう。当時海人は現在の富士市にあった父親の勤務先の社宅に両親、妻、娘の五人で住んでいた。三等車の設定があるのは特急であり、海人は東海道本線で東京から沼津まで特急で行き沼津で鈍行に乗り換えたと思われる。一九二三年七月の時刻表によれば特急は二時間半ほどで東京から沼津に着く。一九二五年の東海道線のダイヤ改正で東京沼津間の所要時間は短くなっており、東京から二時間少しで海人は沼津駅に降り立ったはずである。

別れをはらんだ帰宅

二十首めから二十三首めまで、緊迫した雰囲気の歌が続く。二十首めには、家路を急ぐ海人がいる。

子等を妻を木槿《もくげ》年古《ふ》る母が門《と》を一目を欲りつつ帰り来にけり

子供たち、妻、木槿の老木が立っている母の家を一目見たいと帰ってきたという意味だが、その背後には最早自分は家族と一緒に住むことはできないという現実がある。先述のように当時海人の子は娘一人であり、また荒波力『幾世の底より』の年譜によると海人は父の会社の社宅に住んでいた。したがって、「子等」と子を複数形で詠んでいるのは六首めと同様創作である。この歌は冒頭で紹介した「短歌研究」一九三八年四月号に掲載された「癩」五十首のなかでは、「子を妻をふるさとの山を老母を一目見むと帰り来にけり」と「子」が単数となっている。

「会いたくて」を意味する「目を欲り」という表現は、『万葉集』のいくつかの歌に見られる。海人は『白描』の「作者の言葉」に、「私が歌を習ひはじめたのは昭和九年頃で、当時視力はもう大分衰へてゐたが註釈を頼りに万葉集などに読耽つた」と記している。荒波力『幾世の底より』によれば、海人は一九二八（昭和三）年には、次女の死を悼んで短歌二百首余りを詠んでいるので、好意的に解釈すれば本格的に短歌に取り組むようになった時期についてということか。

この海人の歌は、なかでも「夕さればひぐらし来鳴く生駒山越えてぞ我が来る妹が目を欲り」〔巻十五・三五八九〕を想起させる。六六八年から七七九年にわたって、日本は新羅に遣新羅使《けんしらぎし》を派遣したが、作者はこの使節の一員と考えられる秦間満（はたのはしまろ）で、出航を待つ間に平城京へ帰る際の歌とされている。夕方になると蜩が来て鳴く生駒山を越え愛する人に会いに向かっている、という意味である。「妹が目を欲り」には、出航するまでの僅かな時間に愛する人に逢いたいという切実な想いが込められており、家族に一刻も早く会いたいという感情を表現しようとした海人の念頭には、この歌があったのではないか。

二十一首めで、海人は妻に診断は癩だったと告げる。

待てる家妻に言ふべかるあまたはあれど一言にわが癩を告ぐ

妻は母に母は父に言ふわが病襖へだててその声を聞く

皮膚の病変がなかなか治らないため、海人は東大病院に行く前に東京の治療院に通っており、家族はもしかしたら、と考えていたかもしれない。しかし、東大病院で癩と診断されたことを聞いた家族の悲しみと驚きはどれほど大きなものであったろうか。妻と両親は、海人が家を出ざるを得ないことをただちに理解したに違いない。

二十二首め。海人は子供と遊ぶ。

うから皆我を嘆かふ室を出で子等の笑《ゑ》まひにたぐひてあそぶ

「たぐひて」は、「一緒になって」の意味である。現実に打ちひしがれている両親と妻がいる部屋を出て、子供たちの無邪気な笑顔とともに遊ぶというひと時の安らぎを詠んだ歌だ。嘆きと笑いが対照的に描出され、たいへん切ない内容となっている。

「診断の日」の最後、二十三首めはとても重い。

ありし日は我こそ人をうとみしかその天刑を今ぞ身に疾む

海人は癩が感染症であり遺伝病ではないことを知っていた。が、この歌では、かつて他人を疎んじた自分が今度は疎まれる「天刑病」にかかってしまったという因果応報的な考え方を示している。

癩と診断されるまで

荒波力の『幾世の底より』巻末の「明石海人（野田勝太郎）年譜」に拠って、癩の診断を受けるまで海人がどのように生きてきたかを見ておきたい。

明石海人の本名は野田勝太郎といい、一九〇一年七月五日、野田家の三男として現在の沼津市に生まれた。地元の尋常小学校をへて一九一三年四月に沼津商業学校（現・沼津商業高等学校）に進学し一九一八年三月に卒業する。その四月に静岡師範（現・静岡大学教育学部）に進み、一九二〇年に卒業している。卒業すると同時に、十八歳で現在は沼津市となっている地域のとある小学校の教員となっている。二度めの転勤で、一九二三年に富士郡須津《すど》村（現・富士市）の須津小学校へ転勤となったが、そこで教員を務めていた一歳年下の古郡浅子と知り合う。

一九二四年六月に古郡浅子は小学校を退職し、七月頃海人と結婚する。翌一九二五年二月には長女瑞穂が誕生する。八月には富士根村（現・富士宮市）の富士根小学校に転勤となり、この頃須津村に転居する。テニスをしたり、赤いオートバイに乗ったりして新婚生活を謳歌していた海人に癩の兆候が現われたのは一九二五年か一九二六年で、一九二六年一月から東京の治療院に通院を始める。二月には、父が勤務していた製紙会社の社宅（現在の富士駅から徒歩十数分）に引っ越し父母と同居している。東大病院で医師から癩であると告げられる「診断の日」が訪れたのは、一九二六年の桜の咲く三月末から四月だった。

悲劇のはじまり

ストーリー展開の巧みさ

『白描』巻頭の一連「診断の日」を読んできたが、その構成について考えてみたい。「診断の日」の最初の歌に「癩」という病名は詠み込まず、その詞書、すなわち「病名を癩と聞きつつ暫しは己が上とも覚えず」のなかで明らかにしている。非常に強い否定的な意味を持つ「癩」が歌のなかに現われるのを避け、たいへん巧みな導入となっている。海人は、この告知の瞬間から帰宅し家族に自分の病名を伝えるまでの出来事を経時的に短歌で追っていく。時間軸に従って詠み進むという方法は、『白描』の「第一部　白描」を貫いている。

診断を聞いた直後、診察室にいる海人には、憎しみや怒り、そしてわびしさ（二首め「そむけたる医師の眼をにくみつつうべなひ難きこころ昂ぶる」、四首め「看護婦のなぐさめ言も聞きあへぬ忿《いかり》にも似るこの侘しさを」）といった感情が錯綜する。診察室を出た海人は、「行楽の人」で賑わっている上野公園をさまよい（九首め詞書）、博物館へと入る（十首め〜十二首め）。

この間に、子供のことを思いやる歌（六首め「踏む階《きだ》のいたき磨耗《へり》にも思ほゆる子等は睡気にむづかる頃か」）、妻や子と自分を対置させている歌（十五首め「身一つのあらましごとぞ消《け》なば消《け》ぬべくもあらぬ妻子《めこ》が縁《えにし》は」）など、家族についての歌を入れている。また、十首めの博物館の花瓶の歌を（「七宝の太花がめのあをき肌夕かげりくるしづけさを冷ゆ」）や、十三首めの「おろそかに見つつ過ぐれどマンモスの化石の牙は彎《まが》りたくまし」、そして十六首めの西郷隆盛の銅像の歌は、重々しい一連のなかで緩衝材の役割を果たしている。そして、汽車に乗り帰宅し、家族の歌が現われ最後の天刑の歌に至る。

見事な構成

構成の巧みさには、二つの要因を考えることができる。まず、「診断の日」は海人が癩と診断された一九二六年から十一年をへた一九三八年に作られていることである。『白描』巻末の「作者の言葉」に、海人は次のように記している。

> 第一部第二部共に昭和十二年乃至十三年の作で、中には回想に拠つたものも少なくないが、西郷さんの銅像の紙礫も縊れた病友の袷の縞目も、私にとつては今朝の粥の味よりも鮮やかな現実である。

「鮮やかな現実」は、海人にとって本当のことだろう。しかし、それは「診断の日」やその他の特別な出来事が起こった際に海人が経験したすべてのことのなかで重要な意味を持つ要素であるからであり、むしろ時間がたった方が一連の経験をまとまりのあるストーリーとして提示することができたのではないか。

私は精神分析の徒ではないが、ここではその創始者であるジークムント・フロイト（一八五六〜一九三九）の「事後性」という概念が有効であると考える。「事後性」は、起こった時にはそれがどのような意味を持つか分からない出来事に対して、時間がたってから意味を与えることを指す。海人の場合、東大病院で癩と診断された日に起こったいくつかの出来事は、「癩と診断された日」という一つのストーリーが作られたときに意味を与えられ、それぞれが「鮮やかな現実」と認識されたと考えることができる。

もう一つの要因は、海人の類まれな努力である。内田守は『白描』の「跋」で、海人の「作歌熱は実に驚異に値する程であつて、夜中眼が醒めると昼間の歌を再考して夜を明かすことが屢々」だったとしている。おそらく海人は、『白描』の巻頭の一連の構成を何度も何度も考えたに違いない。

この二つが相俟って、「診断の日」は読者に鮮烈な印象を残す一連となったのである。

第二章　漂泊

苦悩する海人

診断の後

第一章で、『白描』の「第一部　白描」全体の方向性を示す三十七首の〈診断〉の最初の一連「診断の日」二十三首を読んできた。本章では、まず「診断の日」に続く「その後」（四首）と「家を棄てて」（十首）を検討する。そして、兵庫の明石、和歌山の打田の病院を漂泊する海人の歌を詠んでいく。

これまでに出た海人のさまざまな年譜によれば、東大病院で医師から癩であると告げられた「診断の日」が訪れたのは、一九二六年の桜の咲く三月末から四月初めだったとされる。皓星社版の『海人全集』上巻（一九九三）に収められているこの年の四月九日の日記には、次のように書かれている。

俺は果してよくなるだらうか？　生きたい意思はある、伸びる成算もある、然し、嗚、然しその凡ての根幹たるこの肉体が憐むべき貧弱さであるとは。

この日記は、一九二六年一月七日から四月九日まで断続的に綴られている。まだ癩と診断されていなかった二月十日の次は、既に診断されていたと考えられる四月四日までとんでいる。その後、八日と九日の分があるが、病気については全く触れておらず、「夕食の鯖がうまかつた」とか「桜の盛り九分通り、今開ききつたところ」といった記述に終始している。癩については、この九日の記載がそれを匂わせるのみである。結婚し長女が生まれ幸せに暮らしていた海人にとって、癩という診断は私たちには想像できないほど重かったに違いなく、病気と直面することを避け日記には書かなかったのだと思われる。

小学校退職

〈診断〉で「診断の日」に続く「その後」の四首を読んでいこう。最初は次の歌である。

職を罷め籠る日ごとを幼等はおのもおのもに我に親しむ

海人は静岡の富士根村（現在富士宮市）の小学校に勤務していたが、荒波力『幾世の底より』の「年譜」によれば、「『小学校令施行規則第百二十六条第二号后段ニ依リ』富士根尋常高等小学校退職を命ぜられる」とある。

「幼等」とあるが、第一章に書いたように海人に次女が生れるのは一九二六年の年末なので、この時にいた子供は長女だけだった。子を二人にしたことで、父を奪い合う様子がうまく表現されている。癩と診断され職も失った海人と、なにも知らず無邪気に父に寄ってくる子の対比が哀れさを際立たせる。

二首めにも子供が詠まれている。

愛垂《あいだ》るる子を離れきてむなしさよ庭籠《にはご》の餌粟の殻を吹きつつ

「愛垂る」は「甘える」という意味で、「庭籠」は、庭に置き鳥を飼う大きめの籠をさす。しきりに甘えてくる子から離れて海人は庭に出る。籠のなかにはどんな鳥がいて、粟を食べたのだろうか。

三首め。

生立《おひた》ちて情《つれ》なかりしと我を見むその遥かなる遷ろひをおもふ

「生立ちて」は「成長して」という意味であり、未来形「我を見む」の主体は前作の「愛垂るる子」である。「遥かなる遷ろひ」とあるので、歌の意味は次のようになるだろう。どれくらい先のことか分からないが、この子が大きくなったらどこかへ行ってしまった私を薄情な父親だと思うだろう、それがどのくらい先のことかと思う。

四首めで「癩」が現われる。

癩《かたゐ》わが命を惜しむ明暮を子等がゐまひの厳しくもあるか

「厳しく」は、「容赦なく」という意味か。癩を患う私が命を惜しむ日々に子の無邪気な笑顔は残酷でもある、と解した。

前回「診断の日」の構成の巧みさを指摘したが、この一連の構成も十分に練られたものである。三首めの「生立ちて」には「子」の字は現われないが、すべての歌が子とからめて詠まれている。子との距離という視点から、四つの歌を考えてみよう。一首めで子は海人と遊んでいるが、二首めでは海人は子と離れて一人庭にいる。三首めは子が将来自分をどう思うかへと転じ、四首めで再び現在の子供の笑顔に立ち戻るという演出がされており、読者はあたかも映画を観ているように癩の診断に打ちひしがれる父と、なにも知らず無邪気な子供たちのシーンのなかに引き込まれるのである。

明石へ

出立

続く「家を棄てて」は十首からなり、海人が明石の病院に入院するため家を出る場面を詠んだ一連である。この〈診断〉最後の一連は、次の歌からはじまる。

その前夜
咳《しはぶ》くは父の声なりかかるさへ限りなる夜のわが家にふかむ

家で家族と過ごす最後の晩に父の咳が静かな家にひびく、という侘しい歌である。海人は短歌や散文そしてこれまでに活字になっている日記では父についてあまりふれていないため、二人の関係がどのようなものだったかはっきりしない。

二首め。旅立ちの朝の駅の歌である。

駅のまへえのきの梢《うれ》にこの暁《あけ》をここだく群れて鴉はさわぐ

「ここだく」は「ここだ」に等しく、同義語として、ここば、こきだく、そこば、そきだく、等々がある。（一）数や量の多いさま、（二）程度のはなはだしいさま、を表わす副詞で、『古事記』で既に用いられている。『万葉集』にもいくつかの用例があり、たとえば、大伴坂上郎女《おおとものさかのうえのいらつめ》（生没年不詳）は「思へども験《しるし》もなしと知るものをなにかここだくわが恋ひわたる」（巻四・六五八）と詠んでいる。この歌では、（二）の意味だが、海人の歌では（一）の数が多いことを表わし、たくさんの鴉が群れているさまを描写している。この意味で「ここだく」を用いている短歌の明治以降の例として、岡麓（一八七七〜一九五一）が新座の平林寺を訪れた折に詠んだ「寂寺《しづでら》の若葉ぐもりに青梅のここだく落ちて人ふまずけり」（『朝雲』、一九三八）がある。

神武天皇を熊野から大和へと導いた八咫烏や、世界の神話を渉猟した文化人類学のジェームズ・

フレーザー（一八五四～一九四一）が『火の起源の神話』（一九三〇）のなかで紹介しているオーストラリアの先住民の神話に現われる火の発見者としての鴉のように、鴉は必ずしも禍々しいとされる鳥ではない。しかし、この歌では明石の病院へ向かう駅の前で群れて騒ぐ鴉はやはり凶兆と捉えるべきだろう。

「梢」を「うれ」と読ませる例として、白秋の「病鶏《やまひどり》かぎろひなやむ日のさかり榧《かや》の木の梢《うれ》はすこし風あり」（『雀の卵』、アルス、一九二一）、「放射光《はうしやくわう》日は金色《こんじき》に凪ぎにけり地平に寒き梢《うれ》の冬楡」（『夢殿』、八雲書林、一九三九）の二首をあげておく。

三首め、四首めは妻子との別れの場面の歌である。

幾たびを術《すべ》なき便りはものすらむ今日を別れの妻が手とるも
さらばとてむづかる吾子《あこ》をあやしつつつくる笑顔に妻を泣かしむ

三首めのように、海人は明石の病院から妻に手紙を書き送り、妻からの便りを心待ちにすることになるが、それについては次の章で書くことにする。もう容易には会うことができなくなるので、「術《すべ》なき便り」という表現が効いてくる。

海人が亡くなったのは一九三九年六月九日だが、女性雑誌の「婦女界」の一九三九年六月号に掲載された海人の「出郷」という文には、この二首に詠まれた海人と妻子との別れが感傷的に描き出されている。

今まで三日と別れて暮らした事のないM子は、今日の別れの何であるか知る筈もない。母に教へられた通り「お父ちゃんさよう《ママ》なら」を繰り返しながら頻りに帽子を振つてゐる。妻も今は人目を憚らず泣きぬれてゐる。窓から半身を乗り出して、妻の背のK子をあやさうと作る笑ひの歪むのをどうすることも出来なかつた。

『白描』の読者が「出郷」のこの箇所を読んだなら、少なからず感傷に浸ったと思われるのである。

五首めで海人は車上の人となっている。

　　鉄橋へかかる車室のとどろきに憚からず呼ぶ妻子がその名は

「家を棄てて」十首のなかで、感情のピークを示す歌である。
「出郷」によれば、海人は父母と家で別れている。六首めで駅までは見送りに来なかった母に眼を転じる。

　　昨日《きぞ》の夜を母がつけたる鮎の酢のにほふ包は網棚に置きぬ

下句で離れていく母と故郷が上手く表現されている。
七首めで、東海道本線の列車はすでに海人が見知らぬ景色のなかを西へ向かって走っている。

窓の外はなじみなき山の相《すがた》となり眼をふせて切符に見入りぬ

海人が向かったのは明石なので、切符の行先は「明石」となっていたはずだ。切符に記された見知らぬ土地の名前に見入っている海人が目にうかぶ歌である。八首めから十首めは以下のとおりである。

かのあたり兄が夫婦の住居なる夜汽車の窓を過ぐる灯《ほ》あかり
検札のやがて過ぎゆく夜の汽車にあるが儘なる身を横たへぬ
ゆき交ふや夜汽車の闇にたまゆらを向ひ車室の灯《あかり》はなやぐ

「家を棄てて」十首のなかでは、妻が三首、子が二首、父と母と兄がそれぞれ一首に現われ、肉親から離れていく海人の姿が浮かび上がってくる。八首めに「兄」が現われるが、声を出して妻子の名前を呼ぶという五首めを感情の頂点としてそれ以降は穏やかな歌が続き、海人の心は少しずつ落ち着いてくることが分かる仕組みになっているのである。

病院まで

一九二七年六月六日、明石に着いた海人は病院へ向かった。その日の日記を、皓星社版『海人全集』（下巻）（一九九三）に収められている「明石病院時代の手記」から引用する。海人は一九三九年六月九日に亡くなったが、この手記が初めて活字になったのは総合雑誌「改造」の同年十二月号誌上である。一九三九年二月に『白描』が出版されると大きな評判となり、短歌雑誌のみならず総合誌や新聞にさまざまな評が掲載されるようになり、それは没後もしばらく続いた。さらに、海人のエッセイや日記のいくつかが活字化されるに至った。この「明石病院時代の手記」は、その一つである。『白描』が当時どのように受け入れられたかについては最後の章で検討するとして、海人が入院した六月六日の「手記」を読んでみよう。

> 六月六日
> 明石へ着いた時の記／（以下、／は原文改行を示す）明石へ着く。自動車を乗り損じて道に迷ふ。／黄昏のなかを歩き乍ら思ふ。／〇子（長女）よ〇子（次女）よ、可哀い、子たちよ。／お前たちの父は悲しい病の為にお前たち親しい者を故郷に残して只一人、見知らぬ里の夕ぐれを徨ひ歩いてゐるのだ。（中略）今お前達は何も知らない。しかし成長して後、自分と同じ悲しい運命になつたら、どんなだらうと思つて、父は泣いてゐるのだ。（中略）遠い幾山河を隔てた東の方を望みながら、暗い前途を思ひ懐かしい過去をしのび熱い涙がとめられぬ。／昭和二年六月六日

ここから、次の二つのことが読みとれる。まず、「成長して後、自分と同じ悲しい運命になったら」と書かれていることから、海人は娘たちに癩をうつしてしまっているのではないかと心配していることが分かる。癩は遺伝病だと信じている人々が当時少なくなかったが、一般の人々に向けて医師たちが癩は伝染する病気であると説いており、海人はそのことを知っていたはずだ。遺伝によ

るものであれ感染するものであれ、自分の子供が自分と同じ病気で苦しむことになるのではないかと考えるのは想像を絶する苦悩に違いない。

次に、「暗い前途」という箇所から海人は自分の病気が治らないのではないかと案じていることが明らかになる。二日後の六月八日には、「再び帰るかどうかわからぬ夫を、この先一年以上も待たねばならぬとは、あゝ何と云ふ運命のつれない手よ」と記している。入院後しばらくの間の日記からは、悲壮感が漂ってくる。

第二楽生病院について

海人が入院したのは、一体どんな病院だったのか。海人入院時点での病院の名前は「第二楽生病院」か「明石叢生病院」のどちらかはっきりしないが、「第二楽牛病院」としておく。明石駅が最寄り駅の癩専門病院だった。

この病院の組織を改編し明石叢生病院という名の病院にしようとして、日本MTLというキリスト教の「救癩」団体の理事だったクリスチャンで社会運動家の賀川豊彦（一八八八〜一九六〇）らが一九二七年五月に、「社団法人明石叢生病院設立許可申請書」を提出している。これによれば、竹内勅（一八七九〜没年不詳）は一九二七年四月までに経営から撤退し、「特効薬」に興味を持った関西の実業家たちがこの病院の経営を引き継いだ。その後経営は徐々に悪化し、営利目的の病院から「治療及救済」を目的とする病院への転換を試みたようだ。「主婦之友」に一九三〇年から一九三一年にわたって十二回連載された賀川の小説『東雲は瞬く』（一九三三年に実業之日本社から刊行された）は、この病院への財政支援のために書かれたとされるが、経営難が深刻化して一九三二年十一月に閉鎖された。

松村好之（一九一一〜没年不詳）は、海人より三か月早く第二楽生病院に入院した患者である。病院閉鎖後松村も海人も長島愛生園へ移り、海人が亡くなるまで親しい間柄だった。松村は、後に『慟哭の歌人――明石海人とその周辺』（小峯書店、一九八〇）を上梓しているが、出来事が起こった順序にいくつか誤りがあるので記憶のみに頼って記述したと思われる。また、想像で書いたと考えらえる箇所もあるため参照する場合には注意が必要だが、第二楽生病院から長島愛生園までの海人を知る者の貴重な記録となっている。

病院からの景観について、松村は次のように記している。

第二楽生病院は（中略）丘の上にあった。見下ろすと、明石平野が雄大に開け、左には、明石市街に連なって瀬戸内の海が見えた。そこには淡路島が浮かび、晴れた日には小豆島さえも霞んで見えた。

松村は「慟哭しながらたどり着いた海人も、ここがすっかり気にいってしまった」と記している。先に紹介した「明石病院時代の手記」で初夏に退院するまでの日録には、それを裏付ける記述は見当たらない。ただ「鳥が鳴く。花が咲く。／世に見捨てられたこの廃園にも」（おそらく六月二十六日）といった悲観的な文言を見出すのみである。

では、松村の目に海人はどのように映ったのだろう。

見上げるほどの背丈、きりっと引き締まった美青年の海人は、どこから見ても病人らしくなかった。（中略）入院した海人は悲しみを打ち消すように、机の上に唯物論や哲学の本をいつも三十冊ほど積み上げて、治療や食事の時以外はほとんど一日読書にふけっていた。

周囲の人びとが書きのこした文章から海人はたいへんな努力家だったと知られるが、この松村の記述もまたそれを示している。

転院

和歌山の打田へ

海人は第二楽生病院に入院して二か月もたたないうちに退院し、初夏に和歌山県那賀郡田中村の打田（現・紀の川市打田）に家を借り、佐野病院に通院し始める。『白描』に第二楽生病院についての歌はないが、打田に移ってからのことは〈診断〉に続く〈紫雲英野〉で詠んでいる。〈紫雲英野〉は、「鬼歯朶」（四首）、「紫雲英野」（十六首）、「帰省」（八首）合わせて二十八首からなる。

最初の「鬼歯朶」四首一連は、自ら死を選んだ若者についてのものである。鬼歯朶は鬼藪蘇鉄ともいい、成長すると草丈は五十～八十センチにもなり魔除けの縁起物として玄関先に植えられることがある。しかし、日陰で湿気のある場所を好むシダ類にあまりよいイメージを持つことができないのは筆者だけではあるまい。

歌を読んでいこう。

南紀のさる温泉にて療養中、失踪せる同宿の乙吉なる若者
裏山の奥にて日を経て発見せらる

乙吉がむくろは臭ふ草の上に袷の縞の眼にはたちつつ

現実に起こったことかどうかは分からないが、海人は打田の借家から南紀を訪れていたことになっている。乙吉も海人と同じ病気をかかえた者だったのだろうか。

結句の「眼にはたちつつ」は「目に立つ」からの変化で、筆者は縞が目に焼きつくと詠んだ。海人は自殺した者の「袷の縞」を美しいと感じている、と筆者は考える。死後数日を経た遺体を「むくろは臭ふ」と直截的に示し、「眼にはたちつつ」という表現で「袷の縞」の美しさを表わしたところに海人の工夫があると思うからである。

遺《のこ》されし眼鏡に翳をおとしつつあを雲の空高くひそまる

「あを雲」は、青みをおびた雲で、それが死者の遺した眼鏡のレンズに翳をおとしているという映画の一シーンを思わせる一首である。「青雲」の用例としては、持統天皇（六四五〜七〇二）の夫の天武天皇（生年不詳〜六八六）への挽歌「北山にたなびく雲の青雲の星離れ行《ゆ》き月を離れて」（巻二・一六一）がある。結句の「ひそまる」は漢字では「潜まる」で、ひっそりとなる、静かになるという意味である。あたかも空までもが死んだ乙吉を弔っているようだ。

三首めにも、遺品が詠まれている。

とりとめて書き遺すこともなかりけむ手帖にうすき鉛筆のあと

近年、スケジュール管理にスマートフォンを使う人が増えているが、手帳を用いている者もまだかなりいる。手帳は、それを使う者の生き方を如実に示す。上句には、乙吉の生の空疎さを考える海人がいる。乙吉に自分を重ね合わせているとするのは穿った解釈だろうか。第四句の「うすき」も効いている。

四首めで海人は風景に眼を転じる。

歯朶わか葉夕づく岨《そひ》を帰りつつ山蟹のつめ朱なるを見たり

島木赤彦（一八七六〜一九二六）『切火』（岩波書店、一九一五）の「昔見て今もこもらふ歯朶《しだ》の葉の暗がりふかく釣瓶《つるべ》を吊《つ》るも」は、日当たりの良くない場所に密生している歯朶が描写されている。しかし、海人のこの歌で歯朶は夕日のなかに青々と茂っているのではないか。「夕づく」は、「夕方になる、日暮れに近づく」を意味するが、筆者は夕日が歯朶を照らしていると解釈した。なお、「夕づく」は『万葉集』に小鯛王《おだいのおおきみ》（生没年不詳）の歌がある。「夕づく日さすや川辺に作る屋の形をよろしみうべ寄そりけり」（巻十六・三八二〇）。

海人は「そひ」とルビを振っているが、「岨」は「そわ」あるいは「そば」と読み、山の切り立ったけわしい所、絶壁、急斜面、急坂などの意味がある。近年あまり用いられない字ではある。正岡子規（一八六七～一九〇二）の『竹乃里歌』（俳書堂、一九〇四）に収められている一八九八年の歌に「峯こえて樛《ツガ》多きかけ《ママ》の岨道に山別れする鷹を見るかな」がある。また、斎藤茂吉（一八八二～一九五三）の『赤光』（東雲堂書店、一九一三）のなかのあまりにも有名な「死にたまふ母」には「蔵《ざ》王山《わうさん》に斑《はだ》ら雪かもかがやくと夕さりくれば岨《そは》ゆきにけり」が収められている。

夕日のなかの岨道を温泉宿へと帰る海人は、歯朶の若葉の緑と小さな山蟹の爪の朱のコントラストのなかに生命を見出したのである。

紀州での海人——打田、佐野病院、粉河

先に書いたように、海人は一九二七年初夏に第二楽生病院を退院し紀州の打田に住み佐野病院に通いはじめる。海人はこの時から長島愛生園に入るまでを、〈紫雲英野〉二十八首に詠んでいるのだが、この連作は、さらに「鬼歯朶」（四首）、「紫雲英野」（十六首）、「帰省」（八首）からなり、やや分かりにくい構成となっている。「鬼歯朶」を既に読んだが、それに続く「紫雲英野」十六首をこれから検討していこう。

後年、海人は当時のことを二つのエッセイ「粉河寺」と「歌日記」に書いているが、いずれにも海人の心情が吐露されている。歌の背景を知るために、それらを読んでみよう。「粉河寺」が掲載されたのは、「愛生」一九三七年九月号（第七巻第九号）である。「愛生」は、一九三一年十月に創刊され一時期の休刊を挟んで現在まで出ている長島愛生園の機関誌である。「愛生」に短歌、俳句、詩を積極的に投稿することで、海人はその才能を開花させていった。一方、「歌日記」は「改造」の一九三八年十月号（第二十巻第十号）に載っている。改造社は『白描』を出した出版社で、「改

造」は当時を代表する総合誌である。

「歌日記」に、海人は「紀州粉河《こかは》の近くの打田といふ処で田圃のまん中にある家を借りて自炊しながらS病院へ通つてゐた」と記している。また、「打田には物を売る店が無かつたので、いつも（粉河まで：松岡の補足）買出に出掛けて行つた」とあり、打田は閑散とした土地であったことが分かる。

「S病院」とは、海人が一日おきに通っていた佐野病院である。その跡地には、現在佐野歯科医院がある。打田駅から、徒歩の経路で約一・一キロの距離である。荒波力が『幾世の底より』で引用している「明治の洋風建築　佐野病院」（一九七二年二月十五日の「打田町公民新報」に掲載）によれば、「病院の敷地は約千二百坪、別に六百坪の附属地があり、建物は診療棟・病棟を合せて百八十坪に及び、別に請願巡査駐在所と院外病棟一棟があった」。請願巡査とは一八八一年から一九三八年まであった制度で、地方自治体、会社、個人などが特別の目的をもって配置を要請し配置された巡査のことで、給与や派出所の経費はすべて請願者が負担することになっていた。これらのことから、佐野病院はかなりの規模の施設だったことが知られ、ひっそりとしたこの土地で威容を誇っていたものと思われる。

もう一つのエッセイ「粉河寺」に、海人は打田でのことを次のように書いている。

私の生活は至つて孤独であつた。隔日に医者へ行くほかには、一日中口をきかないやうなことも珍らしくなかつた。私は次第に人の言葉に渇いてゆき、路上や店先停車場などで、男や女や老人や子供達の会話に耳を傾けたが、みな早口な関西弁でどこか馴染みがたく、どうかすると私を一層惨めな孤独に陥れた。

この一節には、故郷を遠く離れた不慣れな土地での海人の侘しさがにじみ出ている。ところで、この「粉河寺」というエッセイは次のように始まっている。

遠く高野山を望む紀の川のほとりのある古い町に、曾て私は病を養つてゐた。西国三番の札所へ詣る道の両側に、古風な白壁の屋並をつらねてゐるその町はいつも蜜柑の香に染みてゐた。見わたす紫雲英《れんげ》田が囀りの音にけむる頃ともなれば、日毎白衣に鐸を振る巡礼の唄が賑ひ……

（後略）

「西国三番の札所へ詣る道の両側に、古風な白壁の屋並をつらねてゐる」と門前町の性格が記されていることから、「古い町」とは粉河のことである。「西国三番の札所」とあるが、宝亀元（七七〇）年創建とされる粉河寺は西国三十三所観音霊場の第三番札所で、現在も多くの巡礼が訪れる。「粉河寺」にはまた「私はまたよくその古い大きな寺へ歩を向けた」とも書かれており、参詣客や巡礼で賑やかなこの寺に海人は気を紛らわすためにしばしば足を運んでいたと思われる。

一九二七年十月、妻が次女を連れて打田へとやって来た。海人は二人を伴い粉河寺を訪れている。翌年亡くなる次女が境内の池で緋鯉に餌をやる姿について、海人は次のように記している。

どうしてこんな所へ来てゐるのかそんなことには何の屈託もなく、円い麩をちぎつては投げながら独りで興じてゐる子供の背に、私達は悲しい微笑を交した。日々は毒茸のやうに杳く美しく追憶の中へ潰えていつた。

悲しみが伝わってくる文章だが、「日々は毒茸のやうに」という表現には攻撃的な気持ちも感じられる。悲しみと攻撃的な気持ちには連続性があることを心理学や文化人類学は示してきたが、粉河寺での次女の振舞いを思い出す海人にはこの二つの感情が錯綜していたのだろう。

一方の「歌日記」には、二人が帰った後のことが書かれている。

二三日しかゐなかつた子供の匂ひが、今も壁や畳に沁みついてゐるやうな気がしてじつとしてゐられなくなり、紫雲英の花ざかりの野道を、私は一日中さまよひ歩いた。

「紫雲英野」十六首は、この文に示されているような寂寥感が横溢した一連である。

次女の死

訃報

次女は翌一九二七年四月九日、腸炎で僅か一歳三か月で亡くなってしまう。海人がいつ娘の死を知ったのかははっきりしないが、次の歌の詞書が事実を伝えているとしたら亡くなってすでに十日以上がたち葬儀も終わってから知らせを受け取ったことになる。このことについては後にふれることにして、「紫雲英野」十六首を読んでいこう。

紀州粉河の近在に独居して病を養ふうち、たまたま子の訃に接す。
事過ぎて既に旬日の後なり

已《すで》にして葬《はふ》りのことも済めりとか父なる我にかかはりもなく

なぜこのようなことになったのか、そしてそのことについての海人の心情が詳しく書かれている「歌日記」から、引用する。

子供が腸炎で死に、もう葬式も済ませた。あなたには帰へつて貰はない方がよいと云ふ父や母の考へで、わざと今迄報せなかつたといふ意味の妻の手紙を読んでゐるとき、家を取りかこむ一面の紫雲英畑には、ひつきりなしに囀る雲雀の声が続いてゐた。（中略）子供の病気のことは何にも報せて来てなかつたので、急に死んだと云はれても、どうしても本当のやうな気がしなかつた。にも拘らず、私は何となく腹立たしかつた。父たる自分の知らない中に死んでしまひ、葬式までが済んでゐる。こんな事があつてよいのだらうか。然も、事はすでに行はれてしまつてゐる。何たる事であらう。父や母の気持はよく分りながら、ぢりぢりと湧いて来る忿《いかり》をどうしようもなかつた。父も、母も、妻も、自分自身さへもが憎らしかつた。

すでに何度か書いたように、当時の癩患者ばかりかその家族に対する差別も過酷だった。海人の両親は、家から患者が出たことを知られないように彼が葬式に出るため帰郷することを望まなかったのである。そのことを海人も理解しているからこそ、「父や母の気持ちはよく分りながら」と書いているのだ。だが、「忿《いかり》」を押さえることはできなかった。そうした感情が表わされているこの歌は、自分が蚊帳の外に置かれたことを示す三句めの「済めりとか」が効いている。

二首め。海人は娘を弔う。

白飯《しらいひ》を器に盛りてあたらしき箸は立てつつ嘆き足らはず

死者の枕もとや墓前に供える飯を「枕飯」といい、茶碗に盛った飯に箸を立てることがある。なぜこういうことをするかには諸説あるが、『日本民俗大辞典』（吉川弘文館、二〇〇〇）の「枕飯」の項には、「死者が拝む対象のホトケになったことを意味する」とある。故郷を遠く離れた和歌山で、海人は一人自分が知らないうちに亡くなった次女を弔うのである。「足らはず」は、動詞「足らふ」の未然形に打消しの助動詞「ず」が付いたものである。この結句には、やりきれなさや怒りが表現されている。

三首めは一見叙景歌である。

昼こそは雲雀もあがれ日も霞め野のなかの家の暮れて幽《かそ》けさ

先に引いた「歌日記」からの一節に、「家を取りかこむ一面の紫雲英畑には、ひっきりなしに囀る雲雀の声が続いてゐた」とあった。この短歌を初めて読んだ時、筆者はシュルレアリスムの画家ルネ・マグリット（一八九八〜一九六七）の「光の帝国」（一九五四）という絵を想起した。この作品の上半分には雲の浮かぶ青空、下半分には夜の光景で湖に面した通りや灯りをつけた家と、一枚のキャンバスのうえに現実ではありえない光景が描かれている。筆者はこの家に住む人の孤独を感じとったのだった。掲出歌には日中から夜へという時間の経過が詠まれてはいるものの、この絵が想起される。昼、時は春の盛りである。しかし、夜になると紫雲英畑のなかの一軒家は今にも消えいってしまいそうだ。「幽《かそ》けさ」という表現に海人のやるせなさが伝わってくる。

四首め。子の死に目に会えなかった悲しみが示されている。

幾年をはなれ棲みつつうつそみのいまはは知らで罷《まか》り果てしむ

「幾年をはなれ棲みつつ」とあるが、次女が生れたのは一九二六年十二月、海人が明石へ発ったのは翌一九二七年の六月、妻と次女が打田に来たのはその年の十月なので「幾年をはなれ棲みつつ」は誇張ではある。「いまは」は漢字では「今際」で、『日本国語大辞典　第二版』（小学館、一九七二）は、「今はこの世の限りだという時。死にぎわ。臨終」とある。「罷《まか》り果てしむ」は、「死なせてしまう」。したがって、三句めから結句は「娘のこの世の最後を知らないで死なせてしまった」という意味となる。

五首めには、娘の死を受け入れる海人がいる。

ながらへて癩《かたゐ》の我や己が子の死しゆくをだに肯《うべな》はむとす

『白描』には「癩の我」やそれに類似した表現がいくつか現われるが、これもその一つである。既に紹介した歌としては、「雲母《きらら》ひかる大学病院の門を出でて癩《かたゐ》の我の何処《いづく》に行けとか」がある。この歌に詠まれているのは、運命を甘受するということだ。子に先立たれることは、言うまでもなく親にとって耐えがたい苦痛である。六首め。

世の常の父子《おやこ》なりせばこころゆく歎きはあらむかかる際《きは》にも

「こころゆく嘆き」とは、いったいどのような嘆きであろうか。筆者は、ここでの「こころゆく」を「気がすむ」という意味にとった。普通の親子であれば子の死に目に会えなかったとしても、気がすむまで嘆くだろう。自分のしらない間に次女が死に葬式が終わってしまった事実に直面した海人は気がすむまで嘆くことはできないのである。「世の常の父子《おやこ》」ではない原因の自らの病気を海人は呪ったに違いない。

蚯蚓の仔

「紫雲英野」十六首を読み進めていこう。七首めには夢が詠まれている。

幾たびをよしと凶《わる》しと惧れてし夜の夢さへや過ぎはてにけり

やや分かりにくい歌である。「よしと凶《わる》しと惧れてし」は、自分の病気が良くなるのか悪くなるのかを心配すると解した。「恐」と同じ意味を持つ「惧」という字は現在では「危惧」という熟語で見るくらいだが、かつてはしばしば使われていた。芥川龍之介（一八九二〜一九二七）は、「大正十二年九月一日の大震に際して」という文に、関東大震災に遭った直後のことを「帰宅後、電燈の点じ難く、食糧の乏しきを告げんことを惧れ……」と書き残している。

筆者は、「さへや」は副助詞の「さへ」に詠嘆の間投助詞「や」が付いたものと考え、「夢さえも見なくなった」という意味にとった。良くなるのか悪くなるのかを心配する夢さえもう見なくなった、つまり自分はもう治らないという諦観と解した。夢のなかでさえも希望を失ったという悲しい歌のように思える。

八首めには、「夢」につながる「夜」が現われる。

更くる夜の壁も畳も灯のいろもただしらじらと我をあざむく

第一章の「上野公園から駅まで」で、離人感の一つとして「世界が色褪せてみえる」ことがあると指摘したが、この歌の「しらじらと」という表現もこの感覚を表わしているように思われる。壁、畳、灯、つまり部屋のなかで自分を取り巻いているものすべてがただ白っぽく目に映ったのだ。疎外感を表わす「我をあざむく」という結句も効果的である。

九首めでは、再び次女が詠まれている。

幸《さち》うすく生れて死にてちちのみの父にすらだに諦らめられつ

死んだ次女は父親にさえも諦められてしまったと詠むこの歌は、諦めた自分を否定的に捉えている。この自己否定は、葬式が終わってから手紙でそのことを知らされた悔しさに因るものだろう。この心の動きにかかわる「喪の作業」という概念を次の項で紹介するが、その際にこの歌を含む数首を再びとりあげる。

十首めは、紫雲英野が現われる絶唱である。

あが児はもむなしかりけり明けさるや紫雲英《げんげ》花野に声は充つるを

レンゲソウ（蓮華草）やレンゲとも呼ばれる紫雲英《げんげ》は、マメ科ゲンゲ属の中国原産の越年草である。春の季語で、この季節に紅紫色の花をつける。紫雲英の根には「根粒」と呼ばれる瘤があり、空気中の窒素を植物が養分として使える形に変える根粒菌が生息している。つまり、紫雲英自体が養分を蓄えているのであり、かつては水田の緑肥として広く栽培された。緑肥とは、植物をそのまますき込んで肥料とするものである。田（この時期には水は張っていない）一面に紫雲英が花を咲かせる光景は春の風物詩だったが、化学肥料が普及するにしたがって田圃に紫雲英は見られなくなり現在では道端や河原に咲く姿を目にするのが一般的だろう。

「はも」は詠嘆である。「むなしかりけり」は「死んでいる」の意味の形容詞「むなし」に過去の出来事の伝聞を示す助動詞の「けり」が付いたものと考え、「死んだということだなあ」の意に解した。娘の亡くなったのは四月九日で、それを知らせる手紙は「既に旬日の後」つまり十日ほどたって届いており、紫雲英の花ざかりだったのである。

「声」とは誰の声だろうか。筆者は次女の声ととった。一面の紫雲英花野に、海人は亡き次女の声を聞いたのではないか。そうだとすれば、「声は充つるを」は、亡き子の声が花野を満たしていたことを示す表現である。

十一首めは強烈な印象を残す一首となっている。

うは温《ぬる》む水泥《みどろ》がなかに縞赤き蚯蚓《みゝず》の仔らの生《あ》れてうごめく

生々しい光景である。写真展でいうと、モノクロームの悲しげで重苦しい写真が続いてきたところへ突然カラーでグロテスクな写真が現われたようだ。「水泥」のぬめぬめした感じ、「縞赤き」という色彩の描写、蚯蚓に「仔」という漢字を使う異様さで非常に気味が悪い。さらに、それまで死んだ次女のことが歌われてきたのに、この歌では「蚯蚓の仔」という新しい生命が対比的に詠まれている点も巧みである。海人の構成力の高さにはあらためて感心せざるを得ない。

十二首めで、再び紫雲英が詠まれている。

紫雲英咲く紀の国原の揚雲雀はかなきことは思ひわすれむ

子の死をもちろん忘れられるはずもない。こう詠むのは次女の死を受け入れ、立ち直る努力を始めようという決意を示しているのである。上句と下句の対比が巧みである。

十三首めは粉河寺の夕方の光景を詠んだ叙景歌である。

花散るや双《なら》ぶ仁王の朱《あけ》のさび今日の一日を暮れなづみつつ（粉河寺にて）

先に書いたように、粉河寺は七七〇（宝亀元）年開創とされる天台宗の古刹であり、古くから広く名が知られていた。『枕草子』（一〇〇一頃）の一九四段に「寺は壺坂、笠置、法輪……石山、粉川、志賀」とあり、後白河法皇（一一二七〜一一九二）が一一八〇年前後に編んだとされる『梁塵秘抄』には「観音験《しるし》を見する寺、清水石山長谷の御山、粉河近江なる彦根山、間近く見ゆるは六角堂」という今様が収められている。近代では、若山牧水（一八八五〜一九二八）の最初の歌集『海の声』（生命社、一九〇八）には、「粉河寺遍路の衆のうち鳴らす鉦々《かねがね》きこゆ秋の樹の間に」がある。

粉河寺の入口に建つ一七〇六（宝永四）年建立とされる大門は、総欅造りの楼門（二階建ての門）で重要文化財になっている。この朱塗りの大門は高野山、根来寺のそれに続いて和歌山県内で三番目に大きなものとされる。門の左右に口を開いた阿形・口を閉じた吽形の一対の仁王像が収められていることから、仁王門とも呼ばれている。仁王像は朱に塗られている場合が少なくないが、現在の粉河寺の仁王はそうではない。果たして海人が見た時に朱塗りであったのかどうかははっきりしない。

さて、この歌の「さび」は「くすみ」を意味している。したがって本歌は、日が暮れそうでなかなか暮れない春の夕方、桜の舞い散るなかに大門の二体の仁王の朱色のくすんだところがみえる、という内容となる。桜の花びらのうすいピンク色とくすんだ朱色の二つの色、そこに春の夕方の光が相俟って印象派の絵画のような印象を残す歌である。

既に何度か引用している「改造」一九三八年十月号に載った海人のエッセイ「歌日記」に、次の歌が載っている。

花散るや五層の塔の朱の寂《さび》今日の一日を暮れなづみつつ

『白描』の出版は翌一九三九年の二月だから、海人はこの歌を改作し「紫雲英野」の中の一首として『白描』に入れたと思われる。『白描』と「歌日記」の二つの歌の異同は、二句から三句の「双《なら》ぶ仁王の朱《あけ》のさび」、「五層の塔の朱の寂《さび》」だけである。海人は「塔」をより強いイメージの「双《なら》ぶ仁王」に替えた。筆者はそれが成功していると考えるが、読者のみなさまはどう思われるだろうか。

十四首めもやはり叙景歌で、粉河寺についての歌である。

萌えいづる銀杏《いてふ》の大木夕づきて灯ともりたまふ鬼子母観音

「歌日記」で海人自らこの歌を引いている。歌の前に状況の説明があるので、それを引用してみよう。

朧て人影のまばらになつた本堂の前に額づいて、あの故郷の墓の下に眠る我が子の瞑福を祈りながら帰つて来ると、夕暮れのしじまに、金鱗をひらめかしながら緋鯉の跳ぶ泉水のかたはらの鬼子母神堂に、墨文字のにじんだ奉納の手拭や赤い足袋などの間に、何処の母親の念願か、一房の黒髪がさむざむと夕闇を吸つてゐた。

錦鯉の鱗の金と奉納の手拭の墨文字の黒が絶妙のコントラストを醸し出している。鬼子母神は、釈尊のおかげで子供を喰らう鬼女から仏教に帰依し、日本では安産や子育ての神として信仰されている。現在鬼子母神像は本堂に収められており、当時鬼子母神堂が別にあったかどうかは粉河寺に電話で問い合わせた限りでは明らかにできなかった。

掲出歌に戻ると、鬼子母観音から子供がイメージされ、それは海人の死んだ次女へとつながっていく。また、十三首めに散る桜、続くこの十四首めには銀杏の若葉を配し、季節の移り変わりを表現しており巧みな構成となっている。

十五首め。海人は次女とその墓を想う。

七七忌の日

童わが茅花《つばな》ぬきてし墓どころそのかの丘にねむる汝《いまし》か

「茅花《つばな》」(「ちばな」と読むこともある)とは、茅萱《ちがや》(茅《ちがや》)の花穂のこと。茅萱は単子葉植物イネ科チガヤ属の多年草で、野原や川原などの日当たりのよい場所に丈五十センチほどで群生するのをよく見かける雑草である。春先に出る細い苞に包まれた花穂は、初夏に銀色の美しい穂をなびかせる。この歌での茅花はまだ苞に包まれている方で、口に含んで噛むと甘い味がすることから、「茅花抜く」は「茅花を抜いて口に含む、噛む」ことを意味する。

伊藤博也編の『萬薬集事典』（有精堂出版、一九九二）によれば、浅茅（丈の低い茅萱）、茅花を合せると、『万葉集』には茅萱を詠んだ歌が二十七首入っている。「茅花抜《つばな》く」を詠んだものに、大伴田村家大嬢《おおとものたむらのいえのおおおとめ》（生没年不詳）が、異母妹の大伴坂上大嬢《おおとものさかのうえのおおおとめ》（生没年不詳）に贈った一首、「茅花抜く浅茅が原のつほすみれ今盛りなり吾が恋ふらくは」〔巻八・一四四九〕がある。

十六首めはこの一連の最後の歌となる。

ふるさとの家に帰らば今もかも会はるる如き思ひは歇《や》まず

次女の早すぎる死をなんとか受け入れようとする海人だが、家に帰ればまだ生きているのではないかという気持ちを拭い去ることができない。一連の最後にこの歌を置くことによって、揺れ動く気持ちが読者に的確に示されるのである。

「喪の作業」としての「紫雲英野」十六首

「喪の作業」という言葉は、初めて耳にする読者の方が多いと思われる。この概念をつくったのは、精神分析を興したジークムント・フロイトで、簡単にいえば親や子供といった大切な者を死によって失った後に心の中に生じる過程を意味する。フロイト以降何人かの研究者がさらなる理論化を試みているが、イギリスの精神科医で精神分析を専門としたジョン・ボウルビィ（一九〇七〜一九九〇）は、「喪の作業」を次の四つの段階に分けた。

一、無感覚期（激しいショックを受ける）
二、渇望期（対象の喪失を認めず、失った対象がいるように振る舞う）
三、絶望期（激しい失意、抑うつを体験する）
四、再編期（喪失を受容し、立ち直る努力をはじめる）

「紫雲英野」十六首のうちで直接次女にかかわる十首が、この四つのカテゴリーのどこに入るかを考えてみると次のようになる。

一　已《すで》にして葬《はふ》りのことも済めりとか父なる我にかかはりもなく（一、無感覚期）
二　白飯《しらいひ》を器に盛りてあたらしき箸は立てつつ歎き足らはず（一、無感覚期）
三　昼こそは雲雀もあがれ日も霞め野のなかの家の暮れて幽《かそ》けさ（三、絶望期）
四　幾年をはなれ棲みつつうつそみのいまはは知らで罷《まか》り果てしむ（四、再編期）
五　ながらへて癩《かたゐ》の我や己が子の死しゆくをだに肯《うべな》はむとす（三、絶望期）
六　世の常の父子《おやこ》なりせばこころゆく歎きはあらむかかる際《きは》にも
七　幾たびをよしと凶《わる》しと惧れてし夜の夢さへや過ぎはてにけり
八　更くる夜の壁も畳も灯のいろもただしらじらと我をあざむく
九　幸《さち》うすく生れて死にてちちのみの父にすらだに諦らめられつ（三、絶望期）
十　あが児はもむなしかりけり明けさるや紫雲英《げんげ》花野に声は充つるを（三、絶望期）

十一　うは温《ぬる》む水泥《みどろ》がなかに縞赤き蚯蚓《みゝず》の仔らの生《あ》れてうごめく　（四、再編期）
十二　紫雲英咲く紀の国原の揚雲雀はかなきことは思ひわすれむ
十三　花散るや双《なら》ぶ仁王の朱《あけ》のさび今日の一日を暮れなづみつつ（粉河寺にて）
十四　萌えいづる銀杏《いてふ》の大木夕づきて灯ともりたまふ鬼子母観音　（四、再編期）
十五　童わが茅花《つばな》ぬきてし墓どころそのかの丘にねむる汝《いまし》か
十六　ふるさとの家に帰らば今もかも会はるる如き思ひは歇《や》まず　（二、渇望期）

こうしてみると、これら十首はあらかたボウルビィが示した「喪の作業」の経時的な心のあり方の流れに沿っていることが分かる。そこに適宜叙景歌（三、八、十四）や自分についての歌（七）を配置することによって、一連が単調になることを避け次女の死が読者の心に染み渡るようなつくりになっている。

最後に「二、渇望期」、すなわち、「対象の喪失を認めず、失った対象がいるように振る舞う」の範疇に入る歌を置いている点にも注目したい。この歌で詠まれているような感情、つまり親族や近しい人を亡くした後しばらくたってもその人はまだ生きているのではないかと思うことは、少なからぬ人が経験するのではないか。「紫雲英野」十六首は、たいへん巧みな一連と言っていいだろう。

荒波力『幾世の底より』によれば、荒波は海人の遺族から次女が亡くなった頃の歌稿ノートのコピーを進呈された。このノートの「二百余首の総て」は次女の死について詠んでおり、その死が海人に知らされた一九二七年四月から五月に書かれたと思しきものだという。同書では、そのうちの二十四首が紹介されている。それらの歌は、〈紫雲英野〉の歌の完成度とは当然のことながら比較することはできない。三首を引く。

故里に帰らば今も汝にまた会はる、ごとき心地するなり
灯を慕ふ虫にも心ひかるなり吾子の逝きにし春の夕は
いつの日か汝とむらひに帰らなん故里遠く病めるこの身は

『白描』の「作者の言葉」に、海人は「私が歌を習ひはじめたのは昭和九年頃で」と記しているが、海人はすでに一九二七年すなわち昭和二年には歌を詠んでいるのである。そして、引用した三首の最初の歌に手を入れ、完成度が高くなったものが「紫雲英野」の最後の歌だと考えていいだろう。

作歌開始の時期について真実を語らなかったのは、海人とは一体誰かと詮索されることを避けるためなのか、あるいは他の理由に拠るのか。この問題については、稿を改めて考えることにしたい。

「感傷の器」としての短歌

最後の帰郷──「紫雲英野」最後の一連「帰省」について

一九二九年、二十八歳の海人は和歌山の佐野病院を退院して再び明石の第二楽生病院に入院するが、この間に最後の帰郷をしている。帰郷の前後に妻浅子に宛てた海人の二通の手紙は、没後

一九三九年十月号の「婦女界」に「妻と呼び得る最後の日に」というタイトルで掲載された。帰郷前の手紙は、海人の親族ではなく浅子の親族が海人との離婚を彼女に勧めていることを示している。

静岡市の写真館で撮った最後の家族写真（1929年）
（明石海人顕彰会提供）

妻よ！（かう呼ぶのも之が最後かも知れないね）どうか勇敢に自己の道を切り拓いて行つてくれ。私ももつともつと内省して、生命の限り自己の深化を忘れない様にしよう。そして追憶のみを唯一の慰めとして生きてゆかう。だが最後に一つのお願ひがある。私はこのままで別れたくない。
今一度自分の妻と呼び得るお前に会ひ度い。妻としてのお前に最後の別れを告げ度い。そしてもう一度親子三人で揃つて見たい。（中略）
最後にたとへ自ら招いたのではないとは言ひ乍ら私の病がこの破局をもたらし、お前や〇〇（松岡註：長女の名前が伏字とされている）まで不幸にした事を私は心からお前たちにすなまく思つてゐる。

そして海人は帰郷を果たした。荒波前掲書によれば、次の日海人が明石へと発つ日に家族三人で静岡まで行き、「紺屋町の杉本写真館で家族三人の写真を撮り旅館に泊まった」。前頁の家族写真は、この帰郷の際に撮影されたものとされる。この帰省に題材をとったのが詞書を多用した八首からなる一連「帰省」で、〈紫雲英野〉の掉尾を飾る。

一首め。

各地の療院を転々とすること数年、癒ゆべき望みも失せて帰郷
斯もこそ生立《おひた》ちにけれ置きて去《い》にしそのかの吾子《あこ》かやこの羞《はにか》むは

詞書には海人の落胆が記され、これが最後の帰省になるだろうことが示唆されている。海人が一九二七年六月に明石の第二楽生病院へと出発して以来、長女とは二年以上会っていなかった。この時数え五歳の長女は、父との再会に当惑し恥ずかしがっていたのである。四句めの「そのかの吾《あ》子《こ》かや」という表現には、久々に会った娘の成長に驚いている海人が表わされている。一方、「置きて去《い》にし」には長女を置いて遠く離れた病院に入らなければならなかった結果二年以上家に帰れず、再会した長女を羞《はにか》ませている自分を責める気持ちが表わされている。

二首め。

年を経て帰る吾家に手童《たわらは》の父とは呼べどしたしまずけり

一首めに続いて、この歌でも父の帰還に当惑している長女が描写されている。「手童《たわらは》」の「た」

は接頭語であり、子どもの意味。古くは『万葉集』に、石川郎女《いしかわのいらつめ》の「古りにし嫗にしてやかくばかり恋に沈まむ手童のごと」（巻二・一二九）がある。また、『白描』の後になるが、白秋の最後の歌集『黒檜』（八雲書林、一九四〇）の「内閣印刷局」の一連に「五色旗の満洲紙幣手童《たわらは》がただに愛《かな》しぶものならなくに」が見える。結句「したしまずけり」には、長女がなつかないことを寂しく思う海人の気持ちが出ている。

三首めで、数え年二つで病死した次女が現われる。

留守の間をみまかりし子の位牌に、享年二歳とあるも僭く、尋常なる礼拝のわざなど心に染まねば、黙然と踵をかへすを母の咎めて、「墓参もかなふまじいとせめて香など炷けよ。」と云ひ給ふに

逢見ずて過ぎし位牌に香をたくかかるを我の生れしめてき

詞書から読んでいこう。位牌とそこに書かれた「享年二歳」という文字を見て、自分が知らぬ間に次女が死に葬式も行なわれてしまったことに対する憤りが再燃し、線香を焚き位牌に手を合わせ拝むという「尋常なる礼拝のわざ」をしたくなかったことが窺われる。

「炷けよ」は「たけよ」と読む。動詞「炷く」は、香に火をつけて煙を立ちのぼらせ香りを出すことを意味する。子の位牌に向かって何もせず黙って踵を返した海人に、母はせめて線香をあげなさいと咎めたのだ。「墓参のかなふまじ」と母が言った訳は、海人が不用意に外出することによって癩患者であることが周囲の人びとに知られると、一族に累が及ぶからだと考えるのが妥当だろう。

四首めと五首めで、海人は久々に帰ったわが家を詠んでいる。

縁側の隅の柱に、嘗て手馴れたりし空気銃の金具もいたく錆びたるが逆さまに吊されたり。「雀の執念なるべし。」など母の真顔にいひ給ひけるは我が癩の診断を受けし頃なりき

縁側の壁に彫られし落書も古りし我家に帰り来にけり

この歌にかんしては、歌自体より詞書に注目したい。たびたび引用している「歌日記」（「改造」一九三八年十月号掲載）に、海人は次のように記している。「空気銃の照準なども確で、腕白時代には、雀撃ちでは私の右に出る者はなかつた。」母は、海人が癩を発病したのは雀をたくさん撃ち殺したので罰が当たったのだと思ったのである。癩はかつて「天刑病」、つまり天が下す罰の病気と捉えられていたが、母はこの因果応報説を信じていたのである。

歌には、縁側の壁に自分が彫った落書きも古びてきているわが家に帰って来たという感慨が詠まれている。

五首めにはわが家についての四首めとは異なった見方が詠まれているが、ここではじめて妻が登場する。

家妻と茶を汲みをれば年を経て帰り来たりし吾家ともなき

「とも」は連語で「ということも」、「なき」は「無し」の連体形の名詞用法で、妻と二人で茶を飲んでいると何年も経て帰って来たわが家という感じはしない、という意味に解した。しかし、やはり時がたっていることが六首めで示される。

夕経の持仏にむかふ老《おい》らくの父の頸《うなじ》はおとろへにけり

父親は確実に老いていることを、「頸《うなじ》はおとろへにけり」と表現したところが巧みである。

「感傷の横流」を担う短歌

七首めと八首めは読むのがつらい歌である。七首めは次の歌である。

日を経る儘になじみそめたる子はお八つの菓子等を頒ちつつ
ふたたびを訪《おとな》ひてよとねもごろにわが童《わらはべ》は我をもてなす

「ねんごろに」の元となった「ねもごろに」は、「こまやかに」の意。『万葉集』にすでにいくつか用例があるが、大伴家持（七一八〜七八五）の一首を引く。「思ふらむ人にあらなくにねもころに心尽して恋ふる我れかも」〔巻四・六八二〕。だんだん自分になついてきた長女が、また来てくださいとこまやかに海人をもてなしているのである。

八首め。

週日の後国立の療養所に向ふ。この度は帰り見む日もはかり
難ければと、妻は子を伴ひて停車場まで見送る
母父《おもちち》に手をとられつつ興じやまぬこの幼きを別れゆかむとす

海人は妻子と会えるのはこれが最後だと思っていた。感情を抑制したこの歌は、妻と、そしてだんだん自分になついてきた長女と分かれる海人の筆舌に尽くしがたい思いを伝えている。

八首中五首で詞書を用いることであたかも物語のような読後感を与える「帰省」を最後に置いた全二十八首からなる〈紫雲英野〉（「鬼歯朶」四首、「紫雲英野」十六首、「帰省」八首）を読んできた。「短歌研究」連載中に、次女の死についての歌を論じたこの部分を読んだ小児科医を目指している医学生の方から、「『子ども』に強い思い入れがあるのもあって読んでいてかなりつらかった」という感想をいただいたが、癩患者の生の軌跡を描いた『白描』第一部のなかでも、読者を感傷的にさせる〈紫雲英野〉は特に読むのがやるせない一連である。

前川佐美雄の影響を受けた「ポエジイ短歌」を収めた『白描』「第二部　翳」の最初に、海人は、この部は「感傷の横流」ではない短歌を試みたと記している。耳慣れない言葉だが、読者を強引に感傷的にさせるといった意味だろう。なるほど、〈紫雲英野〉は「感傷の横流」かもしれない。そうだとしても、なんと完成された一連であろうか。

第三章　長島愛生園へ

島の療養所

長島愛生園という場所

この章から、『白描』の長島愛生園を題材にした短歌を読んでいく。それに先立って、長島愛生園とはどんなところかを概観しておこう。瀬戸内海に浮かぶ岡山県の長島に、一九二八年一月に着工され一九三〇年十一月竣工した長島愛生園（現・国立療養所長島愛生園）は、日本最初の国立らい療養所だった。一九三一年三月には名称が「国立らい療養所長島愛生園」と定められ、同月二十七日に最初の患者として八十五名を迎え入れた。愛生園の機関誌「愛生」創刊号（一九三一年十月刊）巻末の「愛生日記」に、「三月二十七日　本日午後零時二十分東京東村山全生病院より光田園長引率の許に開拓使八十五名の上陸を見茲に盛大なる産声をあげた」と記されているが、「開拓使八十五名」とは光田とともに長島に行くことにした全生病院の模範的な患者たちだったのである。

一九三二年十一月、海人は精神が不安定となった。第二楽生病院が閉鎖されることになり、海人は長島愛生園に転院した。では長島愛生園はどのようなところだったのか、そして海人はそこでどう生きたのかを巧みに詠んだ『白描』「第一部　白描」の〈島の療養所〉以降を読んでいく。「納骨堂」（三首）、「医局」（五首）、「大楓子油」（三首）、「白罌粟」（四首）、「骨壺」（八首）、「静養病棟」（五首）、「盆踊り」（三首）、「追悼」（二首）、「補助看護」（六首）、「病める友」（十首）あわせて四十九首からなる〈島の療養所〉を読むと、長島愛生園が概観できるつくりになっている。

死、そしてそれを超えるもの――「納骨堂」

〈島の療養所〉の最初の一連「納骨堂」は次の歌から始まる。

椿咲く島の御堂の朝たけてせりもちにさす翳《かげ》のしづけさ

御堂とは納骨堂をさす。「朝たけて」は「闌けて」で、ここでは「盛りをすぎる」という意味である。冬のやわらかな陽ざしが納骨堂のアーチに翳を落とす静謐な情景が描き出されている。「プロローグ」に記したように海人は一時「水甕」に入っていたが、「水甕」一九三五年六月号掲載の「椿咲く山の御堂の昼ふかみせりもちがもつ影のみじかさ」（傍点は海人）に手を入れたもので、初句の「山」を「島」に替えたことによりタイトルの〈島の療養所〉との関連が明確になっている。また、「昼ふかみ」から「朝たけて」にしたことで、「弱まっていく日射し」が「これからもまだ強くなっていく日射し」となり、光と翳の対比がより効果的となった。

二首め。

置く露のつめたきばかりこの朝のつばき白花もの寂びにけり

結句の「もの寂びにけり」は、白椿が傷んだ状態になっていることを指す。この歌は、「この朝《あさ》明《け》御《み》堂の山の露けきに椿白《しら》花ひらきそめたり」（「愛生」一九三五年五月号）を改めたものと考えていいだろう。この号に海人は二十首を寄せているが、この「この朝《あさ》明《け》」はそのうちの「東本願寺御裏方御手植の椿花咲くをつつしみて詠む」（十一首）のなかの一首である。東本願寺御裏方とは、当時の東本願寺最高指導者第二十四世法主大谷光暢（一九〇三〜一九九三）の妻大谷智子（一九〇六〜一九八九）で、長島愛生園に多額の寄付をした。「愛生」一九三四年七月号は、皇室と東本願寺に

長島神社の鳥居の奥から潟と長島を望む
（著者撮影）

納骨堂の正面図（1934年の資料）
『長島は語る：岡山県ハンセン病関係資料集 後編』（岡山県、2009年）より

対する「感謝記念号」となっている。皇室とは、プロローグに書いたように一九三二年十一月大宮御所で開催した「癩患者を慰めて」という兼題で、「つれづれの友となりても慰めよ行くことかたきわれにかはりて」と詠んだ貞明皇后である。

この「感謝記念号」に栗下信策という入園患者が書いた「納骨堂落成までの思ひ出の記」には次のように記されている。

折角病院に来て遺骨を貰《ママ》ふて帰る家族の方々の内にはその処置に困じ果て、、とある畑の中にソッと遺骨を埋めて置いたといふ様ないたましい話もあつた。我等は深く此の遺骨の事につきて長くなやんで居つたのである。

つまり、園内に墓に代わる納骨堂が設置されたのは、患者が死亡しても遺族が遺骨の受け取りを拒む場合があったからなのだ。納骨堂は、元皇族だった大谷智子が寄付した千五百円を資金として一九三二年春起工し、一九三四年五月十日に竣工した。図のように特定の宗教を感じさせないデザインとなっている。

「納骨堂」の三首めは神社を詠んだ歌である。

朝潟をわたし来りてきりぎしに高築《っ》く石のきざはしを仰ぐ（長島神社にて）

「愛生」一九三五年三月号によれば、長島神社は一九三五年三月二十七日入園者収容開始満四周年記念日に鎮座式典が開かれた島で最初の神社である。

「潟」とは、遠浅の海岸で満潮時は海面下にあり潮が引くと現われる場所である。干潮の時には写真の潟を歩いて長島神社に参拝することができるようになっている。

「きざはし」は「階」で、階段を意味する。「築《つ》く」は、ここでは、土石を突き固めて積み、築山や垣などを築くという意味である。また「せりもち」は漢字では「迫持」と書き、アーチのことである。

それにしても、海人はどのような意図で、〈島の療養所〉の最初に納骨堂（すなわち、死）や神社（すなわち、神という超越的な存在）を詠んだ一連を配置したのだろうか。〈島の療養所〉の歌を読み終えた後に全体の構成について検討するが、その際にこの問題に立ち返ってみたい。

医師と患者の姿が見えない静かな診察室──「医局」

「納骨堂」に続く五首からなる「医局」には診察室を詠んだ歌が三首収められているが、いずれも「愛生」一九三五年六月号に掲載された九首一連「医局の初夏」（以下「初夏」と略記）のなかの歌にもとづく。一首め。

ついたての白布のかげに牡丹の花朱《あけ》にひそまる内科室の午後

「初夏」の「ついたての白布のかげに牡丹の花いささか見えて内科室《ないか》のしづけさ」を改めたもので、牡丹の花の色が示されるとともに、「内科室」に「ないか」とルビを振ることが解消されすっきりした。「ひそまる」は「潜まる」で、筆者は「静かに存在している」という意味と捉え、衝立の白い布を通してその向こう側にある朱色の牡丹が薄く見えているというコントラストが効いた静かな光景と解した。

二首めもやはり静謐な情景を詠んでいる。

外科室のがらす戸棚にうつりつつ昼をひそかに雲のゆきかふ

「初夏」に「外科器具のがらす戸棚にうつりつつ昼はひそけき雲のゆきかひ」、「水甕」一九三五年八月号には「外科器具のガラス戸棚に写りつつ昼はひそけき雲のゆきかひ」がある。この二首と掲出歌の重要な相違は、結句の名詞「ゆきかひ」が動詞の「ゆきかふ」になっていることである。こうすることで雲に動きが出た。「がらす戸棚」とは医療用器具を収める扉付きの棚で、中に何が入っているか分かるように扉にガラス張りの窓があるものをさす。海人にはガラスと雲が出てくる歌が他にもある。第二章で読んだ自殺した患者についての四首一連「鬼歯朶」のなかの「遺《のこ》されし眼鏡に翳をおとしつつあを雲の空高くひそまる」がそれである。

次の歌には、読者の方々も目にしたことがあるに違いない眼科の必需品が登場する。

蔦わか葉陽に透く朝を窓ぎはの試視力表はほのかに青む

初出は「初夏」の「蔦わか葉陽に透く朝は窓ぎわ《ママ》の試視力表もほの青みたり」で、これを改めたものが、「日本歌人」一九三五年七月号の「療養所」（七首一連）のなかの「蔦わか葉陽に透く朝は牕《まど》ぎ《ママ》わの試視力表もほの青みたり」である。前川佐美雄が率いていた「日本歌人」と海人のかかわりは重要であり、「第二部　翳」には佐美雄の影響を受けた歌が多い（第七章参照）。『白描』に収めるにあたって、海人は「牕」を同じ意味でより一般的な「窓」に変えた。また、結句を「ほのかに青む」から「ほの青みたり」とした。後者に較べると前者はやや説明的であり、この改変はうまくいっている。試視力表は文字通り視力を計る表でいくつかの種類があるが、切れ目が一か所ある黒い輪（正式名称はランドルト環）のものが一般的である。朝の陽に透けている蔦の若葉と試視力表の微かな色の変化が描き出されている。海人は微細な光の変化を捉えるのに長じているが、この歌でもその特質が発揮されている。

四首め。

はなし声しまらく絶えて吸入の湯けむりの音とみにさやけし

「初夏」のなかの歌では、「はなしごゑ」が「はなし声」となっている。また、「あけはなつ窓にそよろの若葉風吸入の湯気は息づきにけり」が「水甕」一九三五年八月号に出ているが、「若葉風」と「湯気」の気体同士の対比よりも、「はなし声」と「湯けむり」の対比の方が優れていると筆者には思われる。「さやけし」は、漢字では、「清けし」か「明けし」で、ここでは「澄んでいる」という意味である。

当時のハンセン病の症状の一つに喉頭狭窄があった。喉頭はのどぼとけのところに位置し気管と咽頭をつなぐ器官で、左右一対の声帯がある。また、鼻や口から取り込まれた空気を気管へ、飲食物を食道へ振り分ける機能を持っている。「吸入」は、治療のために薬物が入っている気体を吸い込むことであり、ここでは喉頭狭窄を起こしている患者に対して治療を行なっている場面だろう。

海人を世に出すことに尽力した内田守は、『海人遺稿』（改造社、一九三九）の「跋（その二）」に、「癩者の二大受難は失明と咽頭切開（松岡註：現在は「気管切開」と呼ばれている）（中略）失明は全患者の一〇―二十《ママ》%、喉頭切開は二―四%位である」と記している。

ちなみに、海人は内田守の執刀で一九三八年十一月に気管切開（咽頭切開）を受けており、『白描』の原稿をまとめていた一九三九年には、すでに声を失っていた。

さて、「医局」の最後の歌は、長島愛生園の医師小川正子の『小島の春』（長崎書店、一九三八）を映画化した「小島の春」（一九四〇年公開の商業映画）の冒頭に登場する次の歌である。

父母のえらび給ひし名をすててこの島の院に棲むべくは来ぬ

本名が他の患者たちに知られると故郷の親族に迷惑がかかる可能性があるため、患者たちは偽名を使っていたのである。それほど当時の差別は患者とその家族に過酷なものだったのだ。

「医局」の五首を読んできた。四首めまでは医療の現場が詠まれているのだが、三首めまでは、人の気配がしない。「吸入」を題材にした四首めも、聞こえていた声が途絶えて、湯けむりの音が澄み渡って聞こえるという情景を詠んだ歌だ。医療の現場を詠んだ〈診断〉の「診断の日」とは大いに異なっている。ここではそのことを指摘するにとどめて、次の一連を読み進めることとしたい。

治療、死、葬儀

大楓子油の注射

「医局」に続く「大楓子油」も医療にかかわるが、人間が登場しない「医局」とは異なり治療の場面を詠んだ三首である。

大楓子油は唯一の治療剤として、週に三回の注射を行ふ
癒えがてぬ病を守《も》りて今日もかも黄なる油をししむらに射《う》つ

「がてぬ」は、「できない、難しい」を意味する連語「かてぬ」が「癒え」の「え」という母音に続いたため、清音の「か」から濁音の「が」に変化したものである。「今日もかも」の「もかも」は、係助詞「も」+係助詞「か」+係助詞「も」よりなる連語で、「……もまた」を意味する。すでに『万葉集』に用例があるので、一首あげておく。「今日もかも明日香の川の夕さらず河蝦《かはづ》鳴く瀬の清《さや》けかるらむ」上古麿（かみのこまろ、あるいは、ふるまろ、生没年不詳）〔巻三・三五六〕。

この歌には海人の諦観が感じられる。筆者は「今日もかも」を詠嘆、「守《も》りて」は「見守る」という意味にとった。長い経過をたどる慢性疾患（現在では糖尿病や高血圧が代表的）では、患者は

「病気と付き合う」ことが重要とされる。当時癩は代表的な慢性疾患の一つだった。「癒えがてぬ」には、癩が不治の病いであると海人が考えていたことが示されている。

山口義朗「病友明石海人を看護りて」(「婦女界」一九三九年九月号)によれば、一九二九年入院した明石の第二楽生病院で病気がよくなる希望を口にした山口に向かって、「癩病が癒るなら、枯れた草にも花が咲く」と言い放ったという。

大楓子油は当時らいに効く唯一の薬とされていた。一九三六年四月の「工業化学雑誌」に掲載された大阪大学工学部応用化学研究室の上野誠一(一八八八〜一九七一)の「大楓子油金石鹸の大楓子油液及び其治癩的効果に就て」には、草津の栗生楽泉園では大楓子油3ccを「左右上膊(松岡註:肩から肘の間)、左右上腿又は臀部の皮下又は筋肉内」に注射していたと記されている。

「大楓子油」の二首めは次の歌である。

注射針の秀尖《ほさき》のあたりふくれゆく己が膚《はだへ》をまじまじと見る

筆者は「秀尖《ほさき》」を注射器の先端ととった。すると、「秀尖のあたりふくれゆく」という表現は注射液の注入と同時に皮膚が膨れて行くことを描写しているので、筋肉注射でなくて皮下注射である。というのは、筋肉注射でも腫れる場合はあるが数時間後となるからである。

後にインドを代表する化学者となるJ・C・ゴーシュ(一八九四〜一九五九)が、一九一七年にインドの伝統医学アーユルヴェーダで癩の治療に大楓子油が用いられていることについての小冊子をマドラスで出版しているので、すでにこの時にはこうした用法が知られていたことは明らかである。

「いのちの初夜」で川端康成（一八九九～一九七二）に見出された全生病院の患者北条民雄（一九一四～一九三七）の「癩院記録」（「改造」一九三六年十月号）には、大楓子油の治療の実際と患者がどのようにそれを捉えていたかが記されている。

　癩そのものに対する加療といへば目下のところ大楓子油《だいふうしゆ》の注射だけで、あとはみな対症的で、毀《こわ》れかかつた自動車か何かを絶えず修繕しながら動かせてゐるのに似てゐる。（中略）大楓子が効くと力説することが自慰のやうにはかない夢であるにしろ、やはり唯一のこの治療薬を全然無価値のものとは思ひたくないのである。

患者たちのやるせない気持ちが伝わってくるが、これが当時の治療だったのだ。「大楓子油」最後の歌には、これから手術を受ける場面が詠まれている。

　　さる手術に
目かくしの布おほふとき看護婦の眼鏡の玉に見えし青き空

歌のなかの人物はベッドに横になっているのだろう。先に読んだ「医局」の「外科室のがらす戸棚にうつりつつ昼をひそかに雲のゆきかふ」や、その際に示した〈紫雲英野〉の「鬼歯朶」の「遺《のこ》されし眼鏡に翳をおとしつつあを雲の空高くひそまる」同様、この歌も海人が好むガラスと空の対置だが、筆者には技巧が勝っている歌のように思われる。

重病室、そして死

続く一連「白罌粟」は、死に近いに友を詠んだ四首からなる。一首め。

白罌粟を甕には挿せど病み重る友の瞳にうごくものなし

「愛生」一九三五年七月号掲載の「病室」（十一首）のなかの「カンナなど瓶《かめ》にさせども病み重る友の眸に動くものなし」を改めたもの。「カンナなど」という曖昧な表現が具体的な「白罌粟を」に、やや説明的な「させども」が「挿せど」に替えられている。花に心を動かすこともなくなった友の病気の重さが示されている切ない歌である。二首め。

ほのかに尿《ゆまり》のにほひしづみつつ重病室にながき日暮れぬ

「重病室」とは文字通り病気が重い患者が入る部屋である。比較的病気の軽い患者で重病人の世話をする者は「附添夫」と呼ばれ、後に読む「補助看護」というタイトルの六首一連にも現われる。

前出の「病室」のなかの「尿《ゆまり》の香そこはかとなくをどみつつ重病室に永き日暮れぬ」と下句は漢字を開いた以外は同じだが、「尿《ゆまり》の香」といういささかこなれていない表現が「尿《ゆまり》のにほひ」、「をどみつつ」（澱みつつ）が「しづみつつ」とされることで重病室の沈鬱とした空気が歌に定着した。三首めには再びやつれた友が現われる。

蚊帳ごしの灯《ともし》にかげをふかめつつ友が寝顔はおとろへにけり

筆者は、「かげをふかめつつ」の主語は「友が寝顔」ととった。極端に痩せた状態は羸痩《るいそう》と呼ばれるが、「友」はこの状態に陥っていて顔の脂肪が落ちて彫りが深くなっているのをこう表現したと思われる。この歌は、眠っている友の影が深くなっていく、すなわち死の影が濃くなっていく様子を的確に捉えている。

「白罌粟」最後の歌には重病室を出た海人がいる。

おのづから遁《のが》るるごときおもひもて重病室の廊を帰り来《く》

自分も重病室で死ぬのだろうという運命から逃げだしたいという思いを抱きつつ、自分の部屋までの廊下を歩いている、という意味と解した。「病室」の「なにがなしのがれるごとき想ひもて重病室の廊をあゆみ来《く》」を改めたものである。結句の「あゆみ来《く》」を「帰り来《く》」として、自らの部屋へ戻っていくという方向が明確になっている。ちなみに「病室」には、「やがてわれもこゝに死ぬべし病室の壁に見えくる母の面影」という自らの死をはっきり意識した歌——結句はよくある言い回しになっているが——がある。

続く「骨壺」は、豊彦という患者の死から火葬、そして親族への遺骨の発送までが詠まれている物語性の強い八首一連である。「愛生」一九三五年九月号に載った「死にゆく友」（十四首）と「火葬の日」（二首）にもとづいている。

この一連は次の歌で始まる。

病棟の夕さざめきをともる灯に死しゆくさへや逐はるるごとし

四句めの「死しゆくさへや」だが、「死しゆく」は動詞「死す」の連用形の「死し」＋動詞「行く」の終止形「行く」、「さへや」は副助詞「さへ」＋間投助詞「や」で、「死んでゆくことさえもあたかも追い立てられているようだ」ととった。

「第一章　発病」で、「診断の日」の十一首め「人間の類を逐はれて今日を見る狙仙《そせん》が猿のむげなる清さ」について、当時癩の患者となることは、「人間の類を逐はれ」ること、すなわち人間というカテゴリーから放逐されることを意味したと述べたが、この歌にも当時の癩患者のそうした過酷な運命が刻まれている。

二首め。

眷族《うから》など来り看護《みと》らふ者もなく臨終《いまは》の際《きは》に遺すこともなし

「死にゆく友」に、「遥かなるうから、うからの歎きおもひつゝ海に向ひて涙のごはず」がある。この二首の差異を考えてみたい。『白描』所収の歌（以下、前者）では、死を看取る「眷族《うから》」はいないの対して、「死にゆく友」の歌（以下、後者）では「うから」は遠く離れた故郷にあって死に近い患者を歎いている。前者の「臨終《いまは》の際《きは》に遺すこともなし」という突き放した表現に癩患者の寄る辺なさが表わされているのに対し、後者では海に向かって涙の流れるまま立ち竦んでいるセンチメンタルな海人が描き出される。感情を排除した前者つまり『白描』の歌の方が、より深い悲しみをたたえていると筆者は思う。

三首めで、亡くなったのは咽頭切開を受けた患者だったことが分かる。

穿てども咽喉の爛れの夜な夜なを踠《もが》きつくして死にゆきにけり

「穿てども」とは、咽頭切開の意味である。序章で紹介した島田尺草の第二歌集『櫟の花』の跋で、内田守は「咽頭の切開者は、空気の冷えて来る真夜中に呼吸管が詰まったり、或は切開した気管の下の方が又塞がったりして、全く生命との戦であり、其の苦痛は言語に絶するものでありま す」と記している。

内田はまた『三つの門』（人間的社、一九七〇）で、次のようなエピソードを紹介している。

私の親しんだ熊本時代の患者で、永く重病室の付添夫をしていた男が、気管切開後の患者を介補し、その苦しみを目の当たりに見て、こんな苦しい斗病生活はしたくないので、自分は喉頭を切開せねばならなくなったら、自殺をすると兼ねて云っていたのが、その通り実行したのがあった。

長年患者の咽頭切開を行ないその後の患者を診てきた内田のこうした文章から、この手術を受けた患者の生がいかに苦渋に満ちたものかが理解される。この事実を知ってから掲出歌を読みなおすと、ただ言葉を失うばかりである。

四首め。

いやはてに面をおほふ白木綿《しらゆふ》はまなこに沁みてあたらしきかも

「死にゆく友」の「とこしへに魂よ去りぬと白布に面輪おもふを見るはさみしき」を改めたものである。「とこしへに」や「さみしき」といったややあまい言葉が消え、締まった歌になっている。余談だが、初出の歌に見える「面輪」は顔の意味で、高橋虫麻呂〔生没年不詳〕の真間の手児名を詠んだ『万葉集』の著名な長歌〔巻九・一八〇七〕のなかに、「望月の足れる面わに」という一節がある。

さて、「いやはて」は漢字では「弥終」と書き「最後」という意味の言葉で、『古事記』に用例がある。たとえば、イザナミと黄泉の国について記載のなかに、「いやはてに其の妹伊邪那美命、身自ら追ひ来たりき」と書かれている。近代では吉井勇の『玄冬』〔創元社、一九四四〕に「句聖《くひじり》の死をなげきつつ臨終《いやはて》のしら梅の句をすがしむわれは」という蕪村讃の歌が収められている。

人の顔を最後に覆うのに使われる木綿の白布の白が目に沁みるという歌意で、静寂のなかに悲しみが浮かび上がってくる。

葬儀

友人の患者の死から葬儀までの詠んだ「骨壺」八首の五首めからを読んでいく。

亡骸《なきがら》をおくり来りて月あかき解剖室に讃美歌をうたふ

亡くなった患者の遺体を解剖室に運び終え、月の光が入ってくる解剖室のなかで讃美歌を歌うということだろうか。長島愛生園の患者のなかには、キリスト教信者がいた。一九三一年三月長島愛生園が初めての患者を受け入れて以来、園内にはさまざまな宗教施設がつくられていった。キリスト教系の公益社団法人好善社のウェブサイト（https://kozensha.org/sanatorium/sanatorium06.html）によれば、単立、つまり特定の宗派に属さないプロテスタント教会である曙教会が早くも一九三一年に創立されている。この年、長島愛生園の園長光田健輔が一九一四年から一九三〇年まで院長を務めていた東京の全生病院から八十五名の患者が長島愛生園に移って来たが、先の好善社のウェブサイトによればそのなかの十七名のキリスト者信者が曙教会を創立したとされる。

一九四三年八月五日から十二日間にわたって長島愛生園で実習をした当時医学生だった神谷美恵子（一九一四〜一九七九）は、『人間をみつめて』（朝日新聞社、一九七一）所収のエッセイ「光田健輔の横顔」のなかでその時の日記を引いている。八月六日（金）の条には、「ここでは入所するときの約束で、あらゆる死亡者が解剖に付せられることになっている由」とある。

財団法人日弁連法務研究財団ハンセン病問題に関する検証会議がまとめた「ハンセン病問題に関する検証会議最終報告書（要約版）」（二〇〇五）には、長島にある二つのハンセン病施設、すなわち長島愛生園と邑久光明園（松岡註：一九三四年九月二十一日室戸台風で倒壊した大阪の公立のらい療養所外島《そとじま》保養院の代替として、一九三八年四月二十七日に長島愛生園のある長島に開園した公立らい療養所光明園の現在の名称）で亡くなった患者の解剖について次のような記載がある。

一九八〇（昭和五十五）年頃まで、両園の園内死亡者数に対する残された病理解剖標本数の比率を計算してみると九〇％以上となる。すなわち、この頃まで「患者の死亡イコール遺体解剖」という図式が、入所者にほぼ強制的に〝当然のこと〟として受け入れられていたことが推測される。一般病院では、このような高頻度での病理解剖は到底考えられない。

らい療養所では患者の死後の解剖は当然とされていたのであり、明石海人も死後園長の光田健輔によって解剖されている。

六首めは、火葬が済んだ後についての歌である。

この朝を友豊彦が骨あげの笛吹きならす山の火葬場《やきば》に

「骨あげ」は「こつあげ」と読み、火葬後に箸で遺骨を拾い骨壺の中に入れることであり、豊彦は朝茶毘に付されたことが分かる。では、「山の火葬場《やきば》」はどこにあったのか。

長島愛生園入園者自治会編『隔絶の里程——長島愛生園入園者五十年史』（日本文教出版、一九八二）には、一九六六年「九月二十八日、万霊山の火葬場を廃止し、光明園（松岡註：同じ長島にある邑久光明園をさす）の施設を共同使用とする」と書かれていることから、この火葬場が万霊山《ばんれいざん》と呼ばれてきた丘の上にあったことがわかる。この火葬場がいつ建てられたのかは不明だが、開園当時の長島愛生園について職員や患者が書いた文をまとめた『長島開拓』（長崎書店、一九三二）に入っている職員の宮川量の「長島焼由来記」に、「或日火葬場へ登る坂の断崖に粘土の層が露出してゐることを知つた」とあることから、遅くともこの時までにはあったことが知られる。

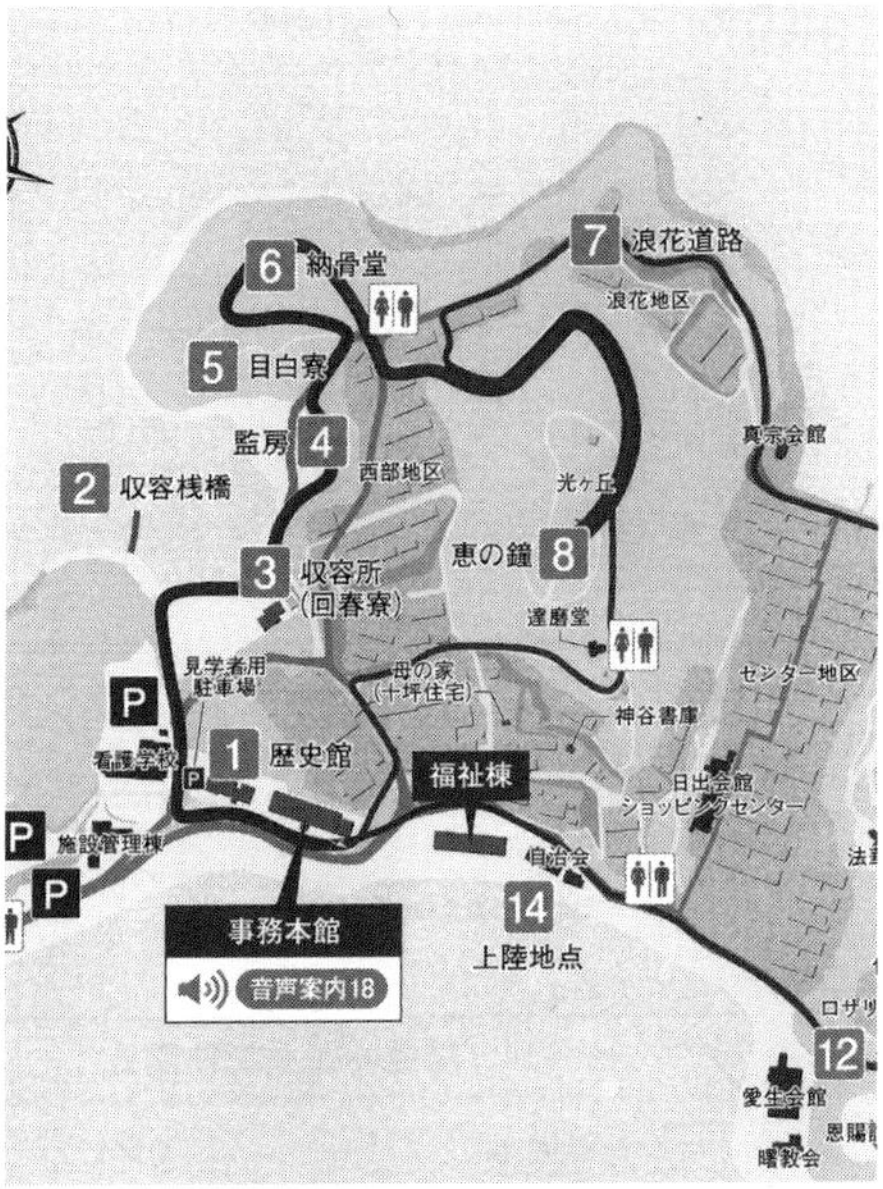

長島西部の地図
納骨堂（6）は万霊山の頂にある
（長島愛生園のパンフレットより）

　万霊山の頂には冒頭の「納骨堂」で紹介した納骨堂があり、死について考えるに相応しい場所となっている。万霊山については、神谷美恵子の短いが示唆に富んだ優れたエッセイがある。「死の哲学」を特集した「理想」一九七〇年八月号に寄せた「万霊山にて」がそれで、次のように書かれている。

瀬戸内海の島の一隅に小高い丘があり、こんもりとした木立の中をゆっくりした山道がゆるやかにめぐっている。（中略）島の人はこの丘を呼んで万霊山《ばんれいざん》というが、この万霊山こそ長島愛生園全体の背景であり、死こそ生全体の背景なのだと思う。少なくとも、私はここに来るとき、いつも死の相のもとに眺め、死者の目の前で生きていることを痛感せずにはいられない。

これまで何度か引用した明石の第二楽生病院と長島愛生園で海人とともに療養生活を送った二人の患者の（一）山口義郎「病友明石海人を看護りて」（「婦女界」一九三九年八月号）と、（二）松村好之『慟哭の歌人』を突き合わせてみると、一九三二年十一月に精神に異常をきたした状態で長島愛生園に入った海人は、遅くとも一九三三年の秋までには「納骨堂の下辺にある目白舎という静かな寮舎」（山口が引用している松田という患者の山口宛の手紙による）での療養生活を始めた。つまり海人は万霊山の麓にある目白舎に住んでいたのだ。海人も、神谷美恵子のように万霊山を眺めたり昇ったりする時に生と死について思いを巡らせたのであろうか。

この歌だが、筆者は「笛吹きならす」の意味をとれなかった。貞明皇后の下賜金によって一九三三年に着工し、職員と患者の奉仕作業により一九三五年十一月二十日に竣工した光が丘にある「恵の鐘」が鳴ることの比喩だろうか。先に引いた神谷美恵子の「光田健輔の横顔」には、一九四三年八月十一日の条に「けさもまた死を告げる『恵みの鐘』《ママ》の音がした」と記されている。また「序章」で紹介した九州療養所の島田尺草の一九三五年の短歌に「友を葬る鐘きこゆれば病室の寝台の上に眼をつぶりたり」がある。この二つだけではなく、公立の療養所では入園者が亡くなった時に鐘を鳴らすことになっていたのかもしれない。『白描』には、「恵の鐘」という長歌一首を含む五首からなる歌群があり、それを読む時にこの鐘について詳しく紹介する。

七首めに再びキリスト教が現われる。

繰返す聖歌ながらに手向けゆく黄なるコスモスは柩の上に

同じ聖歌を何度も歌いながら黄色いコスモスを柩の上にのせていく光景が、過不足なく描写されている。納棺し最後の別れをした後に荼毘に付すのが一般的なので、時間の流れからすると六首めと七首めは逆になると思うが、海人には何か特別な意図があったのだろうか。

第二楽生病院では、松村好之（第二章参照）に対して「僕は神を信じられない」と語ったという海人だが、愛生園で一九三二年十二月にキリスト教に入信している。このことについては、最後に触れる。

豊彦の死から葬儀までの一連の最後の歌である八首めに、連作の題である「骨壺」が現われる。

小包に送らるるてふ豊彦が遺骨の壺はちひさかりけり

この章の初めに「納骨堂」三首を読んだ折に、遺骨の受け取りを拒否する患者の遺族が少なくなかったため島に納骨堂が造られたことを書いたが、豊彦の遺族は遺骨を受け取ることにしたのである。

沈鬱な生

監房

続く「静養病棟」は五首からなり、「骨壺」同様たいへん重い内容の一連である。一首め。

石壁のかこむ空地の昼の空たまたま松の花がらの降る

「花がら」は漢字では「花殻」あるいは「花柄」で、咲き終わった花の意味である。静かな光景を詠んだ叙景歌だが、「松の花がら」というたいへん地味な題材に着目し、それが「降る」というところが、『白描』「第二部　翳」の超現実的な世界に通じていると筆者は感じた。

二首め。海人は室内の医療用品に注目する。

洗面器の昇汞水は紅褪《べにあ》せてさかしまにうつれる三角のそら

昇汞水は猛毒の塩化水銀の水溶液で当時消毒薬として用いられており、戦前のいくつかの小説にも現われる。たとえば、有島武郎（一八七八〜一九二三）の『或る女』（一九一九）のなかに、「看護婦室に薄赤い色をして金《かな》だらいにたたえられた昇汞水」という箇所があり、誤って飲んだりしないように着色していたのではないか。『白描』には第一章で読んだ「診断の日」のなかに、「言《こと》もなく昇汞水に手を洗ふ医師のけはひに眼をあげがたし」がある。空とそれを映すものの対比は海人が好むレトリックで、これまで読んだ歌のなかでは「遺《のこ》されし眼鏡に翳をおとしつつあを雲の空高くひそまる」(「鬼歯朶」)、「目かくしの布おほふとき看護婦の眼鏡の玉に見えし青き空」(「大楓子油」)で用いられている。

三首め。

　狂ひたる妻をみとりて附添夫となりし男は去年《こぞ》を死したり

先に書いたように、「附添夫」は重病人の世話をする比較的病気の軽い患者をさす。狂った妻も、そして彼女を看病した夫いずれも死んだという重苦しい雰囲気の歌である。

四首め。

　石壁は肌あらあらし尋《と》め来つるこの島の院にきちがひも棲む

では、その「きちがひ」はどのような処遇を受けていたのかが、最後の歌で明らかにされる。

五首め。

　監房に罵りわらふもの狂ひ夜深く醒めてその声を聴く

この歌まで読みすすんで、「静養病棟」が「監房」だと分かる。海人が住んでいた目白舎（地図

5）からほど近い「監房」（地図4）には、罪を犯した者や脱走に失敗した者に加えて精神に異常をきたした者も収容された。松村好之『慟哭の歌人』によれば、海人が入園した頃の愛生園では、「精神異常者を『謹慎室』と言って、監房と隣り合せになっている室に閉じ込めておいた」と書かれている。また、長島にある長島愛生園歴史館のサイトでは監房を次のように説明している（http://www.aisei-rekishikan.jp/training.php）。

開園と同時に作られた施設で、当初は園内の秩序維持を目的としていましたが、実際には逃走した者を多く収監しました。また、懲戒権は園長が持っていたため、裁判が行われることもありませんでした。園内が治外法権であったことを物語っています。

再び松村の『慟哭の歌人』を見ると、「犯罪者は一週間か十日、長くても満二か月以内、それ以上の重罪者は二か月目にちょっと出してまた投獄されたが、刑期が終われば出られるが、精神病者は全治するか、衰弱して動けなくなるまで出しても貰えないのである」とある。また、監房の外観については「見上げるような高いコンクリート塀」と記されている。

監房が「高いコンクリート塀」で囲まれていたのか、監房の建物自体が「高いコンクリート」製だったのか松村の記述からは判然としないが、一首めと四首めに現われる「石壁」は、これを指していると考えられる。

夜中に目を覚まし監房に閉じ込められている「もの狂ひ」の罵りや笑いに耳を傾ける、という悲しい歌で一連は閉じられる。

盆踊りの淋しさ

「静養病棟」に続く「盆踊り」は、三首からなる一連である。

いちやうに朱《あけ》の花笠ひるがへす盆の踊りのはなやぎ寂し

海人は盆踊りについての連作を「愛生」に二回発表している。一九三四年十月号に明石青明の名で出した二首からなる「盆踊り」（以下、「三四年十月号」）と、一九三五年七月号の海人名義の「盆をどり」四首（以下、「三五年七月号」）である。

掲出歌は「三五年七月号」の「いちやうに踊り花笠ひるがへる盆の踊りのはなやぎ寂し」が初出で、二回現われる「踊り」を一回にすることで結句の「寂し」を活かして『白描』に収められた。「三四年十月号」には「袖翻《かへ》しきほひ踊れど盆踊り唄の囃しは哀しきものを」という歌もある。「きほひ」は「競ひ」、「飜」は「翻」と同じ意味である。『白描』の歌も「愛生」の歌も、華やかな盆踊りに寂しさを感じとるというペシミスティックなもので、発想として珍しくはない。

二首めにも花笠が現われる。

大きなる踊り花笠もてあますをさな女童《めわら》の手ぶりは愛《かな》し

「三五年七月号」のなかに、三句めまでがこの歌と同じで結句だけが「幼な女童《わら》手ぶり愛《かな》しも」となっている歌があるので、この歌はそれを推敲したものである。一首めの寂しさとは対照的に、幼い子の可愛らしさが詠まれている。

三首め。

見のこして盆の踊りを帰り来る渚の路に水鶏《くひな》鳴きしく

「水鶏」だが、現在の分類ではツル目クイナ科ヒメクイナ属のヒクイナ（緋水鶏、緋秧鶏）。環境省が準絶滅危惧種としているこの鳥は、かつてはクイナ（水鶏、秧鶏、水雉）と呼ばれていたのである。日本の古典によく登場し、吉田兼好（一二八三？〜一三五二？）の『徒然草』には、「五月、あやめふく頃、早苗とるころ、水鶏のたたくなど、心細からぬかは」と記されている。「たたく」とあるのは、この鳥の鳴き声が戸を叩くような独特なもの——ウェブで容易に聞くことができる——であるためだ。短歌にもこの鳥はよく登場する。たとえば、藤原定家（一一六二〜一二四一）は、「まきのとをたゝく水鶏のあけぼのに人やあやめの軒のうつり香」と詠んでいる。俳諧での季語は夏で、多くの句がある。芭蕉（一六四四〜一六九四）には各務支考《かがみしこう》（一六六五〜一七三一）編の『笈日記』（一八六五）のなかの「この宿は水鶏もしらぬ扉《とぼそ》かな」をはじめとしていくつか句がある。

明治以降では、佐佐木信綱（一八七二〜一九六三）作詞、小山作之助（一八六四〜一九二七）作曲のよく知られる歌曲「夏は来ぬ」（一八九六）の四番の歌詞が、「棟《おうち》ちる 川べの宿の／門遠く 水鶏声して／夕月すずしき 夏は来ぬ」である（棟は梅檀の別名）。

結句の「鳴きしく」の「しく」は漢字では「頻く」で、補助動詞である。動詞の連用形に付き、「しきりに〜する」という意味をなす。用例としてはすでに『万葉集』に、柿本人麻呂（六六〇頃〜

七二四）の「ぬばたまの黒髪山の山菅に小雨降りしきしくしく思ほゆ」（巻十一・二四五六）がある。

さて、盆踊りを最後まで見ずに宿舎に帰る途中の渚の径で水鶏がしきりに鳴いているというこの歌だが、やや技巧的か。初句「見のこして」もいささかすっきりしない。ただ、優雅に詠まれてきた水鶏という鳥を別の視点から捉えた点は興味深い。

続く「追悼」は二首だけの一連である。

看護婦奥山姉を偲びて

八木節の囃子かなしく舞ひし夜の衣《きぬ》の綾さへ眼には残るを

海人にとって、踊りは哀しいイメージが付きまとうようだ。海人は「愛生」一九三六年七月号に、明海音名義で「奥山作田両看護婦を憶ひて」という二人の看護婦への挽歌九首を発表しているが、その二首めが「八木節の囃しかなしく舞ひし夜衣《きぬ》の綾さへ眼には残るを」である。海人は、この歌の二句めの「囃し」を「囃子」に変えて『白描』に収めたことになる。

二首め。

大楓子油注射のときを近づきて口覆《マスク》の上に黒む瞳《め》なりし

「大楓子油」のなかの「目かくしの布おほふとき看護婦の眼鏡の玉に見えし青き空」を思い起こ

させる歌である。いずれも治療者（＝看護師）と被治療者（＝患者）が登場し、そこから「瞳」や「眼鏡の玉を通した（あるいは玉に写った）青空」へと跳躍する構造である。

しかし、海人は、患者だけでなく医師や看護師、さらには島を訪れた人について詠んでいることは注目すべきだ。そして、この「追悼」のような挽歌や後にみるように挨拶の歌も詠んでいる。今回の後半で検討するように、『白描』の「第一部　白描」の〈島の療養所〉以降は海人が長島愛生園全体を描写しようとする試みなのである。

死に寄りそって

「追悼」に続く「補助看護」も死にかかわる一連である。死にゆく人に付き添った一夜を描写した緊迫した六首からなる。次の歌から始まる。

重病室には附添夫あれど、徹夜の看護を要する者には、
島人の全員半夜づつ交代にてこれに当る

交代の言葉を言へば目をあげて看護《みと》らるる人も我を見まもる

臨場感がある歌だ。補助看護交代のため重病室に入った海人が任務を終える者と交代の挨拶をするところを、死に瀕した者が見ているという場面である。感情を排した点が現場の緊張感を伝えている。

二首めで、見つめる者と見つめられる者が逆転する。

　相知らぬ我に一夜をみとらるる人の眼蓋の皺だちを見守《まも》る

今度はそのもうすぐ亡くなる患者を、海人が見るという歌である。衰えて皺が目立つ患者、その瞼という細部への焦点の合わせ方が巧みだ。

三首め。

　壁の上に時計の音はうすれつつしまらく我のねむりたるらし

附添夫として夜を徹して看護する海人がついうとうとした一瞬を捉えている。ここまでの三首は、写真でいうなら土門拳（一九〇九〜一九九〇）のいわゆるリアリズム写真のような作である。

四首めは叙景歌である。

　窓の空しらみそめたり藤棚も海面の明かりもおぼろおぼろに

空が白み始め半夜の付添いがようやく終わろうとしており、海人の安堵が感じられる作である。

五首め、六首めは次のようになっている。

　補助看護の一夜《ひとよ》は明けて枕辺のスタンドの灯の黄ばめるを消す

夜すがらの看護を了へて降りたてば壁の葛《かづら》の露のしづけさ

いずれも二句めが「て」で終わり説明的になったきらいがある。

理論的枠組み（一）――「自己民族誌《オートエスノグラフィー》」としての〈島の療養所〉以降の歌

このあたりで、筆者が『白描』「第一部　白描」をどのように捉えているかを述べておきたい。「民族誌」(ethnography)とは、他者について、どんな生活をしているか、どんな文化を持っているか等々を一定期間の調査にもとづいて分析的に記述したものである。代表的なものは、文化人類学者の手になるものだ。

これに対して、「自己民族誌」(autoethnography)は、自らの生活や考えについて詳細に書き記したものである。筆者は、狭義と広義の自己民族誌をそれぞれ次のように定義したい。狭義のそれは、文化人類学や社会学等の専門的な学的トレーニングを受けた者が自分の生活や思考について分析的に書くものである。具体的な例として、視覚障害の子を持つ人類学者が自分も含めてこの障害を持つ子の親たちの経験を分析した研究や、社会学者が自ら罹患した甲状腺の病気の経過を検討した論文がある。

一方、広義の自己民族誌は、自らが生活する場や自らの考えについてまとめて記述したもので、それを書くものは必ずしも研究者でなくてもよい。こう定義した場合、自伝のなかにも広義の自己民族誌のカテゴリーのなかに入るものがある。

『白描』の「第一部　白描」は、癩の診断から気管切開をへて死が迫ってくるまでを経時的に詠んでいて自伝的である。明石海人という人間がたどった人生を過不足なく描き出しているという点で、筆者は『白描』「第一部　白描」を自己民族誌と捉える。そして、〈島の療養所〉以降は長島愛生園に生きる一患者の自己民族誌なのである。これまで読んできたように、そして今後読み進んでいくように、〈島の療養所〉以降、長島愛生園の自然、海人自身も含めたそこに生きる患者たち、職員たち、来訪者たち、島の自然等々が描写されているからだ。

では、海人自身は『白描』の「第一部　白描」をどのように考えていたのだろうか。前川佐美雄は、海人没後に「日本歌人」一九三九年八月号に発表した「明石海人と『日本歌人』」のなかで、海人から前川への手紙を引用している。この手紙のなかの以下に示すコメントは、それを知るために重要である。なお、文中に「喉仏へ孔をあけて、そこから呼吸をして居りますので」とあるので、この手紙は海人が内田守の執刀で気管切開術を受けた一九三八年十一月十一日より後に書かれたものである。また、エピローグで書くように、海人は前川佐美雄が率いていた「日本歌人」に詠草を送り始め、一九三五年六月号に初めて十首が掲載され、その後多くの短歌が「日本歌人」に掲載されるようになる。

私自身は人間であるより以上に癩者です。私が作る芸術品は世に幾らでも作る人があります。けれども癩者の生活は我々が歌はなければ歌ふ者がありません。我々の生活をできるだけ広く世人に理解して貰ひたい。癩に対する世の関心を高めたい。自分の書くものが何等かの光となつて数万の癩者の上に還つて来るやうに。

この文言の後で、海人は『白描』には「『日本歌人』風の歌は載せられないことになるかも知れない」と考えてきたことを明らかにし、こう続ける。

歌集とは云つても一種のプロパガンダに過ぎないのですから致し方ありません。

『白描』を通読したとき、「第一部　白描」と「第二部　翳」の差異に驚く。右に見たような姿勢で編まれた「第一部　白描」が、「日本歌人」の影響を受けたいわゆる「ポエジイ短歌」を収めた「第二部　翳」と大きく異なるのは当然なのである。

「病める友」——患者たちの生の諸相

患者同士の結婚

『白描』の「第一部　白描」のなかでも、今回読む十首からなる「病める友」は長島愛生園の患者たちの生活のさまざまな側面を描き出しており、自己民族誌としての性格が強い。

一首めには長い詞書が付されている。

> 日々の主食は麦飯なれば、祝祭日に給与さるる「白飯《しろめし》」は島人の珍重するところ、或はお萩海苔巻など相応の趣向を加へて賞美す。白飯の他の馳走は小豆を煮潰して作れる田

舎汁粉にして、会食饗応はもとより、三三九度も之に祝ふ
かたゐ等は家さへ名さへむなしけれ白米《しらよね》の飯《いひ》を珍《とも》しらに食《は》む

詞書は、長島愛生園の患者たちの食生活について過不足なく説明しているだけでなく、婚礼も行なわれていること、そしてそこでは御神酒ではなく「田舎汁粉」が三三九度に用いられることを読者に知らせている。

初句の「かたゐ」だが、漢字では「乞丐」「傍居」で、道の傍らにいて、また、家々を回って食物、金銭などを人に乞う者、すなわち乞食を意味する。江戸時代の図説百科事典『和漢三才図会』（寺島良安編、一七一二年成立）巻七の「乞食《こつじき・かたゐ》」の項目に、「今以㆓癩病人㆒総為㆓加多井㆒」（いま癩患者をすべて「かたい」と呼ぶ）という記述があり、十八世紀初めまでにはこの呼び名が用いられていたことが分かる。

患者にとって家も自らの名前も虚しい、つまり彼らは社会から完全にはじき出された存在であるという現実が直截的に表現された上句と、そうした彼等が祝祭日に供される「白米《しらよね》の飯《いひ》」を食べているという光景が写実的に描写された下句の対照が悲しみを際立たせている。

二首め。

島の院の祝言の宴に招かれてをとこをみなの性《さが》をさびしむ

岩波文庫版の『明石海人歌集』（二〇一二）の「〔解説〕明石海人の〝闘争〟」のなかで、村井紀

（一九四五〜）は、この歌について次のように論じている。

男女の「性《さが》」を「さびしむ」というこの一首には、海人の求道性が示されていることはたしかだろう。この背後には、明石病院時代の人妻とのラブ・アフェアがあるかもしれない。（中略）「性」云々には、海人自身の苦い経験が重ねられていると理解できるからである。

村井の説に大方同意するが、筆者はこの歌に「求道性」ではなく、めでたい「祝言の宴」を見ている海人の醒めた目を感じる。

患者同士で結婚することは認められていたが、子を持つことは禁じられ男性に対する断種手術が行なわれていた。「愛生」一九三六年四月号掲載の「『ワゼクトミー』二十周年」で、長島愛生園園長光田健輔は男性に対して行なう不妊手術ワゼクトミーについて書いている。輸精管切除によるこの断種手術は一九一五（大正四）年光田が院長を務めていた東京の全生病院で初めて行なわれ、それ以降「千人に垂んとする数」の患者がこの手術を受けたという。

光田がこの文で展開している説を要約すると、次のようになる。日本のカトリック系の癩療養施設で行なわれている男女の分離は、かえって施設内での性犯罪や脱走者を増加させる。「男女併存は人生の大道」であるが、癩患者夫婦から生まれた子は感染の可能性が高いため、「癩夫婦は妊孕（松岡註：妊娠の意味）せしめざる事が人道上から云うも癩予防の見地から云うも重大なる意義を有する」ことになる。

断種が必要条件とされた結婚は園の秩序の維持のために機能していたことは間違いないと考えて

いいだろう。村井紀は、先に紹介した「〔解説〕明石海人の〝闘争〟」で、『白描』「第二部　翳」所収の「くすり草野にはびこれど男らはきんをぬかるる歎かひをせり」は、園における結婚の条件としての断種を「内部から告発」していると論じている。

この歌と続く三首めの間には「×」が置かれており、区切りが示されている。その三首めは次の歌である。

帰省の日間近き友とむかひつつ灯《あかり》ともして夕の飯食《いひを》す

長島愛生園の患者が帰省することは容易ではなかったが、不可能ではなかった。海人はといえば、愛生園に入ってからは一九三三年三月に妻が一度面会に来ているものの、海人自身は一度も帰省していない。「病友明石海人を看護りて」の筆者山口義郎は、第二楽生病院で海人と知り合い、海人から二年近く遅れて一九三四年九月十日に長島愛生園に入った。入って早々海人と再会するのだが、目の前の人物が海人だと気づかなかったという。山口は、その訳を次のように記している。

昔の彼の面影はなく、声のしわがれた、髪の脱落した、そして黒眼鏡の奥で眼をしばたいてゐる人が君であらうとは——。

海人が長島愛生園に入った一九三二年十一月の時点のことは分からないが、山口が海人と再会した時にはすでに頭部の皮膚症状が顕著になっていたので、帰省することは不可能だったと思われる。つまり、この歌が描写しているのは、帰省する友とそれができない海人が向かい合って夕食を食べている場面なのである。

「食《を》す」の主だった意味として、(一)「飲む」「食ふ」「着る」「(身に)着く」の尊敬語で、お召しになる、召し上がる、という意味と、(二)「統《す》ぶ」「治む」の尊敬語で、お治めになる、統治なさる、の二つがある。

『万葉集』には、伊良湖に流されたとされる麻続王《おみのおう》(生没年不詳)作とされる「うつせみの命を惜しみ波に濡れ伊良虞の島の玉藻苅り食す」(巻一・二四)という歌がある。この歌は、伊良湖の島(詳細不明)に流された麻続王本人ではなく、麻続王になりかわった者が詠んだ仮託の歌として、麻続王が玉藻を苅りお召し上がりになる、との解釈が一般的である。しかし、麻続王本人が詠んだとする解釈もあり、その場合は「食す」は「召し上がる」という尊敬語ではなく、「食べる」という意味となる。

海人の掲出歌では、言うまでもなく「食べる」の意味で用いられている。『白描』巻末の「作者の言葉」には、「私が歌を習ひはじめたのは昭和九年頃で(松岡註:荒波力『幾世の底より』によれば、海人は一九三二年[昭和七]八月には作歌を始めており、事実ではない)当時視力はもう大分衰へてゐたが註釈を頼りに万葉集などに読耽った」とある。さらに、『幾世の底より』によれば、長島愛生園の海人文庫には毛筆の「万葉集選集一」「万葉集選集二」「万葉集選集三」の三冊のノートが遺されているという。『万葉集』を読みこんでいた海人だが、この「食《を》す」の使い方には疑問が残る。

霊にたいする関心

四首め。

消燈ののちのしましを友が語る墓廊《シンヂユ》のこと巫女《ユタ》の婆のこと

註：シンヂユ、ユタはいづれも琉球の言、ユタは口寄せ、呪などを行ふ女のこと。
墓廊、蛇《ママ》女の漢字は意味によつて仮に当てたもの。

この一連には宗教的な題材が二つ登場する。文化人類学や宗教学では、人間が神や霊といった人智を超越した存在と直接交流する現象をシャーマニズム、それを行なうことができる人間をシャーマンと呼ぶ。シャーマニズムは、次の二つのタイプに分けられる。（一）脱魂型：人間の魂が身体を脱して神や霊の世界へ赴き、再び元の身体に戻る。（二）憑依型：神や霊が人間の身体を一時的に支配すること。この歌と一連最後の七首めと八首めに現われるのは憑依型のシャーマンである。

ユタは沖縄の憑依型シャーマンで、一般的に女性である。シンヂユは沖縄の今帰仁村《なきじんそん》の言葉で、先祖、墓を意味するというところまで調べることができたが、それ以上は分からなかった。

同じ宿舎に住んでいるおそらく今帰仁の出身の人が、消燈の後に望郷の念に駆られ故郷の墓やユタについて話す場面を詠んだ歌だ。「口寄せ」は、ここでは死者の霊を憑依させてそれに語らせることである。「呪」は「呪術」のことで、依頼者の願い——自分の病気が治癒する、敵を殺す等々——をかなえることを依頼されたユタが、超自然的な力を発動させそれを実現することを意味する。

五首めと六首めは、「ある人に」とポイントを下げた文字の後に置かれている。五首め。

　事すぎて良しと悪《わる》しと罵れど時にあたりて身は捨てがたし

なんらかの行動をとった後に、それが良かったとか悪かったとかと批判されるのだが、実際その行動をしている時には自分の身を捨てる、つまり自己を犠牲にすることはできないという意味だと思うが、具体的になにを詠んでいるのかは不明である。

六首め。

　ソクラテスは毒をあふぎぬよき人の果は昔もかくしありけり

五首めと六首めが意味的につながっているとすれば、さらに、この一連の二首めともなんらかの関係があるとするならば、第二楽生病院で既婚の女性と交際したことだろうか。

ここで再び「×」が挿入され、その後に七首めが印刷されている。

　面会の父なる人にあらたまる若き室人《へやびと》の言《こと》を聞きをり

面会の場面である。訪れた父に対して、普段とは違って堅苦しい態度をとる同室の患者が詠まれている。

八首め。

癩に住む島の作業に木を植ゑて安らぐ人の言にしたしむ

島では患者がさまざまな作業に従事していた。ここでは、木を植えることで心が安らいだ人もいたが、過酷な道を切り拓く作業に駆り出され疲弊する人もあったことだけを書いておく。

九首めの間に再び「×」が挿入されている。最後の二首である九首め十首めをまとめて検討してみよう。

まともなる問答ものうく神憑《がか》りの翁が言の合間をうなづく

八百万の神々己れに憑《つ》くとなすこのかたくなは侮り難し

四首めに巫女《ユタ》について語る人物が詠まれていたが、この二首には神と直接交流する翁、つまりシャーマンが現われる。『全訳漢辞海　第四版』（三省堂、二〇一七）によれば、「憑」の字には「占拠する」という意味がある。海人の歌の「神憑《がか》り」と「憑《つ》く」は、「憑依」すなわち霊が人に取りつくことである。

海人は、人間たちの問答よりも、自分には「八百万の神々」が憑くと主張する老人の語りに耳を傾けているのである。この章の「葬儀」の項で、海人が一九三二年にキリスト教に入信したことを紹介した。海人は敬虔な信者だったとは考えられないが、「病める友」のシャーマンが登場する三つの歌（三首め、九首め、十首め）からは、海人が神や霊といった人間の想像力を越えた存在に大きな関心をもっていたことが知られるのである。

第四章　島の生活

家族への思い

父の死

〈島の療養所〉に続く〈幾山河〉は、「夜雨」（四首）、「父の訃」（七首）、「面会」（六首）、「朝日トーキーニュース」（五首）、「写真」（三首）の五つの連作、二十五首から構成されている。〈島の療養所〉が長島愛生園での生活のさまざまな側面を扱っているのに対して、〈幾山河〉は海人の家族へ焦点を合わせている。この構成もまた巧みに計算されたものだと思う。

〈幾山河〉の最初の「夜雨」四首をまとめて示す。

醒めきては涙をぬぐふこれの眼に悔《くや》しくも見き父が臨終《いまは》は
再びをまどろむ夢にさむざむと父は眼を瞑ぢてゐたまふ
夢なりと思ひすつれど老《おい》らくの父が便りの絶えてひさしも
またさらに老いたまひけむ夢見しは別れ来し日の面影なりき

海人は「愛生」一九三四年八月号に十四首を発表している。題は付けられていないが、一九三三年十二月十一日に亡くなった父について、そして会うことができない家族についての歌群である。「ち、のみの父の御墓も子の墓も訪ふすべなくてわれは果つらむ」「逢ひみずてつひに果つらむさだめかやわれと吾が子と世にありながら」というように、切々とした思いを直截的に詠んだものだ。このなかの一首「ふるさとの母の便りは哀《かな》しけれ父逝きまして葬りもはてぬと」とあるが、「紫雲英野」で詠まれている次女が亡くなった時と同様（第二章参照）、海人は父の死を手紙で知る以外になかった。歌には「母の便り」とあるが、実際に父の死を海人に知らせたのは十二月二十一日に届いた兄（長兄、次兄いずれかは不明）からの手紙である（荒波力『幾世の底より』による）。

では「父の訃」七首を読んでいこう。最初の二首。

文殻をたたみ納めてしまらくの思ひはむなし歎くともなく
白ふぢの鉢のまへにて言はしける別れ来し日の父が眼《まな》ざし

一首めの「文殻」は古い手紙の束。父からの手紙を読み返し再び封筒に収め、歎くともなくしばらく呆然としている様子が詠まれている。二首めは過去に目を転じ、海人が家を離れ療養所へと発った日の追想である。三首め。

送り来し父が形見の綿ごろもさながらにして合ふがすべなさ

右の「愛生」掲載の十四首のなかの一首、「送り来し遺品《かたみ》の布子とりもてば胸にしみ入るはてなき哭き」を改めたものだ。父の遺品の「布子」（木綿の綿入れ）が自分にぴったりなのである。そのことについて、なす術がなく悲しいということだろう。

四首めと五首めは次のとおり。父が一九三三年十二月十一日に亡くなったことを、海人は兄からの手紙で知る。

今日の訃の父に涙はながれつつこの悲しみのひたむきならぬ
父ゆゑに臨終《いまは》のきはのもの言ひに癩《かたゐ》の我を呼び給ひけむ

五首めの結句の「けむ」は推量で、癩病の私のことを呼んだだろう、という意味にとった。六首め七首めで、再び父の思い出に転じる。

青蜜柑剝きつつ思ふ叱られて幾たび我の父をうとみし
盆栽の蜘蛛をとらへて傍へなる軍鶏《しやも》にあたへき太き指なりき

七首めで父と息子の葛藤という普遍的なテーマを詠み、八首めでは父の細かいエピソードの描写に転じている点に構成の巧みさが光る。

兄の訪問と郷愁

続く「面会」は六首からなり、表題のとおり面会を詠む。荒波力『幾世の底より』の年譜によれば、一九三四年七月半ばに次兄が面会に訪れている。この肉親との再会についての短歌は「愛生」誌上に発表されておらず、『白描』のために作ったと考えられる。初めの二首は次のとおり。

偶々《たまたま》を逢ひ見る兄が在りし日の父さながらのものの言ひざま
事ごとに我の言葉をさからはずたまたま会へば兄の寂しさ

兄に父の面影を見てとる一首め、海人の語ることを聞くだけの兄を「寂しき」と詠む二首め、続く四首をまとめて示す。

面会の兄と語らふ朝なぎを青葦むらに波のたゆたふ
うすら日の坂の上にて見送れば靴の白きが遠ざかりゆく
夕あかる室の空しさ帰り去《い》にし我兄《せ》の声は耳にのこりつつ
音たてて蟋蟀《はたはた》ひとつ飛びにけりあれぢののぎくおどろがなかを

感傷的な詠みぶりで、故郷に帰れない悲しみが伝わってくる。最後の歌の「蟋蟀《はたはた》」はバッタ、「おどろ」は「草木が乱れ茂っている所」を意味し、面会を終えて病棟に戻る場面を描出している。長島愛生園では、トーキー（音が映像とシンクロしている映画）が放映されていた。次の「朝日トーキーニュース」は、時事問題等を伝えて解説をするニュース映画で見た故郷の海への郷愁が表現されている五首一連である。

ゆくりなく映画に見ればふるさとの海に十年のうつろひはなし
兄《え》も弟《おと》もひねもす呆《ほ》けし潮あそび日焦童《ひやけわらは》の頃の恋ほしさ
遠泳にめぐり疲れしかの島に光りくだくる白波が見ゆ
我のごとわが子も遊べ飛の魚のかの瀬の鼻を翔くるはあらむ
かの浦の木槿《もくげ》花咲く母が門《と》を夢ならなくに訪はむ日もがな

『白描』の「朝日トーキーニュース」の一首めは全く同じ歌が「愛生」一九三五年三月号のなかにあるが、それ以外は『白描』が初出となる。「愛生」の「大朝社トーキーニュース」は、長島愛生園で見たニュース映画のさまざまなトピックが詠まれているが、『白描』では一首めでトーキーニュースで見た「ふるさとの海」が十年間変わらないと詠んだ後は、海で兄と遊んだ日の追想、子や母についての思いを歌にしている。映画のとあるシークエンスを思わせるこの構成には、海人の力量が感じられる。

次の一連「写真」は三首だけからなる。

井戸端の梅の古木に干されたる飯櫃《おひつ》も見ゆれわが家の写真に
吾子《あこ》が佇《た》つ写真の庭の垣の辺に金柑の木は大きくなりぬ

ありし日を父が愛《め》でにし金絲雀《かなりや》は飼ひ遺されて今も鳴くとか

一首め、二首めは故郷の家族から送られてきた写真を、三首めは手紙で書き送られたであろうことを題材として自宅を思う歌である。

理論的枠組み（二）――「探求の語り」としての『白描』「第一部　白描」

第三章に書いたように、筆者は『白描』「第一部　白描」を、「自己民族誌《オートエスノグラフィー》」と考えている。さらに筆者は、この『白描』「第一部　白描」はまた、以下に説明する「探求の語り」でもあると捉えている。

「病む人は病いを物語にすることによって、運命を経験に変えるのである」と考えるカナダ人の社会学者アーサー・フランク（一九四六〜）は、『傷ついた物語の語り手』（一九九五、邦訳は、ゆみる出版、二〇〇二）で、物語を語る傷ついた者、すなわち病む人の物語について興味深い論を展開している。それを要約する前に、この本でフランクは、実際に人びとが話すことを「物語」（story）、さまざまな「物語」のなかに含まれる普遍的な構造を「語り」（narrative）と使い分けていることを明確にしておきたい。つまり、「物語」が個々の病む人たちの個別のものであるのに対して、「語り」はさまざまな「物語」に共通する構造である。

さて、フランクは、病む人が語る「病いの語り」の三つの類型として、（一）「回復の語り」、（二）「混沌の語り」、（三）「探求の語り」を示す。

（一）「回復の語り」（the restitution narrative）は、「昨日私は健康であった。今日私は病気である。しかし明日には再び健康になるであろう」という基本的な筋書きを持つ。この語りは、病気になって間もない人に多く慢性病患者では少ない。病気になった人は「再び健康になりたい」と願うため、この「回復の語り」は臨床の現場から市販薬のコマーシャルに至るまでいたるところに存在している。そのため、病気はかく語られるべきだというモデルとなっている。

これに対し、（二）「混沌の語り」（the chaos narrative）は、慢性病や死に至る病いなど治癒することのない病気になった人の語りで、「回復の語り」とは逆にプロットを欠いて混乱しているため聞くのがつらい。それは、「物語の語り手が生《ライフ》を経験していくままに語られ」、私たちがどのように「苦しみの中に取り込まれてしまうか」を語っているのである。

（三）「探求の語り」（the quest narrative）では、病める者は「苦しみに真っ向から立ち向かおうと」し、「病いを受け入れ、病いを利用（use）しようとする」。「病いは探求へとつながる旅の機会」となり、病む人は自分の言葉で自分の病いについてのそれぞれの物語を語る。この「探求の語り」は、「病む人自身の視点から語られ、混沌を隅へと追いやってしまう」のだ。

これら三つの語りは、「万華鏡の中の模様」のように、「交互に、そして反復的に語られる」ため明確に識別できるわけではない。「回復の語り」は「医療の勝利について」の語りで、医療が病気と闘って勝利を収めるのであり、病む人はその闘いには加わらない。一方、「混沌の語り」では、「苦しむ人自身の語りであり続ける」が、「その苦しみがあまりにも大きいため」、病む人はそれを筋道立てて語ることはできない。つまり、「回復の語り」でも「混沌の語り」でも、病む人は自分について十全に語ることはできないのだ。これに対して、「探求の語り」では、病む人は、自らの言葉で病気の体験を語る。フランクが三つの語りのなかで「探求の語り」を最も重視するのは、この点においてである。

「探求の語り」では、「病い」は「探求へとつながる旅の機会」として捉えられる。病む人は、自分では病気をどうすることもできないことを認識したうえで、その病気について語ることによって自らの生を立て直そうとする。「探求の語り」を実践する病む人に対して、フランクは「菩薩的英雄」という一聴奇妙な言葉を用いている。ここで「菩薩」とは、「苦しみを耐え抜いていくもの」という意味である。

『白描』の「第一部　白描」は、一人の癩患者の発病から死に近いことを意味する気管切開にいたるまでの生の軌跡を描いている。そこには「回復の語り」はなく「混沌の語り」と「探求の語り」が現われるのだが、基調をなすのは「探求の語り」である。海人は癩という不治で忌み嫌われている病気を受け入れ、自分の言葉で語ることにより自らの生を立て直していった。そして、その頂点は次の節で読む左の歌である。

みめぐみは言はまくかしこ日の本の癩者に生《あ》れて我悔ゆるなし

〈恵の鐘〉——貞明皇后と海人

貞明皇后礼讃

〈幾山河〉に続く〈恵の鐘〉は、「恵の日に」二首、「恵の鐘」二首、「恩賜寮」長歌一首の短い一連だが、海人が天皇制とどのようにかかわったかを検討する際に、また先に論じた『白描』の「第一部　白描」を「探求の語り」として考える場合に、最も重要な一連である。「恵の日に」二首の初めの一首は、次の歌である。

皇太后陛下の御仁徳を偲び奉りて
そのかみの悲田施薬のおん后いまを坐《ま》すがにをろがみ奉《まつ》る

詞書の「皇太后陛下」とは大正天皇の后で当時は皇太后となっていた貞明皇后で、皇后だった頃つまり大正時代から「救癩」に取り組んでいた。貞明皇后については、プロローグの「貞明皇后の『み恵』」の項を参照されたい。「悲田施薬のおん后」とは、聖武天皇（七〇一〜七五六）の后光明皇后（七〇一〜七六〇）で、皇太子妃だった七三〇（天平二）年に平城京に施薬院と悲田院を設置したと伝えられる。施薬院は、病人や孤児の保護・治療・施薬を行ない、諸国から献上させた薬草を無料で貧しい人々に施した。一方、悲田院は、孤児や貧しい人々を救うために作られた施設である。そして、鎌倉時代の史書『元亨釈書』以降、光明皇后は癩患者の膿を口で吸い出したと伝えられるようになった。貞明皇后が積極的に「救癩」活動を行うようになると、貞明皇后はこの光明皇后と重ね合わせられるようになった。愛生園がある長島にあるもう一つの国立ハンセン病療養所邑久光明園は、光明皇后にちなんで命名されている。

さて『白描』所収の海人の歌だが、まず「愛生」一九三五年一月号に「度重なる御仁慈に感激して島人の歌へる」というタイトルで掲載された三首のうちの一首に次の歌がある。

この歌は二月号短歌研究の推薦になれり

そのかみの悲田施薬の御后今おはすかとあふぐかしこさ

一方、「短歌研究」一九三五年二月号には、窪田空穂選で目白四朗名義の海人の四首が「癩療養所に向ふ」という題で掲載されており、そのなかの一首が次の歌である。

皇太后陛下御下賜金記念日に

そのかみの悲田施薬のおん后いまに在《ま》すかと仰ぐかしこさ

つまり海人は、初出の「愛生」の歌に詞書も含め手を入れ「短歌研究」に投稿し、さらに『白描』に収める際に再び推敲したのだ。

『白描』の歌の結句「をろがみ奉《まつ》る」だが、「をろがむ」は上代語で「おがむ」の意味なので、「拝み申し上げよう」という意味である。『日本書紀』（七二〇）の推古二十年正月の歌謡に「畏《かしこ》みて 仕へ奉らむ 拝《をろが》みて 仕へ奉らむ」（つつしんでお仕え申し上げよう。拝んでお仕え申し上げよう）とある。

四句の「いまを坐《ま》すがに」の「がに」は動詞の連体形に付く接続助詞で、この文脈では程度や状態を示す。「坐《ま》す」は、「あり」の尊敬語で「いらっしゃる、おいでである、おありである」という意味。弓削皇子（生年不詳〜六九九）の歌に対する春日王《かすがのおおきみ》（生年不詳〜七四五）の返歌に「大君は千《ち》歳《とせ》に座《ま》さむ白雲も三船の山に絶ゆる日あらめや」〔巻三・二四三〕があるが、上句は大君（弓削皇子）は長寿でありましょう、という意味になる。

したがって海人の『白描』の歌は、「その昔の悲田院施薬院の皇后が今おられますほどに皇太后を拝み申しあげます」という意味となり、詞書通りの皇太后讃歌となっている。

すでにプロローグと前節で示した「恵の日に」の二首めとなる次の歌は、『白描』のなかで最もよく知られている歌の一つだろう。

みめぐみは言はまくかしこ日の本の癩者に生《あ》れて我悔ゆるなし

「言はまく」は、動詞「言ふ」の未然形＋推量の助動詞「む」の古い未然形＋接尾語「く」で名詞句と同じ意味（本歌の場合は、「言うこと」）となるいわゆる「ク語法」である。ここでは「口に出して言うこと」という意味にとった。「かしこ」は漢字では「畏」で、「畏れ多い」や「勿体ない」という意味である。つまり、この歌は「貞明皇后のみめぐみは口にするのも畏れおおく勿体ない。そんな日本に癩者として生まれて私は後悔することはない」という意味なのである。第三章で書いたように、筆者は『白描』の「第一部　白描」の基調は、病む人が苦しみに真っ向から立ち向かうことを語る「探求の語り」と考えているが、癩病を患う者としての自分を受け入れて「我悔ゆるなし」と高らかに宣言するこの歌は、「探求の語り」の頂点に位置する。しかし、海人は貞明皇后の「みめぐみ」に拠っているからこそこう詠んだのであり、この歌には貞明皇后と海人の関係、つまり恵みを授ける者と受ける者の関係を見て取ることができるのだ。

読者のなかには結句の「我悔ゆるなし」は言い過ぎではないかとか、貞明皇后に阿っているのではないかと感じる方もいると思う。筆者は、少なくとも海人にはこう思った時はあったと考える。もちろん『白描』「第一部　白描」には、たとえば「咳く咳を悶掻《もが》きつくして横たはるこのひときの黙《もだ》の虚しき」といった自分の運命を呪うような、フランクの概念を借りれば「混沌の語り」の歌がいくつも収められている。つまり、歌人は絶望を感じた時もあれば、「みめぐみは言はまくかしこ日の本の癩者に生《あ》れて我悔ゆるなし」と実感する時もまたあったのではないかと思うのだ。

皇后の鐘

続く「恵の鐘」は、短歌二首からなる。

鐘銘には皇太后陛下の賜へる
　つれづれの友となりてもなぐさめよゆくこと難き我にかはりて
の御歌を刻み奉る。昭和十年十一月二十日撞初式を行ひ、爾来明六つ暮六つの鐘は日毎に長き余韻を島里に曳く

唱和する癩者一千島山にめぐみの鐘は鳴りいでにけり

御歌《みうた》を鐘銘とする鐘の撞初式を詠む。この式典は天皇制と短歌と長島愛生園の関係を示す重要な出来事だが、海人は実際に起こったことをドラマチックに脚色し、一千人の癩患者が皇后の恵みにつつまれているようなイメージが湧くような歌にした。撞初式については当日の山陽新報が朝刊と

夕刊で詳細に伝えている。夕刊の「愛生園五周年記念日」から読んでいきたい。

午前九時四十分から同園開園五周年記念日をトして（松岡註：読みは「ぼくして」で意味は「選んで」）、最も厳かに執行された、これより先き同園中央光ヶ丘の鐘楼前の式場には来賓入江皇太后宮大夫、西本願寺紝子裏方代理同高木執行、岡山県知事代理田中社会課長、坂本裳掛村長、東原邑久郡在郷軍人分会長、同園光田園長以下全職員、入園者等約千三百名参列定刻四谷同園事務官の開会の辞に次いで国歌合唱、皇居遙拝、高木執行の除幕読経あり、終つて高木執行、光田園長、岡山県知事（代理田中社会課長）の順序で厳粛裏に撞木をとつて梵鐘を一打、二打すれば、余韻長く尾を引いて陛下の大御心を伝へ奉る、終つて皇太后陛下の御歌を斉唱、光田園長の式辞あつて紝子裏方の訓話（代理高木執行）、入園者総代の答辞あり、最後に愛生園歌を合唱、万歳を三唱して式を閉ぢ……（以下略）（傍点はすべて松岡）

撞初式の詳細を伝える当日の山陽日報の朝刊と夕刊で、式を見て行こう。この式典には来賓として入江皇太后宮大夫の入江為守（一八六八〜一九三六）が参列している。入江は、一九二七年から皇太后宮職の長官である皇太后宮大夫に就いていた。また入江は一九一五年から御歌所《おうたどころ》長を務め、『明治天皇御集』と『昭憲皇太后御集』の編集を行なっている。御歌所は、天皇をはじめとする皇族の歌についての事務を担当した宮内省の部局である（一八八八年設置、一九四六年廃止）。まさしく「いくことかたきわれにかはりて」、つまり行くことができない貞明皇后の代理として長島愛生園に赴き撞初式に出席するのに、入江は相応しい人物だったのである。

一方、西本願寺裏方大谷紝子《きぬこ》（一八九三〜一九七四）の代理として高木執行《しゅぎょう》（寺の事務方トップ）も出席し最初に鐘を撞いた。大谷紝子はこの鐘の作成のために資金を提供しただけでなく、御歌を揮毫している。紝子は貞明皇后の妹であり、貞明皇后の御歌が刻まれた鐘は公家の九条家出身の姉妹が深くかかわっていたのである。

鐘を撞く前に国歌合唱、皇居遙拝が行なわれたのは時代を考えれば当然だが、注目すべきは、撞き終わった後に「皇太后陛下の御歌を斉唱」したという記述である。海人の歌の上句「唱和する癩者一千」は、鐘を撞いた後に行なわれた斉唱に符合している。文化人類学では、ある社会の価値観を参加者の心に刻み込むことを儀礼の役割の一つと考えるが、この場に会した者で皇后の「大御心」を感得した者は少なくないのではないか。海人もこの式典に参加し、このような歌ができたと思われる。

山陽新報は、この撞初式の模様がラジオで全国に放送されたと伝えている。

この意義深き式典の実況を、具さに全国に中継放送を試み、皇室の御仁慈をたたへ奉り、併せて一般国民の癩問題に対する理解と同情を新たにすると共に、恵まれぬ全国一万五千の癩患者に力強くも亦温い同胞愛の電波を送つた。（後略）

撞初式は、「皇室の御仁慈」と「癩問題」を広く伝える儀礼でもあったのだ。そして、間接的に癩患者に各地のらい療養所への入所を促していたと思われる。

鐘については、〈恵の鐘〉につづく〈鬼豆〉十四首（「木魚」二首、「芝居」二首、「除夜」六首、

「鬼豆」二首、「沈丁花」二首）のなかの「除夜」に次の二首がある。

年祝《ほ》ぎのよそほひもなく島の院に百八つの鐘ただ静かなり

島山の鐘の撞木の丈《たけ》ながの綱手の垂れに朝は凪ぎつつ

処女の住む家

〈恵の鐘〉の最後は長歌である。『白描』の「第一部　白描」には　長歌が四首入っているが、その最初が次のものである。

恩賜寮

暁至《あけさ》るやまづ日のあたる　光が丘の南おもてに　畳なす甍の翠　白珠の壁に照り映え　真木香る簷《のき》をめぐりて　声近しめぐみの鐘　波光る播磨《はりま》おほ灘《うみ》　月に浮く小豆島山　高窓の眺めゆたかに　潮足らふ潟を蘸《ひた》して　春の日は躑躅咲き並《な》み　夏の夜は水鶏《くひな》啼きつぎ　白萩の年の深みを　渡り来て鴨の群れ飛ぶ　これは惟《これ》　大宮のおほみ后の　朝夕《よひ》の御膳《みかしは》の料《しろ》　約《つづ》めさせ賜へる家ぞ　身ひとつの疾むに甲斐なく　父母の家をはなれて　人の世の涯なる島に　老いゆかむ乙女の子らの　乙女さび住みなす家ぞ　朝潮に明けの鐘　夕潮に暮れの鐘　磯千鳥声のさやかに　玉の緒の清《す》むべき家ぞ恩賜寮これは

「愛生」一九三七年六月号に光田健輔が書いた「恩賜寮落成顚末」によれば、恩賜寮は「昭和十

年十一月十日　皇太后陛下御下賜金五千円を基とし」その他の寄付金等を合せて七千三百円あまりで建設した二階建て八十一坪あまりの建物である。皇后からは、「療養所施設の改善・拡充に充つべしとの御内意」があったという。

だからこの長歌には、「大宮のおほみ后」つまり貞明皇后を讃える意図があり、それは「声近しめぐみの鐘」や「大宮のおほみ后の　朝夕《よひ》の御膳《みかしは》の料《しろ》　約《つづ》めさせ賜へる家ぞ」つまり貞明皇后が食費を倹約してお授けになった家だ、といった表現に見て取ることができる。

恩賜寮の一階は「重病者滋養食厨房」、二階は五室に分け「処女の居室」として用いられた。長歌終盤に「乙女」が現われるのはそのためだ。それにしても、「父母の家をはなれて　人の世の涯なる島に　老いゆかむ乙女の子らの　乙女さび住みなす家ぞ」、つまり「父母のもとを離れて　人の世の涯であるこの島で　年を取っていく乙女たちが　乙女らしく住む家だ」とは、なんと悲しい表現だろうか。

人との交流

長島愛生園を訪れた人びと

〈恵の鐘〉に続くのは、〈鬼豆〉で「木魚」（二首）、「芝居」（二首）、「除夜」（六首）、「鬼豆」（二首）、「沈丁花」（二首）のあわせて十四首からなる。このなかで、「木魚」と「沈丁花」は長島愛生園に慰問に来た二人の芸術家を詠んでいる。

『白描』の「第二部　翳」には特定の他者を詠んだ歌がないのに対して、これまで読んできた

「第一部　白描」では、さまざまな人が詠まれている。親族や同じ病気の患者についての歌は既に読んできたが、今回は、（一）島を訪れた人、と（二）長島愛生園の医療従事者についての歌を取り上げる。これらの歌群は、左のようになる。

（一）島への来訪者を詠んだ歌

章*	連作名	詠まれている人物
松籟春夏	秋冬	高野六郎（官僚、医師）
鬼豆	木魚	石井漠（舞踏家）
〃	沈丁花	三浦環（オペラ歌手）
おもかげ	鳶の輪	下村海南（政治家）

（二）長島愛生園の医師について詠んだ歌

章*	連作名	詠まれている人物
春夏秋冬	泰山木	林文雄、大西ふみ子（林と結婚した医師）、大野悦子
〃	拍手	光田健輔（長島愛生園園長）
杖	潮音	内田守
〃	菊	小川正子

＊プロローグに記したように、『白描』「第一部 白描」の、たとえば〈春夏秋冬〉は、十五の連作を収めてい

るため「章」と捉える方が妥当と考え、この呼称を用いる。

来訪した芸術家（一）　日本のモダンダンスのパイオニア石井漠

〈鬼豆〉の最初の二首一連「木魚」は、舞踏家について詠む。

去る年の秋石井漠氏来園せらる。氏は木魚の音を愛でて屢々伴奏に用ひ、時に自らこれを拍って門弟の踊るに和す

踊手に木魚打ちつつ見入る漠のまなこの光喰ひ入るごとし
点光に影をみだして踊る漠の素肌の胸を汗はしたたる

「愛生」一九三五年一月号の「愛生日誌」によれば、前年の「十一月七日、石井漠舞踏団一行十一名来園、夜石井漠氏講演。同八日、石井漠新作舞踏発表会」とある。石井漠（一八八六～一九六二）は、一九二〇年代にドイツに渡り当時の最先端の舞踏ノイエタンツ（ドイツ語で「新しいダンス」）を学んだ後日本で活躍した人物で、一九五五年に制定された紫綬褒章の最初の受章者の一人となっている。門下に前衛舞踏の大野一雄（一九〇六～二〇一〇）がいる。ちなみに石井の長男歓（一九二一～二〇〇九）、次男の眞木（一九三六～二〇〇三）はいずれも著名な作曲家である。

一首めは、この舞踏団を詠んだ「愛生」一九三五年一月号掲載の九首一連「歎くピエロ」のなかの「踊り手に木魚打ちつつ見入る漠の喰ひ入るごときその眸《め》の光や」が初出。これらの歌から、石井が叩く木魚に合せて弟子が踊ったり、石井自らも踊ったことが分かる。「歎くピエロ」には、「身

ひとつに二千の眸《ひとみ》吸ひよせて舞ふや女童《めわら》の世にうつつなく」という歌がある。「うつつなく」は「正気ではなく」という意味で、女性の踊り手もいて、その舞踏は狂気を孕んだものだったのだ。また、この歌から愛生園の多くの患者や職員が公演を見たことが示唆されるが、新しい舞踏は彼らの目にどのように映ったのだろうか。

「歎くピエロ」という題で石井漠について八首詠み「愛生」に載せただけでなく、「木魚」二首を『白描』に入れていることを考えると、海人は強い印象を受けたに違いない。海人が音楽愛好家だったことは既に紹介したが、音楽以外の新しい芸術にも関心を持っていたのである。そしてそれは、『白描』「第二部　翳」につながっている。

来訪した芸術家（二）　日本最初の世界的オペラ歌手三浦環《たまき》

二首一連の「沈丁花」で詠まれているのは声楽家である。

三浦環女史を迎へて

きざしくる熱に堪へつつこれやかの環が声を息つめて聴く

沈丁のつぼみ久しき島の院に「お蝶夫人」のうたをかなしむ

三浦環（一八八四～一九四六）は、東京音楽学校（現・東京藝術大学音楽学部）卒の日本人女性最初の本格的なオペラ歌手である。プッチーニ（一八五八～一九二四）の長崎を舞台にした「蝶々夫人」（一九〇四）のフィナーレで自刃する悲劇のヒロインの蝶々夫人を当たり役とした三浦は、アメリカやヨーロッパに住み世界的に活躍した後一九三五年に帰国し、以後日本で活躍した。

三浦は、一九三六年の紀元節、つまり二月十一日に長島愛生園の礼拝堂で独唱会を開いた。海人は一九三六年三月号の「愛生」に「三浦環先生を迎へて／聊かの熱をおして会場に赴く」というタイトルで六首を寄せているが、そのなかに次の歌がある。

まづうたはす國つ御母がつれづれの御歌《みうた》にふれてわが心きよし

「國つ御母」は貞明皇后を、「御歌《みうた》」は「つれづれの友となりても慰めよ行くことかたきわれにかはりて」をさす。長島愛生園の機関誌に発表されていることから、この歌に詠まれていることは事実だろう。だとすれば、三浦はこの独唱会で最初に貞明皇后の「御歌」にメロディがつけられた歌曲を歌い、海人はそれを聞き心が清められたということになる。

発熱をおして独唱会に行った海人だが、「愛生」の「三浦環先生を迎へて」のなかで、「命はもうれしかりけりこの君を生きて見るべき今日のありとは」と三浦をこの目で見た感激を詠んでいる。また、「言いがたき思ひなりけりこの島にゆくりなく聴く君が歌ごゑ」という歌もある。「ゆくりなく」とは「思いがけず」という意味で、この島で偶然に君の歌をきくのは言葉では表せない思いであるという意味となる。

さて、「沈丁花」の一首めは、音楽好きの海人の感動が結句の「息つめて聴く」に現われている。「これやかの」は、三浦の名声を示す。二首めは、三浦のはまり役蝶々夫人が歌うアリアを詠んだものだ。明治の長崎で、アメリカ海軍士官ピンカートンに捨てられた日本人女性が死をもって抗議するというストーリーのプッチーニのこのオペラには、ピンカートンの帰りを待つ心情を蝶々夫人が切々と歌い上げる「ある晴れた日に」というよく知られている名曲があるが、海人が二首めに詠んでいるのはこの曲ではないと思われる。

これまで何度か引用した海人の「歌日記」（「改造」一九三八年十月号）には、三浦の独唱会についての次のように記されている。

導かれて（礼拝堂へ：松岡補足）這入つて来た女史の面は、さつと沈痛の色が走つた。堂に溢れた今日の聴衆の異様な相貌が、女史の鋭敏な神経をかき乱したのであらう。まことにその通りで、一人前の顔形を具へたものは一人も無い。今日まで華やかな聴衆の前でしか歌つたことのない女史には、怪奇にも無残にも映つたのであらう。／不自由な手を叩き合す寂しい、けれど、ひたむきな拍手の中に幾つかの唄が歌はれた。（中略）歌が終つてから挨拶をされた言葉の中で、自分は今迄数多の人々の前で歌つて来た。外国の皇帝や、皇后や大統領などの前で歌つたが、今日程心を打たれて歌つたことはなかつた、と云はれたとき、女史の眼には美しい涙が光つてゐた。次で、患者総代が感激にをののく声で謝辞を述べた頃には、女史をはじめ一千に近い会衆は、一つに融け合つたよろこびとも悲しみともつかない感激に、或いは落涙し、或いは嗚咽してゐた。

長島愛生園の礼拝堂で、音楽家と聴衆の幸福な出会いがあったのだ。バイオリニストの千住真理子（一九六二〜）も聴き手とこうした出会いをしている。十代で著名な賞を受賞し天才と賞讃された千住には、その後人前でバイオリンを演奏できなくなった期間があった。そんな時に依頼を断り切れずホスピスで演奏した経験があり、それについて二〇〇四年に宮城県のえずこホールを訪れた際のインタビューで次のように話している。

ホスピスには、私たち健常者が計り知ることの出来ない瀬戸際を歩いてきた方々の、厳しくて、深い空気があるんですね。その空気に包まれて演奏するということは、私にとってひじょうに稀有な体験で、私自身を浄化してくれたということですね。（中略）神様に会ったような気がしました。そしてそれは音楽っていうのはこういうものなんだということを初めて気がついた体験でもあったんです。つまり、その場では誰も私のことを天才少女とは見ていない。誰も完璧な演奏というものを要求していない。皆さんが聴きたいのは人を驚かせるような音楽ではなく、感動させる音楽なんです。その驚く音楽と感動する音楽の違いというのはひじょうに大きくて、そのことが身に沁みて歴然と分かり、その瞬間、初めて私の中に音楽が生まれ、私にとって演奏するということの意味が根底から変わったんだと思います。（http//ezuko.com/degi-uzu/senju.html）

三浦にとっても千住にとっても、究極的状況に置かれた人々に対して演奏することが感動的な出来事だったのである。

政治家と官僚

〈春夏秋冬〉の「松籟」二首に詠まれているのは、高野六郎（一八八四〜一九六〇）である。歌を読んでみよう。

内務省衛生局予防課長として、歌集『銀の芽』の歌人として
我等に親しき高野六郎氏、「恵の鐘を撞きに」と来園せらる
『屎尿屁』の筆のすさびに親しもよ課長の大人《うし》は厳《いつか》しかれど
賓人《まらうど》の撞き給ふらむ高鳴るや鐘の響はほがらほがらに

高野は、戦前の日本のハンセン病政策、つまり患者の絶対隔離に深くかかわった医師で、詞書にあるように当時官僚だった。

一首めの「屎尿屁」という語句にいささか驚くが、これは高野が一九二八年に富士書房から出したエッセイ集のタイトルである。海人はこれを読んでいたのだろう。高野は、予防医学の分野でハンセン病以外にも多くの課題に取り組み、チフスやコレラといった感染症や寄生虫防止のために便所の改良を行ない、一九二七年には内務省式改良便池を完成させており、一般向けにこんな本を書いたのである。

二首めの「ほがらほがらに」は「朗ら朗らに」で、朗々と鳴り響く鐘を撞いているのは高野なのだろうと海人が推測しているという歌意にとった。

詞書の『銀の芽』（私家版、一九三五）は高野と妻春子の合同歌集で、高野作の「本館の壁にから

める蔦紅葉かく伸びるまで我来ざりしか（長島愛生園）」という歌が収められている。高野は一九三〇年長島愛生園の開園時に光田健輔とともに水源の調査に訪れており、『銀の芽』を出す前に長島愛生園を再び訪れている。この章の「皇后の鐘」に書いたように恵の鐘の撞初式は一九三五年十一月二十日なので、海人の歌が事実にもとづいているならば、高野は少なくとも三度長島愛生園を訪れていることになる。

『白描』に現われる園への来訪者の最後は、海南を雅号とした下村宏（一八七五〜一九五七）である。海人は〈おもかげ〉のなかの「鳶の輪」二首で一九三六年五月に長島愛生園を訪れたこの貴族院議員を詠んでいる。

下村海南先生を迎へて

首あげて盲の我のうちまもるおん顔と思ふ声のあたりを
しまらくも都の風《ふ》りはわすれませ鳶鳴く島に昼のながきを

一首めは、眼が見えない海人が首をあげて、声のするあたりに盲人の自分を庇護してくれる海南の顔があるのだろうと推し量るという歌だ。海南は壇上から話しているのだろう。次の歌は、東京のことはしばらく忘れて長島の風物を堪能してくださいといった意味の挨拶の歌か。

長島愛生園の医師で患者たちに短歌を指導した内田守の『日の本の癩者に生れて――白描の歌人明石海人』（第二書房、一九五六）に「序」を寄せた海南は、海人のこの二首を引用して「長島短歌会が私を歓迎した折によめる歌である」と記している。海人が失明したのは一九三六年秋とされている。海南が愛生園に来た五月当時どの程度の視力障害があったかは分からないが、全く見えなかったことはないので「盲の我」は誇張した表現だと思われる。

「鳶の輪」は〈おもかげ〉に入っているが、その前に次の章で読む失明にいたる経過を詠んだ〈失明〉（二十四首）がある。『白描』「第一部　白描」は時系列的に歌が並んでいるという構成上、海人は「盲の我」としたのだろう。

下村は、逓信省の官僚、朝日新聞社副社長を経て一九三七年から貴族院議員を務めていた人物で、終戦を告げる一九四五年八月十五日正午の昭和天皇の玉音放送の前後に後に国務大臣（情報局総裁）として言葉を述べた。『終戦秘史』（大日本雄弁会講談社、一九五〇）は終戦にかかわる海南の貴重な著書で、講談社学術文庫で復刊されている。

彼は歌人でもあり一九一五年に佐佐木信綱（一八七二～一九六三）主宰の竹柏会に入り、没するまでに下村海南名義で五冊の歌集を出している。一九二一年からおよそ十五年間住んだ西宮市の「海南荘」に、信綱、川田順（一八八二～一九六二）、九条武子（一八八七～一九二八）等多くの歌人や文化人を招いて歌会やさまざまな集まりを開いた。

海人は『白描』巻末の「作者の言葉」に、「本書は、下村海南、山本実彦、両大人の御厚意と、本園々長光田健輔、医官内田守両先生の御尽力によつて、世に出ることになつたもので、茲に謹んで謝意を表する次第である」と記している。山本実彦（一八八五～一九五二）は、『白描』を出版した改造社の社長で、海人の名が広く知られるきっかけをつくった『新万葉集』（一九三七～一九三九）も改造社から出ている。エピローグで『白描』がどのように社会に受容されたかを検討するが、そこで『新万葉集』に再び触れる。

内田守は、『明石海人全集　上巻』（改造社、一九四一）巻末の「海人の短歌に就て」に、「下村海南先生の御紹介によって改造社から単独歌集発行の交渉があつたのは確かに四月（松岡補足：一九三八年）であつた」と書いている。下村は島田尺草が亡くなった折に、「癩者の歌」（『短歌研究』一九三八年四月号）で哀悼の意を表しており、癩患者の短歌を高く評価していたのだ。

長島愛生園の職員に向けて

海人は長島愛生園の医師や職員たちも歌に詠んでいる。『白描』に登場する順に読んでいきたい。〈春夏秋冬〉は七十三首からなり、タイトル通り島の四季を詠む自己民族誌的な一連だ。内訳は、「春」（十三首）、「暮春」（三首）、「松籟」（二首）、「泰山木」（二首）、「波」（三首）、「夏至」（六首）、「盛夏」（三首）、「立秋」（五首）、「秋」（五首）、「拍手」（二首）、「楽」（四首）、「娃」（二首）、「蟋蟀」（十一首）、「冬」（八首）、「壺網」（四首）である。

「泰山木」は二首だけの一連で、長島愛生園の職員へ向けて詠まれている。一首めは結婚を祝う歌だ。

鹿児島県星塚敬愛園長林文雄先生の御慶事に
――新夫人大西ふみ子先生は曾てこの島の医官たりき

しら花のたいざん木は露ながら空のふかきに冴えあかりつつ

一首めの林文雄（一九〇〇～一九四七）は、第一期生として北海道帝国大学医学部を卒業後光田が院長を務めていた全生病院に医師として勤務し、一九三一年からは長島愛生園で医務課長を務めていた。林は敬虔なクリスチャンである。一九三五年十月、鹿児島に新設された国立らい療養所の星塚敬愛園の初代園長となるため、林は長島愛生園を去った。

長島愛生園が開園した年の一九三一年（月は不明）に開かれた長島短歌会の最初の歌会から指導を行なうとともに小熊生（後に、小熊星）という筆名で「愛生」に掲載する短歌を選んでいた林に対して、海人はひときわ親近感を感じていたようで「愛生」一九三五年十一月号には「林先生を送る」との題で十三首も歌を寄せている。なかの一首「島里の歌のつどひをみちびきの君を送りてうたふべしとは」の上句は、右のことを詠んでいる。

一九三六年末、林は光田の下でともに医師として働いた大西富美子（一九〇七〜二〇〇七）と結婚した。眼科医の林富美子には自叙伝『野に咲くベロニカ』（小峯書店、一九八一）がある。長島愛生園では眼科医として勤務していた。おかのゆきお『林文雄の生涯――救癩使徒行伝』（新教出版社、一九七四）によれば、富美子はプロテスタントからカトリックに転じたクリスチャンで、文雄が一九四七年に亡くなった後に一九五一年から御殿場にあるカトリック系の復生病院に勤務した。富美子は後に日本キリスト教救癩協会理事も務めている。

荒波力は一九九八年七月に彼女に会っているのだが、その時に、人間が大きく人を惹きつける力があったという旨の海人評を聞きだし『幾世の底より』に書き記している。

二首めも詞書が付されているが、一首めとは異なり詠まれた人物の名前は出てこない。

楽生病院以来病める我等の第二の母として喜びも悲しみをも頒ち給ふ人に

いつの日かわが臨終は見給はむ母とたのみつつこの人に頼《よ》る

海人は自分が「この人」よりも先に自分が死ぬと考えているのだが、それは現実となる。自分を看取るだろう詠まれているのは、大野悦子（一八九〇～一九六六）である。熊見尚三の「ハンセン病患者と共に歩んだ大野悦子」（「兵庫県人権啓発協会研究紀要」第二輯、二〇〇一）によって、長島愛生園に至るまでの大野の略歴を記す。

大野は一九二四年新聞記者の夫と死別するが、癩患者のために尽くしてほしいという遺言に従って一九二四年に明石の第二楽生病院に勤務し一九三二年一月に、患者と共に愛生園に移り未感染児童施設の教師となった。

内田守は前掲書で、大野が「明石組（松岡註：楽生病院から長島愛生園へ移ってきた患者たちのこと）の文字通り慈母となった」と記し、この歌が大野を詠んだものとしている。

同じく〈春夏秋冬〉のなかの「拍手」二首は、長島愛生園園長の光田健輔を詠んだ歌である。

園長光田健輔先生の還暦祝賀会に

緋の頭巾緋の陣羽織童めく園長におくる拍手ひとしきり

ひたすらに癩者療救《ぐ》の四十年わが園長《そのをさ》の今日をたふとむ

光田は一八七六年一月十二日生まれである。「愛生」一九三六年一月号によれば、この年の光田の誕生日に礼拝堂で還暦祝賀会が開かれ、入園者一同から深紅の陣羽織、保育部から兜、職員から

「祖国浄化」（松岡註：日本から癩を撲滅すること）の軍配が光田に贈られている。一首めは、参加者たちが赤い頭巾に陣羽織姿の光田に拍手を送る場面である。二首めも光田礼讃の歌だ。「愛生」のこの号には、海人が長島短歌会を代表して「祝歌」の題で「六十《むそ》あまり一《ひと》つの齢《よはひ》御恵みの鐘鳴る島に今日をことぶく」、「童顔につきせぬ笑よ十万の癩者がたのむこの人この瞳《め》」の二首を寄せている。一首めの「御恵みの鐘」は、本章の「皇后の鐘」で紹介した一九三五年十一月二十日竣工の光が丘の「恵の鐘」である。この鐘は、貞明皇后の下賜金によって造られたもので、この歌のなかには光田だけでなく貞明皇后も間接的に詠まれているのである。

『白描』の歌も「愛生」の歌も還暦祝賀会というハレの場を詠んだにせよ、ずいぶん光田に阿った歌だと思われる読者もおられるのではないか。しかし、「吾等の慈父」（「愛生」前掲号の光田の還暦祝賀会についての記事の見出しのなかの文言）とされる光田を詠んだ歌――「公的な歌」と呼んでもいいだろう――は、このようなものになるしかなかったと筆者は考えている。

〈春夏秋冬〉の後には〈失明〉〈おもかげ〉〈不自由者寮〉が続くが、これは第五章と第六章で検討することにして、その後に続く〈杖〉に入っている内田守と小川正子の二人の医師を詠んだ歌を読んでいく。〈杖〉の最初の一連が「潮音」である。

医官内田守博士は守人と号し、水甕社同人として歌道にも練達の人、公務の傍ら寸暇を惜みて療養短歌の普及に尽瘁せらる。

時ありて言《こと》にもたがひ癩者我《うし》れ癩を忘れて君にしたしむ

衰へし命のはてはこの大人に頼《よ》り縋りつつ安らがむとす

詞書の「尽瘁」とは「全力を尽くす」という意味。患者たちの短歌の指導と彼らの声を療養所の外の人々に届かせることに尽力した九州療養所に一九三五年まで勤務していた内田は一九三六年一月に長島愛生園に赴任し、患者たちの短歌を指導するようになる。

一首めは、内田との親近感を詠んだものだ。内田は海人の短歌の才能を高く評価し、『海人全集』の掉尾に「表現技巧上問題で小生等と時々論を戦はすことがあつた」と書いている。こうした時は、当時の医師と患者の間の上下関係は一時的に棚上げされたのだろう。二首めは海人の内田に頼る気持ちを直截に詠んだもの。

「潮音」の次の「菊」は、小川正子を詠んだ二首一連である。

医官小川正子先生病む

この島の医官が君の少女なす語りごとこそ親しかりしを

かりそめに病み給ふにも秋のはやさ庭の菊は香には寂びつつ

小川正子（一九〇二〜一九四三）は、一九三二年六月に長島愛生園に赴任した医師。詞書の「病む」は、一九三七年夏に発症した結核をさしている。小川は長島愛生園で療養生活に入るが、一九三八年には故郷の山梨に戻り一九四三年に亡くなっている。

小川は歌を詠み、長島愛生園の歌会に参加し自作を「愛生」にたびたび発表している。一首だけ引用しておく。先述の光田健輔の還暦祝賀会の際の祝歌に、「常人は老ひ《ママ》こそすらめわがちちの齢の老ひ《ママ》はあらじとおもふ」という光田の若さを讃えた歌がある（「愛生」前掲号）。著書に、内田守が後押しして一九三八年に長崎書店から出版された『小島の春』がある。高知県、徳島県、岡山県での長島愛生園への患者の収容やハンセン病についての啓蒙活動について一九三四年から一九三七年の間に書かれ「愛生」に掲載された文をまとめた『小島の春』は、医学用語を用いた患者の記述やハンセン病についての講演についての報告書であり、美しい風景を讃える紀行文であり、患者についての印象や小川自身の感情を記した日記であり、さらに全編を通して小川が詠んだ短歌が鏤められているという錯綜した、しかし興味深いテクストである。

出版されるとすぐに、『小島の春』は小林秀雄をはじめとする文学者たちが賞讃したこともあって話題となり、ベストセラーとなる。中山良馬の「『小島の春』出版の頃」（西阪保治他編『日本キリスト教出版史夜話』、新教出版社、一九八四）によれば、発売部数は「当時の群書を圧して二二〇版、二十二万冊を数える」という。当時としては異例の売れ行きで、映画化もされた。監督豊田四郎、脚本八木保太郎で一九四〇年に公開された映画「小島の春」は、同年度の「映画旬報」優秀映画で一位を獲得した。この映画には、明石海人の短歌が数首登場している。

一首めは、小川の純粋な人柄を詠んだものだが、結句に彼女はもう海人が会えないところにいることが示されている。二首めは小川が発病した夏から秋への時の流れの速さを詠んだものか。

第五章　失明

〈春夏秋冬〉の「蟋蟀」

「混沌の語り」

前章で、フランクの病む人間の「語り」についての論を紹介した。「病いの語り」には、（一）「回復の語り」、（二）「混沌の語り」、（三）「探求の語り」の三つがあるとフランクは説く。

「探求の語り」とは、病む者が苦しみに立ち向かい、病いを受け入れ病いを活用しようとする物語で、病む者にその人独自の物語を語る声を与える。一人の人間が癩と診断されて療養所に入り、死に近いことを意味する気管切開を受けるまでを描いた『白描』の「第一部　白描」の基調をなすのは、「探求の語り」で、海人は癩という当時は不治で忌み嫌われている病気を受け入れ、短歌を詠むことによって自らの生を立て直していったと筆者は考える。

しかし、「第一部　白描」のなかには「混沌の語り」も含まれる。眼の痛み、失明、気管切開と次々に海人に襲いかかる苦難のなかに否応なしに飲み込まれていくさまを描き出した歌がそれである。「探求の語り」のなかに、時に「混沌の語り」が立ち現われるというつくりになっているのだが、それが読者を『白描』「第一部　白描」に引き込んでいく力なのである。言い換えれば、「第一部　白描」では病気とともに生きる穏やかな海人と、時おり現われる病苦に翻弄されひどく不安定な海人が描写されており、そのことが私たちを魅了するのだ。この章からは、病気に対してなす術のない弱い存在としての海人が描き出されている短歌、すなわちを「混沌の語り」の歌群を読んでいきたい。今回は〈春夏秋冬〉のなかの「蟋蟀」と〈失明〉を検討しよう。

幻影、不安、恐怖

〈春夏秋冬〉は、第四章で示したように十五の連作あわせて七十三首からなる。タイトルの通り島の四季を詠む。長島愛生園の四季の風物を詠んだ連作の合間に、前章で示した島への来訪者や園の職員についての歌が現われるという自己民族誌で、全体として落ち着いた雰囲気を持つ。なかで「蟋蟀」は、それ以外とは全く異なる作風の一連である。十一首一連の詞書と九首を引く。

蟋蟀

一夜高熱を発し、後、数日の昏睡の間を、現れては消えし幻影の幾つ

更くる夜の大気ましろき石となり石いよよ白く我を死なしむ（一首め）
しんしんと振る鐸音に我を繞りわが眷族《うから》みな逐はれて走る（三首め）
煉瓦塀高くめぐらす街角に声あり逃げよ逃げよといざなふ（四首め）
息つめてぢやんけんぽんを争ひき何かは知らぬ爪もなき手と（五首め）
繰りかへし我の齢《よはひ》をかぞへゐる壁のむかうの声ならぬこゑ（六首め）

身一つの置き換へらるるおそれより己が名を彫る壁にのぶかに（七首め）
死にかはり生れかはりて見し夢の幾夜を風の吹きやまざりし（九首め）
かつてなき光なり朝の空の晴れ幾日幾夜の昏睡を醒めぬ（十首め）
床下に一つゐて鳴くこほろぎの声のまにまに死にかはり来ぬ（十一首め）

この一連に驚かれる読者もあるだろう。これまで読んできた「第一部　白描」の歌とはずいぶん異なっているからだ。「蟋蟀」の直前の「姪」は、めいの死についての二首だが、「これの世を短き命ひたぶるに聡《さか》しくもこそ汝《なれ》の生きしか」「汝《な》が描《か》きしうろくづの絵に白菊のまだきを剪りてはるかに悼む」と、いちずに聡明に生きた彼女が描いた魚の絵に、まだ開ききっていない白菊を手向ける場面を静かに詠んでいる。「蟋蟀」に続く「冬」八首も、たとえば「日あたりの病舎の縁にひびきつつ午後の作業は石を斫《き》るらし」といった落ち着いた叙景歌や叙情歌である。

「蟋蟀」は全体にかかっている詞書にあるように「幻影」を詠んだ連作である。第三章の冒頭に書いたように、一九三二年十一月に第二楽生病院で精神に混乱をきたしそのまま担架に乗せられて長島愛生園に連れてこられた海人は、「精神朦朧、頭痛、不眠、幻視幻聴」に悩まされていたと園長の光田健輔が書いている。幻影は、その時にみたものだろう。超現実的な内容が詠まれており、これまで読んできた「第一部　白描」の病状、遭遇した人物、出来事、風物を題材にした歌よりも、「第二部　翳」のいわゆる「ポエジイ短歌」に近い。

『現代精神医学事典』（弘文堂、二〇一一）の「不安［現象学］」の項――精神科医の広沢正孝（一九五七～）執筆――によれば、不安は「漠然とした不確かさ、落ち着かない不快な気分、何かに脅かされている予感」を含んだ心持ちである。「逐はれて走る」（三首め）、「逃げよ逃げよと」（四首め）、「爪もなき手」（五首め）、「壁のむかうの声ならぬこゑ」（六首め）といった語句からは、海人が強い不安に襲われていたことが読みとれる。一方、「我を死なしむ」（二首め）や「身一つの置き換へらるるおそれ」（七首め）には、死や自分が消え去ってしまうことに対する恐怖が感じられる。

三首めの三句め「我を繞り」の「繞り」は、「周りを回って」ととった。しかし、私の周りを回って逃げる親族たちは一体何に追われているのか。また、四首めで、逃げろ逃げろという街角の声は何から逃げろと言っているのか。このように問うてみることに、あまり意味があるとは思えない。この一連からは、海人が不安や恐怖に苛まれたことを感じとれば十分だろう。筆者が最も強い印象を受けたのは、九首めの「死にかはり生れかはりて見し夢の幾夜を風の吹きやまざりし」である。輪廻転生を繰り返して見る夢のなかでは風が吹き続いているというのは、なんともそら恐ろしい物語である。

失明の予兆――〈失明〉の「夜盲症」から「眼神経痛」まで

〈春夏秋冬〉に続くのは、〈失明〉である。〈失明〉は、「夜盲症」（二首）、「角膜炎」（四首）、「暗室」（二首）、「眼神経痛」（六首）、「失明」（十首）の二十四首からなり、夜盲症の発症から失明にいたる記録となっている。

「夜盲症」（二首）から順に読んでいこう。

遠からぬ路べりの灯の見えわかず鳥目といふも身の衰へか

消えのこる肝油の臭ひは悪《にく》めども鳥目すらだに癒え易からぬ

後に紹介する内田守の論文は、癩患者に夜盲症が多いという海外の報告を紹介している。一般的な夜盲症はビタミンAを含む肝油の服用で改善するが、海人の「鳥目」はよくならなかった。海人は、鳥目になったのは体が衰えたためであり（一首め）、鳥目すら癒えない（二首め）と詠嘆するのである。

「角膜炎」（四首）は、夜盲の次に海人を苦しめた病気を詠む。全体にかかる詞書と一首めは次のとおり。

角膜の白濁次第に募れば、軟膏塗布も結膜下注射も瞳孔切開も角膜剝離の手術もすべて甲斐なく

近づきてその人ならずおろそかに向けしゑまひの冷えゆく暫し

ある人だと思って近づいて適当に微笑んだらその人ではなかったので、その微笑みがしばらくの間冷え込んでゆく、という意味。

二首めのテーマも他者との関係である。

盲ひくれば人の眼色の弁《わ》きがてに或《ある》はよしなき物言ひもしつ

「目は口程に物を言う」という言い回しがあるが、海人は話をしている相手の眼がよく見えない。そのためその人の真意を測りかねて的外れなことを言ったかもしれないと追想するこの歌は、眼が悪くなることが人間関係にも影を落とすことがあることを示して印象深い。

三首めで海人は視点を変える。

角膜の濁りはすでに抜きつつアルバムにさへ親しみがてぬ

「抜きつつ」の読みは「ひらきつつ」で、「広がっていく」という意味で用いられている。一首めと二首めは現在のことについてだが、この歌は過去が記録されているアルバムに焦点を当てる。この三首は、眼疾によって目が普通に見えている時に当たり前だった世界から遠ざかっていく感じを巧みに描写している。

次の「暗室」は、左の二首である。

ふかぶかととざす眼科の暗室に朝は炭火のにほひ籠らふ

照明の光の圏にメスをとる女医の指《および》のまろきを見たり

海人は朝手術を受けたのだろう。眼科の手術は全身麻酔ではなく眼球だけの麻酔で行なう場合が多く、その場合は手術を受ける者は医師のメスが見える。メスという研ぎ澄まされた刃物と女性医師のまるい指先の対比が効いている。前の章に書いたように大西富美子は眼科医だったので、この歌の『女医』は彼女かもしれない。

「暗室」の次は眼の痛みについての「眼神経痛」（六首）だが、この症状にかんしては〈失明〉より先に〈春夏秋冬〉の「春」（十三首）のなかに、「いたむ眼を思ひつつ来る温室に護謨の芽だちの紅あはあはし」という歌がある。

いつの春かは分からないが、すでに眼に痛みが現われていたのである。海人が完全に失明するのは一九三六年秋だが、この年の春が来るまでに激しい「眼神経痛」に襲われていた。というのは、この年の「愛生」四月号に「明海音」名義でこのことについての七首が載っているからだ。表題、詞書、一首めと二首めを掲出する。

眼を疾む

熱疹両眼に及び遽に明を失ふ。疼痛四十日未だおとろへず

盲ひゆくは運命《さだめ》と思はむはてもなきこれの痛みの術もあらなく

いとせめて一夜の眠りをいまは欲るまなき疼《いた》みに極まる疲れ

眠れないほどの痛みが四十日以上続いたことが分かる。長島愛生園の眼科医日比久子（生没年不詳）らの「癩性結節性紅斑の眼症状」（「臨床眼科」一九五五年五号）によれば、急性虹彩毛様体炎をおこす患者がいるが、この炎症は激痛で患者を苦しめ、繰り返すと失明の一因になることがある。海人を苦しめたのは、この疾患と思われる。

『田村史朗全歌集』（皓星社、二〇二一）のなかに、「暫の止む時もなく涙こぼる釘差す如し眼球神

経痛は」という歌がある。一九四七年に駿河療養所に入りそこで亡くなった田村史朗（一九一八〜一九五九）は、一九四九年に失明している。田村もこの急性虹彩毛様体炎をきたしていたと思われ、この歌に詠まれているひどい痛みを海人も経験したのだと思われる。

ところで、「愛生」の明海音名義の「眼を疾む」七首には五首めと六首めの間に○が入っている。五首めまでの海人は眼痛に苛まれ混乱しているのだが、六首めと七首めは「をやみなき疼みもかくて盲ひゆくもわが身にかぎる運命《さだめ》にあらず」「ひたすらに疼む眼《まなこ》をまもりゐる暁《あかつき》はやき囀りのこゑ」と、自らとある程度の距離を置いて客観的に捉えようとする姿勢の歌となっている。五首めと六首めの間の○は、海人が記号を用いて一連のなかで緩急を付けるというレトリックを身につけていたことを示している。

さて、「眼神経痛」の六首のうち最初の二首は、先に見た明海音名義で「愛生」一九三六年四月号に載った七首のうちの二首に手を入れたものである。一首め、三首から五首めを読んでいこう。

しづかなる友の寝息やいつしかも盗汗《ねあせ》の衣《きぬ》の更ふべくはなりぬ（一首め）
夜すがらの眼のいたみをまもりきて暁はやき囀りを聞く（三首め）
まじまじとこの眼に吾子を見たりけり薬に眠る朝のひととき（四首め）
おぼろかに器の飯の白く見えてをだやむいたみに朝を過《す》ぐしぬ（五首め）

眼の痛みがひどくなかなか寝付けない一晩を、時間の流れにそって詠んでいる。痛みは朝になってようやく和らぐのだが、「器の飯」はぼんやり白く見えるにすぎない。四首めの「薬」は睡眠薬だろうか。眠っている間に夢で子をはっきり見たという切ない歌で、「この眼に」という句が効果的だ。

失明

光を失うことの混乱

海人が生きた時代、癩患者で失明するものは少なくなかった。内田守は、「レプラ」一九三〇年第二号に書いた論文「癩患者に於ける眼疾患の臨床的觀察並に病理組織學的所見に就いて　附、其の對症的治療法」で、八百人の患者と亡くなった患者の八十眼の八十六％に眼疾患、十％の両眼盲を認めた、としている。十人に一人が失明していたのだ。序章でとりあげた島田尺草も失明している。

「失明」十首は〈失明〉二十四首の核心で、ここから八首を読む。詞書と最初の歌。

眼神経痛頻に至る。旬日の後眼帯をはづせば已に視力なし

拭へども拭へども去らぬ眼のくもり物言ひさして声を呑みたり

海人は光を失う時が近いことを知っており、「眼のくもり」がとれないことに対する絶望感が下句に的確に表現されている。

くもる眼をみはりつつ瞑ぢつ直心《ひたごころ》やうやくにして黙居《もだゐ》に堪へず

二首めの上句は、「眼をみはりながら閉じた」という意味か。下句の「直心」は「ひたむきな心」、「やうやく」は「次第に」の意味。黙っているのがだんだんがまんできなくなってきた、ということだろう。屈折した言い回しが、海人の動揺を示している。四首め。

眼帯にやがてをぬるむあぶら薬かくてぞ我の盲《し》ひはてぬらむ

眼に塗った「あぶら薬」が眼帯に滲みだしてくる様子を描写した上句と、自分の眼が見えなくなるだろうと詠む下句の対比が効果的で、感傷的な歌である。感傷は『白描』「第一部　白描」の重要な要素で、『白描』の受容を論じるエピローグで検討する。

そして、海人はついに光を失う。五首めから七首めまでを示す。

昼も夜も疼きつくしてうつそ身のまなこ二つは盲ひ果てにけり
眼も鼻も潰《つひ》え失《う》せたる身の果にしみつきて鳴くはなにの蟲ぞも
また
我のみや癩に盲《し》ふるにあらねどもみはる眼にうつるものなし

この三首には喪失感に打ちのめされる海人がいて、『白描』「第一部　白描」のなかの「混沌の語り」の頂点の一つである。特に、六首めの「眼も鼻も潰《つひ》え失《う》せたる身の果にしみつきて鳴くはなにの蟲ぞも」は、究極的にネガティブな自らの身体を「身の果」と表現し、しかし何かがそのなかにまだ生きていて——蟲という比喩が秀逸——外界に対して発信しているということを「しみつきて鳴く」とする表現が読む者を戦慄させる。

八首めで、海人は失明を受け入れようと自分に言い聞かせる。

幾人の友すでに盲ひいまは我おなじ運命《さだめ》を堪へゆかむとす

最後の十首め。

ひとりなる思ひに耽る眼のあらば妻への便はものさむ夜《よべ》を

「眼のあらば」が失明の悲しみを読む者に切々と訴えかける。これもまた感傷的な歌である。

〈不自由者寮〉での海人

不自由者寮と慰問の品

〈おもかげ〉の次の〈不自由者寮〉には、「転居」（五首）、「慰問品」（五首）、「立春」（七首）、「晩春」（六首）、「五月雨」（四首）、「粽」（長歌一首と短歌四首）、「彼」（五首）、「清書」（四首）、

「小春日」（五首）、「大掃除」（三首）、「畳替」（九首）の長歌一首短歌五十七首が収められている。海人は「不自由者」とは何かを説明し、盲人としての生活を描きだす。海人が失明したのは一九三六年の秋三十五歳の時だが、いつ不自由者寮に入ったのかははっきりしない。三番めの連作が「立春」なので、翌一九三七年の春までには移っていたのだろう。

〈不自由者寮〉最初の「転居」五首から三首を読んでみよう。この連作は、「短歌研究」一九三八年十一月号に掲載された「明暮」（短歌二十首と長歌一首）に拠る。「短歌研究」は一九三八年四月号以降たびたび海人の作品を掲載しているが、エピローグで検討する。

　　入園以来六年を過したる室を出でて、不自由者寮に入る
　転室の挨拶をかはすこの人と壁をへだてて幾年なりけむ

この歌は『白描』が初出となる。転居は新しい住まいへの期待とともに、住みなれた所を去るさびしさを伴うものだ。この歌はそうした感情を詠んだもので、海人の感慨が感じられる。

　引越しの荷物もちだす縁さきに盲の我はとりのこされぬ

「短歌研究」の歌は四句めが「盲《めしひ》の我の」となっているが、それ以外に異同はない。下句に、盲目となってまだ日が浅い海人の不安な心境が示されている。

手さぐれば壁にのこれる掛鏡この室にして我盲《めし》ひけり

「短歌研究」に掲載された作では「我《わが》」とルビが入っているが、それ以外は同じ。かつては自分を映した鏡が見えなくなっていることを示す上句が秀逸である。また「盲の我はとりのこされぬ」は、事実をそのまま詠んだものだが深い悲しみを湛えている。

二つめの「慰問品」は長い詞書を持ち、「不自由者」と彼らに対する世話や慰問の品を説明したもので、「自己民族誌《オートエスノグラフィー》」としての性格を持つ。『白描』のなかの「混沌の語り」を考える際に、この一連は重要なので、五首すべてをあげる。

盲人その他起居の自由を欠くものを不自由者と呼び、附添夫をして衣食の用を弁ぜしむ。附添夫も病者にして軽症のもの之に当る。不自由者には月々慰問の品を給与せらる。

不自由者となりはてぬれば己が名に慰問の餅も届けられたり
手にのせて重りごころもわりなけれわが名にいただく経木包は
歯にしみて慰問の餅の冷えなすも不惑には至らぬ命なるべし

最初の三首はタイトル通り慰問の品についてである。二首め、三首めは「明暮」の歌を推敲したもの。三首めは「明暮」では「歯にしみて慰問の餅の冷《ひ》ゆるにも不惑には到らぬ命かと思ふ」だが、結句「命なるべし」によって『白描』の歌の方が締まった表現となった。この予測は残念ながら現実のものとなり、海人は三十七歳十一か月で亡くなる。

四首めと五首めは対をなす。

世の中のいちばん不幸な人間より幾人目位にならむか我儕《われら》か
己にはさまで不運ならぬかに思ひてゐるも不自由者我は

「世の中の」は、「愛生」一九三八年一月号と「明暮」にほぼ同じ歌がある。「儕」は「ともがら」、つまり仲間の意で、この歌には絶望した海人がいる。一方、「己には」はこれが初出と思われる。筆者は「思ひてゐるも」の「も」を詠嘆の終助詞ととり、「自分はそれほど不運ではないように思っていることだなあ、不自由者の私は」という意味に解した。この解釈だと、この歌には少し気を取り直した海人がいる。自分はずいぶん不幸だと感じている自分と、そこまで不幸ではないと思う自分を表現した二首の対比は、おさまりがつかず揺れ動く海人の心持ちを的確に表現している。

平穏のなかの不穏

「慰問品」に続く「立春」(七首)、「晩春」(六首)は落ち着いた叙景歌や嘱目詠が多い。視覚を失った海人は音を頼りに外界を描写するのだが、「立春」「晩春」合わせて十三首のなかの四首に雀が現われる。

鳴き交すこゑ聴きをれば雀らの一つ一つが別のこと言ふ　「立春」
日あたりの暖かからし雀一羽窓さきに居ていつまでも鳴く　同

雨一日訪ふ人もなく夕暮れて塒《ねぐら》すずめは鳴きひそまりぬ　「立春」
簷《のき》さきに声けたたましこの朝を雀らの世に事のあるらし　「晩春」

雀の鳴き声の細かい変化を聞きとり、「一つ一つが別のこと言ふ」や「雀らの世に事のあるらし」と詠む海人は、小鳥を慈んで心穏やかだ。
しかし、穏やかな歌のなかに次のような歌もある。「晩春」の一首め。

目ざむればほのかに明き室のなかたまたま昨夜《よべ》はよく眠りたり

「愛生」一九三八年一月号に「夏日」という題で海人の短歌九首が掲載されているが、その一首めがこの歌で、そのまま『白描』に収められた。「昨夜《よべ》は」とあるので、昨晩が例外でいつもはよく眠れていないということが分かる。
続く「五月雨」四首のうちの二首めと三首めには、昔を思い出す海人がいる。

今をある運命《さだめ》は知らず努めしをあだなりしとはつひに思はず
入学試験合格の日の空のいろこのごろにして眼には冴えつつ

「今をある」の歌は「努めしを」の意味が取れなかったが、現在の状況は過去の悪い行ないに原因があるとしているのは間違いないだろう。入試合格の方は、その日の空の色をはっきり思い出すと解した。

長歌一首短歌四首の「粽」の最初は長歌である。

紙鳶の糸のもつれに苛《いら》つ　我の掌《て》に　蒸しなすや粽《ちまき》賜《た》びにし　とある日の母が面影　むらさきは手絡《てがら》なりしや　昨夜《よべ》父といさかひ給ひき　手に温《ぬく》む粽剝きつつ　あやしくも頬をほてらせ童我こよなく羞ぢける　遥かなりけり　この島の院に盲ひて頂く　不自由者慰問の　餅の匂ひ葉剝きつつ憶へば

「紙鳶」は「しえん」と読み、凧を表す古語。「手絡」は、髪を結う際に髷に飾る布。この長歌は混沌とはしていないのだが、読むのがつらい。慰問の品の粽から、幼い自分が母からもらった粽へと遡り、「遥かなりけり」でふたたび現在へと戻るというつくりで過去と現在を対置している。この長歌に続く四首のうち三首が母を詠んでいる。

結ふ髪のさやけき母を童わが見つつひそかにたのしかりしも
いまだきに生《お》ひし白髪を染め給ふある日さびしき母を見にけり
湯浴する母が乳房に黄ばみたる皺のたるびのまざまざと見ゆ

この三首、年老いていく母を質の高いモノクロのスナップショットのようにとらえ、時が過ぎることの残酷さを描き出している。

「立春」、「晩春」、「五月雨」、「粽」の四つの連作は、「転居」と「慰問品」という激しい感情が込められた二つの連作と、自分に癩をうつした可能性が高い同級生――おそらく尋常小学校の――について詠み、やはり強い気持ちが滲んでいる「彼」をつなぐ緩衝地帯のような役割を果たしている。だが、そのなかに幸福だった過去を思い出す歌、睡眠障害に悩まされていたことを示唆する歌が挿入されている点に注意しておきたい。

再び混沌とする感情

「彼」の五首は、自分の癩の感染源と思われる同級生を詠む。

今にしておもへば彼ぞ癩なりし童のわれと机並《な》めしが
彼《か》の指に癒えては破《や》れし傷一つ今にして且つ眼にはうかみ来《く》
わが病あるひは彼に受けたらむ 童《わらはべ》の日のしかも親しさ
我疫《わがえやみ》童の日にこそ受けたらめふるさとの吾子よ病むな伝染《うつ》るな
わが病むも彼ゆゑにかも思ひいでて或は疎みあるひはいたむ

ハンセン病の病原菌であるらい菌（Mycobacterium leprae）はきわめて感染力の弱い細菌で、幼児期までに感染した者が発病する可能性があるが、それ以外の発病は極めて少ないとされる。日本のハンセン病療養施設に勤務していた者で発病した者は、戦前から現在にいたるまで報告されていない。世界をみると、ハワイのモロカイ島でハンセン病患者たちの世話をしたベルギー出身のダミアン神父（一八四〇〜一八八九）が感染したのは例外とされる。

この五首に説明は不要だろう。一首めと二首めは先述の「短歌研究」一九三八年十一月号掲載の「明暮」に入っている（一首めの結句に、「並」ではなく「竝」が使われているが）。「短歌研究」で、題と一首めの間には「たまたま思ひ出づることありて」とある。海人はふと幼い頃の友の指の傷を思い出し、その友達から癩がうつったと考えるにいたったのだ。四首めの「我疫《わがえやみ》」からは、わが子の健康を願う海人の痛切な思いが伝わってくる。五首めで、海人は癩をうつしたと思われる同級生に対して、憎しみと憐憫という複雑な心境を吐露している。

続く連作は四首からなる「清書」である。娘から送られてきたきれいな字で書かれている手紙を詠んだ一連だ。もっとも海人は目が不自由なので、読んでくれた患者が海人にそう言ったのだろう。一九二九年夏に離婚した後も海人と妻浅子は手紙のやり取りをしており、浅子は明石（一九三一年六月）や長島（一九三三年三月）にやってきて海人に会ってもいる。

離婚成立後、浅子は東京へ出て美容師の学校に通い、娘瑞穂は海人の実家で育てられた。二首めと四首めを読んでみよう。

　母を訪はむ春の休暇を待ちわぶる吾子の童の文は聞きをり
　相会ひて妻子二人のむつむ日を夕くらがりの臥床《ふしど》に思ふ

上京して母と会える春休みを心待ちにしているという内容の手紙が娘から来たら、うれしく思うと同時に悲しみを禁じえなかったろう。

静かな諦観

小春日（五首）、「大掃除」（三首）、「畳替」（九首）には、再び落ち着いた雰囲気の歌が多い。しかし、海人の諦めにも似た気持ちが出ている歌があり、そちらに焦点を合わせて読んでいく。「小春日」と「大掃除」を合わせて読む。「小春日」からは最初の歌と四首めを読む。

帰省する友を送りて
偶々《たまたま》に秋の日なかを降りたてば眼にはうつらね空のはるけさ
家なりし噴井の音はわすれつつこの島にして命をはらむ

一首めは「眼にはうつらね」が読む者の感傷を誘う。四首めの「噴井」は「ふきい」や「ふけい」と読み、水が絶えず吹き出ている井戸の意。鷗外の「舞姫」でベルリンの景観を描写するなかに「晴れたる空に夕立の音を聞かせて漲《みなぎ》り落つる噴井《ふきゐ》の水」という下りがあるが、今日では耳慣れない言葉である。

上手くいっているかどうかは別として、この歌は三句めが眼目と思う。筆者は、今は家の噴井を覚えているが、死ぬ時はそんなことは思いもせず死んでいくのだろうなという意味にとった。

文字通り大掃除を詠んだ「大掃除」の二首めは次の歌である。

大掃除の縁に汲むなる茶のはしら家なりし日の斯《かか》るもありき

ここにもやはり家を思い出す海人がいるのだが、茶柱によってなのだ。『白描』を読み進んできた者は、失明した海人が口のなかの茶柱から故郷を思い起すこの歌にリアリティを感じるのではないか。

「畳替」は、海人の居室の畳を替えに来た畳職人の老患者について詠んだ九首で、次の一首で始まる。

　　話好きなる畳師の翁も病者の一人なり
　　畳師の悔《くや》むともなく言ひつるは惜しみなくすてし薬料のこと

特効薬のプロミンが日本で使われるようになった一九四七年まで、「癩に効く」とされるさまざまな薬が売りに出され詐欺まがいの商法が横行した。藁にもすがる思いで、多くは高価なこうした薬に財をつぎ込んだ患者やその家族も少なくなかった。長島愛生園の医師小川正子について海人が詠んだ歌を第四章で紹介したが、彼女の手記でベストセラーとなった『小島の春』を映画化した〈小島の春〉（一九四〇年公開）のなかに、発病した娘のために親が市販薬に莫大な金を使い家が傾いた四国の名家を小川が訪れるエピソードが出てくる。「惜しみなくすてし薬料」とあるので、この畳職人の老人もずいぶん金を使ったに違いない。

二首めから五首めまでは、たとえば「弟子などは足手まとひと膠《にべ》もなき老の訛りもその人なりし」（三首め）といったようにこの翁が描写される。六首以降は畳替えが済んだ後のことを詠む。六首めと七首めを読んでみよう。

癩に住む島に盲《めし》ひて秋一日替へしたたみをあたらしと嗅ぐ
ともしくも残る月日かはぎ替へし今日の畳のにほひ身に沁む

新しい畳は独特の匂いが心地よい。しかし海人は自らに残された時間は少ないことを知っていた。

進行する病状に向き合って

日中戦争と愛生園

〈杖〉は、「潮音」（二首）、「菊」（二首）、「南京陥落」（四首）、「秋近く」（六首）、「暦」（五首）、「霜」（五首）、「灯」（八首）、「杖」（九首）、「夢」（二首）、「草餅」（二首）の合わせて四十五首からなる。このうち「潮音」と「菊」は、それぞれ内田守、小川正子の長島愛生園の二人の医官についての歌で、すでに第四章で検討したので「南京陥落」から読んでいくことにしよう。

一首め。

日支事変酣に職員看護婦など相つぎて出征す
世は今し力を措《お》きて事は莫しますらを君を往けと言祝《ことほ》ぐ

詞書の「日支事変」は、「支那事変」とともに日中戦争（一九三七～一九四五）の当時の呼び名。

一九三七年七月七日の盧溝橋事件に端を発した日本と中華民国の戦争である。長島愛生園もこの戦争とかかわらざるを得なかった。「莫し」は「なし」で、上句は、今は力が必要だという意味となる。それを受けた下句の「ますらを」は、漢字では「益荒男」「丈夫」等いくつかの書き方があるが、勇敢で強い男のことである。『万葉集』では六十首ちかくに「ますらを」が現われる。笠金村《かさのかなむら》（生没年不詳）の一首をあげる。

丈夫《ますらを》の弓末《ゆずゑ》振り起し射つる矢を後《のち》見む人は語り継ぐがね〔巻三・三六四〕

「愛生」一九三八年七月号に、海人は「小岸氏の壮途を送つて」と題した二首を寄せている。「壮途」は、大きな希望や期待をもった勇ましい門出。歌は「たゝかひは勝つべかりけり刃も弾丸も弾きかへしてましぐらに勝て」、「病める身もながらへてまた君を見む戦ひかちて帰らす君を」で、それぞれ戦場に赴く職員に対する餞の歌と、勝って無事に帰ってくることを祈る歌である。「南京陥落」に戻って、二首め、三首めを読む。

顧みて惧れなけなくに盲我戦況ニユースをむさぼり聴きつつ
南京落城祝賀行進の日取のびて固くなりたる饅頭をいただく

日本軍が総力で国民政府の首都南京を攻撃した結果、十二月十三日に南京は陥落した。朝日新聞一九三七年十二月十一日朝刊には、「皇軍、南京城に入る」という記事が載っており、同じ面に十一日夜日本各地で提灯行列等々の祝賀行事の予定が報道されている。長島愛生園でも祝賀行進が行なわれることになり、それに先立って饅頭が配られたのだろう。らい療養所でもこのようなお祝いが催されたのは、いささか驚きである。なお「危惧」で用いられるが「惧」は、訓読みの「惧れ」では「おそれ」だ。

最後の四首め。

島にも防空演習の行はれて
鳴りいづるサイレンに次ぐ非常喇叭やがて外面《とのも》に足音さわぐ

防空演習とは空襲に備える訓練。一九三〇年に入り戦争の気配が強まると、日本全国で行なわれるようになった。長島も例外ではなかった。

次の「秋逝く」(六首)には、穏やかな歌が多い。二首め、三首めには猫と親しむ海人がいる。

秋ふかき昼のひそけさ膝にくる猫にむかひて物言ひかけぬ
膝に来て眠る仔猫のぬくもりのそこはかとなき雨の降りつぐ

解説は不要だと思うが、二首めの「物言ひかけぬ」に海人の孤独が示されているように思われる。結句に「こゑ」が入っている五首めと六首めには、目が見えなくなってから音に敏感になったことが示されている。

さ夜ふかく目醒めてをればさしなみの隣の人の欠伸するこゑ
幾年をかくてありけり盲わが起き臥す窓のすずめ子のこゑ

表現への飽く無きこだわり

続く「暦」で、海人は下痢に苦しんでいる。五首のうち、一首め、二首め、四首めを読んでみよう。

疼《や》む腹は暫し間のあり更くる夜の玻璃戸に凍みて雨の降りつぐ
疼む腹は撫であぐみつつ俯伏して或は宵の秋刀魚《さんま》を憎む

海人は断続的な腹痛に苦しんでいたのだ。痛みが一時引いた際に、居室のガラス戸に冷たい雨が降り続いていることに気づく。「宵の秋刀魚《さんま》を憎む」とは、海人は秋刀魚にあたったと思ったのだろう。

四首め。

やがて薄らぐいたみに、童の日の事などとりとめもなく思ひいでては
三りんぼう天一天上壁の上のこよみは奇《あや》し生きもののごと

「三りんぼう天一天上」は陰陽道による俗信。「三隣亡」は、この日に棟上げなどの建築にかかわることを行なうと、後に火事になって隣三軒を滅ぼすと伝えられた。「天一天上」は「てんいちてんじょう」と読み、方角を司り天と地を往還する神である天一神《てんいちじん》が地上を離れ天にいるとされる癸巳《みずのとみ》の日から戊申《つちのえさる》の日までの十六日間をさす。この期間はどの方向に行っても問題はないとされた。

暦に書かれていることを詠んでいるところから、失明前の作だろうか。壁に掛けてある暦を「奇《あや》し生きもの」とするこの歌の発想は「第二部　翳」に通じるもので、〈杖〉のなかではやや浮いた感じがする一首である。

ここで、海人の語句へのこだわりを見ておきたい。一首めと二首めの初句「疼《や》む腹は」の「疼む」だが「ひどくいたむ」「うづく」という意味で、医学では「疼痛」という言葉がある。これまでも見てきたように、海人は漢字にするか開くか、漢字を用いる場合はどの字にするかに細心の注意を払っている。

失明してから、海人は他の患者に口述筆記をしてもらっていた。以前紹介したことがある内田守の海人伝『日の本の癩者に生れて』（第二書房、一九五六）には、このことについて興味深い記述がある。

海人の作品は詩でも短歌でも非常に難解の漢字が多かったので、彼の筆耕者になる人は、相当な素養のある人でなければ出来ない仕事だったし、また海人が一字一画もゆるがせにしなかったので、（中略）なかなか長つづきしないのであった。私までが海人の部屋に行った時は、居合わせた介補者に「よろしく頼む」ということをいわざるを得ないほどであった。（中略）海人の歌集『白描』を繙かれた人は、誰でも気づかれるだろうが、画の多い難解の漢字を非常に多く使用しており、万葉語のような古語も多いので、筆耕者は相当苦心しただろうと思うが、これが全部口述で、指書さえ不自由な中にやるのであるから、その困難さは思い半ばに過ぎるものがあった。

目が見えなくなってからの海人は以前にも増して短歌に没頭したのに違いない。内田は、ある筆耕者が真夜中に海人に呼ばれて行ってみると、昼浄書した歌稿の、てにをはの一字を直してくれと言われてがっかりしたとともに、海人の真剣さに敬服したというエピソードを紹介している。「暦」の後「霜」「灯」と続くが、海人の表現のこだわりが示されている「灯」八首を先に読む。海人の身の回りの世話をしていた琉球出身の山田信吉という人の急逝を詠んだ連作である。

山田信吉君は琉球の人、我為に眼とも手ともなりて衣食の事はもとより煩瑣なる草稿の整理まで一手に弁じたりしを、かりそめの病に急逝す。

今朝は我に箸も添へしを君が往きし重病室に灯ともる頃か
隣室にもの音のする夕暮を昼餉のすまぬひもじさに居り

×

病室に君危篤なり午前二時人みな往きてあとのひそけさ
くらがりの 褥《しとね》に膝をただしつつ君が命をひたすらに禱《の》む

夕暮の臥床に聞けば君を焼く火葬場にたつ讃美歌のこゑ
春はやき蚊の声ありて信吉の灰となりゆくこの夜は深む
遺されし机の板の冷たみに頰をあてつつ涙のごはず

この秋は帰省して母を見むと言ひゐたりしを

身に著けて帰るべかりしその衣《きぬ》は遺骨の壺《つぼ》に添へて送らむ

×

二つの「×」は場面の転換を示す。海人の朝食の介助をした後で山田は急に具合が悪くなったため、海人は昼食を食べられなかったのだ。重病室に運ばれた山田は、その晩の午前二時には危篤となり亡くなった。その日の夕方だろうか、故人が天国で新しい命を与えられることに対して感謝と喜びを表わすために火葬場で讃美歌が歌われた。

七首め結句の「のごはず」は、漢字では「拭はず」。「のごふ」は「ぬぐう」の古語である。海人は溢れ出る涙を拭おうともしないのだ。山田が帰省するときに着ていくはずだった服を骨壺に添えて彼の母に送るという最後の歌は、詞書とも相まって読む者を感傷的にさせる。

三首めと四首めは「愛生」一九三八年五月号が初出で、そこでは結句がそれぞれ「あとのひそけき」、「ひたすらに祈る」となっている。四首め「くらがりの褥《しとね》に膝をただしつつ君が命をひたすらに禱《の》む」の結句に使われている字は、現在では「祷」を用いるのが一般的である。岩波文庫の『明石海人歌集』（二〇一二）では、そのまま「禱」が用いられているのでそれを踏襲した。意味は「神に幸運を願って祈る」という意味だが、これを「禱《の》む」と読ませるのは、音数を整える意図があるにせよいささか無理があるように思う。「涙のごはず」もそうだが、内田が紹介しているように海人の歌の細部に対するこだわりはたいへんなものだった。「灯」の詞書に「煩瑣なる草稿の整理」とあるが、まさしく筆耕者の努力なくしては『白描』は成りえなかったと言えるだろう。

近づく死の影

「霜」（五首）と「杖」（九首）は、それぞれ病いの進行と目が見えなくなったことについて詠んだもので、「混沌の語り」と言ってよい。

自らに死が近づいていることを詠んだ「霜」五首をまとめて示す。

年ごとのおとろへはあり片寄りによれる敷布を展べつつ思ふ
黒き蛇飛びかかるとき目醒めたり深夜は乾《から》ぶ痰に咽せつつ
夜すがらを脊柱の冷え夢に入りうつうつと聞く一時二時三時
親しきが一人一人に失《う》せゆきて今はこの身の待たるるごとし
風邪ひかば息塞るとふ喉の腫れに夜毎をしみて冴えのまさり来《く》

再び内田守の『日の本の癩者に生れて』によれば、らい菌は粘膜などやわらかい部分、特に外界の刺激を受ける部分を侵す。鼻粘膜の潰瘍や鼻翼の筋肉部が潰れたりして、鼻孔の気道が塞がっている患者が多い。内田は「鼻呼吸が出来ないために夜よく眠れないのが病者の悩みの種である」と書いている。『白描』の何首かで海人は不眠に悩んでいることを詠んでいるが、このためだったのだろう。

さらに内田は、次のように記している。らい菌は咽頭も侵すが、鼻粘膜よりかなり遅れる。鼻の場合は口を開けて呼吸できるが、咽頭が「腫れ塞がることは生命に関するので、非常な苦しみが加わる」。「霜」の最後の「風邪ひかば」の歌は、海人の喉にこうした兆候が現われていたことを示唆している。

「文芸」一九三八年三月号に、海人の「天刑」十七首が掲載されている。天刑とは、天の制裁、天罰を意味する。かつて癩は「天刑病」とも呼ばれた。患者は何らかの罪を犯しており、それに対する罰として天が下した罰が癩なのである。ずいぶん酷な考え方だ。

「杖」は、盲目となり杖をつくようになった自分を詠んだ九首である。この一連でも五首めと六首めの間に「×」が入れられており、区切りを示している。はじめの五首は、「文芸」一九三八年三月号に載った「天刑」十七首のなかの歌が初出である。エピローグで詳しくみるが、一九三八年一月に改造社から出た『新万葉集』第一巻に海人の十一首が掲載された。これによって海人は一躍有名になり、「短歌研究」だけでなく「文芸」のような雑誌にも作品が載るようになった。

はじめの五首を示す。

事ともなく往き来なしけるこの道も杖の先には捜りわづらふ
捜り行く道は空地にひらけたりこのひろがりの杖にあまるも
泥濘《ぬかるみ》に吸はれし沓《くつ》をかきさぐる盲《めしひ》にこそはなり果てにけれ
杖さきにかかぐりあゆむ我姿見すまじきかも母にも妻にも

さぐり行く裏山路の暁《あけ》の空晴れたるらしもさへづりの澄む

一首めと二首めは初出と漢字か平仮名かの違いがあるにすぎないが、三首めは初出では「ぬかるみに吸はれし沓をさぐりつつしかすがに沁むものの佗しさ」である。『白描』三首めの下句「盲《めしひ》にこそはなり果てにけれ」には、深い悲しみが表わされている。五首めは、初出では「浅山をかかぐりゆけば暁《あけ》の空晴れたるらしもさへづりのこゑ」となっている。

六首めから九首まで。

杖立てて佇みをればしたしさよ誰彼の声の言ひかけて行く
声かけて傍へを過ぐる足音の一人一人をおもかげに繰る
路べりに杖を立てつつ朝まだき入江にはやき爆音を趁《お》ふ
ひとしきり葦生をわたる朝あらし眼を瞠りつゝ聴きとめにけり

六首め七首めには海人に声をかけて通り過ぎる患者や職員、その声を導きの糸として彼らの面影をたぐり寄せる海人が的確に描写されている。八首めの結句にある「爆音」は、九首めが朝の嵐を詠んでいるのでそのことだろうか。九首めの四句「目を瞠りつゝ」は、見えない眼を大きく見開こうとしている様ととった。「趁《お》ふ」や「瞠りつゝ」に海人の漢字へのこだわりが出ている一連である。

夢に現われた父と妻を詠んだそれぞれ詠んだ二首の「夢」を挟んで、〈杖〉を締めくくるのは、慰問の品を詠んだおだやかな「草餅」二首である。

愛国婦人会岡山支部より草餅を贈らる

春なればよもぎの餅も食《た》うべよと添へて賜はる言《こと》のよろしさ

霞たつ吉備《きび》の春野の若よもぎおよび染めつつ摘ませけらしも

〈杖〉は、戦争や病状の進行など重い題材を扱うなかに、猫との交流や慰問の草餅についての歌を入れる構成の巧みさが光る。

第六章　気管切開

音をたよりに

研ぎ澄まされる聴覚

〈音〉は「声」（二首）、「前栽」（三首）、「音」（六首）、「歌」（三首）のあわせて十四首からなる。〈音〉というタイトルは、目が見えなくなった海人の聴覚が研ぎ澄まされていくことにつながっている。「声」から読んでいこう。

ヘレン・ケラア女史の放送を聴く
放送のこの人の声を島の院に盲《し》ひつつ聴けばなみだし流る
我が手足の麻痺症状もすでに久しきを思ひつつ
この語る声も言葉も悉く皮膚より得てしその皮膚のよさ

ヘレン・ケラー（一八八〇〜一九六八）の放送を聞いた時の感激を素直に詠んだ二首である。視覚、聴覚の二重の障害を克服し社会福祉の分野で活躍した彼女は、第二次世界大戦をはさんで三度来日している。一九三七年、彼女は初めて訪れた日本に四月から八月まで滞在し各地で講演を行なった。四月には新宿御苑で開催された観桜会の席上で、昭和天皇に拝謁している。

ケラーは二歳になる前に病気で視覚も聴覚も失ったが、触覚を通して言葉を身につけていった。二首めはそのことを詠む。〈不自由者寮〉の「慰問品」のなかで「世の中のいちばん不幸な人間より幾人目位にならむ我儕《われら》か」と詠んだ海人だが、重い障害を克服した彼女に驚き感動したに違いない。一首めには、感涙にむせぶ海人が描き出されている。

次の「前栽」は草木を植えた庭を意味し、不自由者寮の庭のトマトについての落ち着いた三首だ。

盲《めし》ひてはおのれが手にはつくらねど庭のトマトの伸びをたのしむ
偶々《たまたま》を訪ひ来し声は前栽のトマトの伸びのよろしきを言ふ
盲わが臥《こや》りてをれば庭さきのトマトを盗む足おとのあり

一首めでは触覚、二首めと三首めには聴覚が詠まれている。それにしても、盲人の庭のトマトを盗むとはずいぶん酷いことをする者もいるものだと思う。

「音」六首はすべて音について詠んだものだ。一首め、四首め、そして最後の歌をあげる。

読書きに借らむ人手をおもひつつ縁に夕づく物音を聴く

いささかの嘔気《はきけ》去りやらぬ午さがり隣のラヂオ静かに鳴りつぐ
朝たけし室のかそけさ手捜りに窓をひらけばまた音もなし

一首めで、海人は本を読んでくれたり短歌を書き取ってくれる患者を慮っている。四首めは、海人の消化器の衰えが「嘔気《はきけ》」に示されている。最後の歌は、自室が静かなので窓を開けて外の音を聞こうとしたところ、外もまた静寂が支配していたといういささか物悲しい歌である。

〈音〉最後の「歌」は、海人の短歌にかける思いが伝わってくる三首一連だ。

夜すがらを案じあぐめる歌ひとつ思ひにはあり朝粥の間も

海人が筆耕者を夜中に呼び出し推敲した歌を書き取らせたというエピソードを第五章で紹介したが、海人は朝食の粥を食べている間も一晩かけてまとまらなかった歌を思い返しているのである。

息の緒のよりて甲斐ある一ふしの豈なからめや盲《めし》ひたりとも

「息の緒」を魂、「甲斐ある」を価値のある、ととった。「豈なからめや」は、ないことがあろうか、いやある、という反語表現と解した。目が見えなくなっても、魂のこもった価値ある歌が詠めないだろうか、いや詠める、という意の歌だと思う。歌に命をかける海人の強い意志を感じさせられる一首である。

葦の葉を捲きて鳴らして朝明は一生《ひとよ》にきはまる命おもはず

葦の葉を吹き鳴らす朝は人間の一回で終わる命など眼中にない、という意味だろう。自然の大きさと人間の小ささを対比した作である。

衰えていく体

〈白粥〉は、「蛔」（三首）、「路樹」（三首）、「乙鳥」（四首）、「水鶏」（十首）、「白粥」（長歌一首と反歌一首）、「跫音」（長歌一首）、「送別」（三首）、「乳臭」（三首）、「帰雁」（八首）の長歌二首と短歌三十五首よりなる。

嘱日三首の「蛔」（音読みは「ちゅう」で、蜘蛛の意味）の一首は「水鶏」を読むときに紹介するとして、二番めの「路樹」三首の最後の歌を掲げる。

坂路を登りつめしも大儀さよ潰《つひ》えし咽喉は呼吸《いき》に鳴りつつ

「短歌研究」一九三八年十一月号に掲載された「明暮」のなかに、上句が「坂路を登りつめたる」で出ている。海人は喉の息をすることが難しくなっており、どうにか坂道を登りきったものの喉を通る吸気と呼気の量が多くなったため咽喉が鳴っているということが具体的に示されている。

続く「乙鳥」は四首一連で、一首めに「乙鳥《つばくらめ》」とルビが振ってあるように、燕の漢名である。その三首めは次の歌だ。

読む声のかつもつれつつ暫《しま》らくのけはひは友の居睡れるらし

本を読んでくれている身の回りの世話をする附添夫が居眠りを始める瞬間の気配を、盲目の海人がうまく捉えた一首である。「愛生」一九三八年十一月号に掲載されたものがそのまま『白描』に収められている。

続く「水鶏」は隣室の友人の死を詠んだ十首。水鶏は海人が好きな鳥で第三章で示したが、〈白粥〉最初の一連「蛔」（三首）の二首めにも「水鶏《くひな》の声遠のきてをりをりに麻蚊帳のすそ畳をすべる」と現われている。

「水鶏」の一首めから四首めを読んでみよう。

隣室の友逝く。母なる人急を聞きて郷里より来訪せらる。

壁越しの嫗が声は亡きあとの室を訪ひきて歎かふらしも
たらちねの母なりければ島の院に死なせし命の短きを言ふ
おのが身の悼まるるがに亡き友が母なる人の挨拶を受けぬ
畑つくり巧みなりしよ遺されしトマトの畠に佇《た》ちつつおもふ

患者が亡くなっても、親族が長島愛生園を訪れることは珍しかった。琉球出身で海人の附添夫として世話をしていて急逝した山田信吉の遺骨（第五章参照）、そして海人の遺骨も骨壺に収められ故郷に送られた。

五首めから最後の十首めまでは初七日のさまざまな出来事が詠まれているが、八首めを読んでみたい。

事はてて帰る弔者の跫音に義足の軋みありて遠のく

癩の重要な症状の一つである知覚神経麻痺のため、足底に傷を負っても気づかずに悪化させ足を切断せざるを得なかった患者もいた。そうした患者のために、全生病院ではすでに一九一九年には安価なブリキの義足がつくられている（西浦直子「補装具にみるハンセン病者の生活像――全生病院におけるブリキの義足の製作と使用をめぐって――」「国立ハンセン病資料館研究紀要」第七号、二〇二〇）。初七日の回向に、不自由な足でやってきた者もいたのだった。

最後の二首には、落ち着いた雰囲気が詠まれている。

初七日の友が供物《くもつ》の枇杷の実をむきつつをれば水鶏《くひな》鳴きつぐ
荒《あら》ましき起居《たちゐ》なりしもこの夜をば厠にもたたず咳《しはぶ》きもせず

九首めは、故人を思いながら枇杷をむいていると海人が好んだ水鶏が次々に鳴くという叙景歌。

十首めの慌ただしい初七日だったがその夜はぐっすり眠れたという歌で、この一連が閉じられる。

死と生

「水鶏」に続くのは、「白粥」（長歌一首と反歌一首）と「跫音」（長歌一首）の二首の長歌である。

白粥

衰へし腸のいたみに　ひさしくも頂く白粥　医局よりの許可伝票　炊事場に届けば　この島の飯の器の　飯盒の蓋に盛れるを　舎の人の交るがはるに　運び下さる幾年の　雨の日は雫滴り　風の日は散りこむ松の葉　時にうすく或は固く　かにかくに甘《うま》からねども　げに幾人の煩ひに　頂く粥ぞこの白粥は

反歌

飯盒の蓋に冷えたる白粥のうすきにほひに明し暮すも

白粥は白米だけで作った粥のことである。「医局よりの許可伝票」とあることから、腸が弱った海人のために医師の決定で特別に白粥が出たのだと思われる。「飯盒」は屋外で米を炊く時に使われるが、愛生園ではこれが「島の飯の器」だったのだろうか。

「跫音」は、「短歌研究」一九三八年十一月号に「明暮」とともに掲載された同名の長歌を、一字あけの部分、振り仮名等若干の推敲をしたもの。

跫音は外《と》の面《も》をゆき過ぎ　附添の友は帰らず　五時の鳴りやがて六時の　ラヂオなる唱歌は歌へど　盲ひ我が夕餉のすまぬ　ひもじさに思ふともなき　遠き日の妻が怨言《かごと》　わが晩き帰りを言ひき　枇杷の果《み》の窓にあからむ　共棲は短かかりしよ　癒えてこそ帰るべかりし　その後の二年三とせの　いつしかも十年にあまる　今はもよ　生きて見るべき我とは待たじ

読む者が深い悲しみに包まれる歌である。これまで用いてきたフランクの「混沌の語り」、つまり「物語の語り手が生《ライフ》を経験していくままに語られ」、その語り手がどのように「苦しみの中に取り込まれてしまうか」のカテゴリーに入る歌と思う。

附添夫の山田信吉の具合が突然悪くなったために夕食が食べられなくなった空腹感から、過ぎ去った妻との幸福な日々、そして自分の病気の進行へと導く構成が巧みである。

妻――離婚してはいても海人にとっては、妻であり続けた――は、発病から十年以上もたち自分と生きて会えるとは思っていないという絶望感でこの長歌は終わっている。

続く「送別」は隣人の帰省についての三首である。

隣室に年久しく住み合せたる松岡茂美君の帰省を送る

まづ一つと我が手にとらす饅頭のささやかにして君を送るか

この島の骨堂にして再びを逢はなむと言ふたはむれならず

防空演習の警笛《サイレン》ひびく朝の縁にまた会ひがてぬ人と別れぬ

故郷へ旅立つ松岡茂美は、いつ帰ってくることになっていたのだろうか。三首めで、もう会えないと詠んでいるが、これは海人が自分が間もなく死ぬだろうと思っていたことを示しているのではないか。そう考えると、松岡がしばらく郷里にいて、再び長島に戻った時には自分はもうこの世にはいないという歌となる。だとすれば、二首めで長島の納骨堂で死後また会おうと詠んでいることに納得がいく。

続く「乳臭」は長島で乳飲み子が海人の間近に現われるという三首だが、なぜ幼い子が愛生園にいるのかは明かされていない。

あやされて笑ふ声音《こわね》も乳の香もこの島にして児《ちご》のめでたさ
片言のこゑの清《すず》しさかたゐ我抱きねと言はれて児《ちご》をおそれぬ
ありし日の吾児がおもみの覚ほゆるこの片言ぞ乳の香にしむ

患者同士での結婚は認められていたが、その場合男性は不妊手術を受けなければならなかったので、患者同士の夫婦に子が生まれることはなかった。女性が妊娠した場合は中絶を強制させられた。したがって、患者の親族が連れてきた子か、職員の子だと思われる。

一首めの「この島にして」は、乳児がいるはずがない島という含みがある。二首め。子を抱いてみろと促された海人は、病気が伝染するのではないかと危惧しているのである。子が片言でしゃべるのを聞いて、腸炎のため一歳三か月で亡くなった次女を思い出すというのが最後の歌である。〈白粥〉を締めくくるのは「帰雁」八首で、海人が死後について思いの丈を詠んだものだ。

わが骨の帰るべき日を歎くらむ妻子等をおもふ夕風ひととき
春ならば襖ひらきて通夜の座に白木蓮《はくれん》しづく闇を添ふべし
その夕《よひ》の老松原の塚ふかくとどろとどろに神もはたたけ
秋ならば庭の葡萄の一房のむらさきたかき香を供養せよ
冬ならば氷雨《ひさめ》もそそげ風も鳴れ冷たく暗き土に還らむ
春至《さ》らば墓の上なる名なし草むらさき淡き花を抽《ぬ》くべし
秋まひる犬えびづるの実の白みつぶらつぶらに子等を唆るや
曼珠沙華くされはててては雨みぞれそのをりふしの羽かぜ囀り

いくつかの語句に解説が必要だが、全体として分かりやすい一連である。自分が死ぬのが春だったら、秋だったら、冬だったら、という五首めまでと、墓の様子を詠んだのが六、七、八首である。

二首めの「しづく闇」の「しづく」は「沈く」で、沈んでいる闇ととった。三首めの下句「とどろとどろに神もはたたけ」の「とどろとどろ」は漢字では「轟轟」で「雷鳴の音」、「はたたけ」は「鳴り響け」。自分の遺骨が墓に納められる日の夜、雷よごろごろと鳴れという意味だろう。

九首めの「犬えびづる」は調べても分からなかったが、「えびづる」はブドウ科の植物である。ぶどうのように房状になる小さな実は、熟すと甘くなり生で食べられる。「つぶらつぶら」は、丸くてかわいい様子。「唆る」は「そそる」で、甘い実が子供たちの食欲をそそるという意味だろう。二首め「春ならば」、五首めの「冬ならば」には海人の達観が感じられるが、四首めの「秋ならば」、六首めの「春至《さ》らば」には、それぞれ、墓に供え物をして、墓の上に生えている名もない草を抜いてほしいという願いが詠まれている。

最後の歌は、地に落ちた曼殊沙華が朽ち果てた墓地の叙景歌である。寒々とした初冬の墓地にも、時おり鳥の囀りや羽の音がするという下句「そのをりふしの羽かぜ囀り」が、死と生を対比させているのである。

死への軌跡

失われていく知覚

『白描』「第一部　白描」最後の章が、〈気管切開〉である。「異状注射」（二首）、「麻痺」（七首）、「鼻」（四首）、「喉」（十九首）、「朝」（長歌一首）、「入室」（八首）、「気管切開」（十一首）、「父なる我は」（長歌一首）、「朔」（二首）、合わせて短歌五十三首、長歌二首である。死が近づいてくる海人の絶唱に、読者は襟を正さざるを得ない。

最初の「異状注射」（二首）から順に読んでいく。

夜中異状あれば看護手出張して応急の手当をなす。之を異状注射とよぶ。
或夜激しく胃の痛むことありて、二度までも当直の看護手を煩はす

胃袋の疼《いた》みのやめば胸の頭《づ》の諸々のいたみなべて収まる
身体ぢゆう何処にも残る疼みなく此夜の明を眠たくなりきぬ

海人は胃腸に問題をかかえていたが、一晩に二度も手当してもらうとはよほどひどい胃の痛みに違いない。おそらく鎮痛剤を使ったのだろう、ようやく痛みは消えたものの、二首めにあるように海人は明け方まで眠れなかったのである。
「麻痺」（七首）は壮絶な一連だ。この一連に詠まれている知覚の喪失を、私たち健常者は容易に理解しがたい。そこで、海人は一連の最初つまり一首めの前に、この病気による知覚麻痺を生々しく伝える詞書を置いたのだろう。一首め、三首め、四首めを読んでみよう。

癩の兆候は麻痺なり。四肢のさきよりひろがる知覚麻痺に、針にて刺すも火にて焼くも更に痛みを覚えず。次第に募れば全身の皮膚粘膜を犯し、遂には、舌咽喉眼球にも及ぶ。癩の最後の症状も亦麻痺なり。

朝醒めて指に見つけし火ぶくれの大きからぬは憎からなくに
朝明をもよほす悪寒《をかん》にたづぬれば人差指に爪ぞ失せたる
いつしかも脱《ぬけ》失《う》せてける生爪に嘗《な》むればやさし指の円みは

一首め。温覚と痛覚が失われると熱さを感じないので、患者は眼が見えていても火傷をしたことにしばしば気づかない。寝起きに指の小さな火ぶくれを触知した海人が、それを「憎からなくに」

とユーモラスに表現しているところが眼目である。

癩で手指の変形をきたしたり、爪が萎縮したり脱落する場合があった。三首め、四首めは爪の喪失について詠む。海人はすでに失明していたので、爪が無くなっていたことにしばらく気づかなかったのだ。その爪のない指を、「嘗《な》むればやさし指の円みは」と詠んだユーモアに救われるのが四首めである。

五首めと六首め。

指《および》より肘にひろがる火ぶくれの己がこの手ぞゆゆしかりける

一首めの火傷よりもずっと範囲が広い火ぶくれに、海人も大変なことになったと心配しているのだ。

耳の孔さぐらるるときともしくもここに残りて痛覚はあり

「ともしくも」は「乏しくも」で、耳孔には痛覚がかすかに残っていたのである。この歌を詠んだ時、海人が感じていたのは安堵か絶望感か。

塞がっていく鼻

続く「鼻」（四首）では、鼻から呼吸することが難しくなっていることが明らかにされる。これまでに何度か引用した『日の本の癩者に生れて』（以下『日の本の』）のなかで、内田守は次のように書いている。

（松岡補足：らい菌は）粘膜などのやわらかい部分で、外界の刺激を受ける部分をもっとも侵すものだから、鼻の粘膜に潰瘍が出来たり、鼻翼の筋肉部が潰れたり、鼻梁の軟骨が陥凹したりして、鼻孔の気道が塞がっている者が多い。

海人もこの状態に直面していたのだ。四首のうち、二首め以外を読む。

> 鼻翼萎えて年久しく通ずることなかりしが、たまたま人に教へられて紙巻煙草の吸口を挿むに、片方は潰えつくして用をなさざれど、残る一つは幸に気息を通ず。
>
> 挿す管の鼻よりかよふ息の根のこのめでたさは幾年ぶりぞ
>
> 鼻ありて鼻より呼吸のかよふこそこよなき幸《さち》の一つなるらし
>
> されど、もともと身に具はるものならねば
>
> 息づけば鼻に挿したる紙筒のかすかに鳴りて眠りがたきも

海人の安堵がひしひしと伝わってくる。それにしても、鼻から呼吸ができることが幸福と感じられようになるとは恐ろしい病気である。詞書がある四首めからは呼吸をするたびに紙筒がたてるか

すかな音が、もとより睡眠に問題を抱えていた海人をさらに悩ませていることが分かる。

次の一連「喉」は呼吸困難を詠んだ十九首で、『白描』のなかでも「混沌の語り」の頂点であって読むのがたいへん辛い一連である。一首めから六首めまでを掲げる。

病は咽頭に及び声の嗄れてより年余、この頃に至りてやうやく呼吸困難を加へ、深夜の乾気に咽せては屢々気息を絶つ。

起き出でて嗽ぎしはぶく真夜の縁隣の室に心を置きつつ
幾たりのかたゐを悶え死なしめし喉の塞《つま》りの今ぞ我を襲ふ
辛くして吸ふなる息を咳きに咳くこのひとときぞ命がけなる
総身の毛穴血しぶき諸《もろ》の目のはじけ果つべししかも咳きに咳く

折から防空演習中なりければ

警笛《サイレン》は夜天に鳴れど鳴り歇めどい這ひ転伏《ころぶ》しわが喘ぎ咳く
根《こん》かぎり咳きしはぶけど乾《から》びたる痰のねばりよ喉をはなれず

「幾たりのかたゐを悶え死なしめし咽の塞《つま》り」とあるように、病変が咽頭に及ぶとそこが腫脹するのだが、それが悪化すると一命にかかわる。この一連には、呼吸ができずに七転八倒する海人が描き出されている。三首めに「命がけなる」とあるように、咽頭にまで病変が及んだ患者の苦しみは想像を絶する。六首めは、何度も咳をしても粘性が高い痰をなかなか切ることができないことを示す。一首めに戻れば、海人は真夜中に止まらない咳で迷惑をかけている隣の部屋の人を気づかっているのだ。

刻々にけしきを変ふる死魔の眼と咳き喘ぎつつひた向ひをり

この七首めの歌、様相を刻々と変えていく死神の眼を咳き込みながらもしっかり見つめているというところが鬼気迫る。十三首めにとぶ。

夜毎四度五度を起き出でてしはぶき嗽ぐにもなれつつ
含み鳴く夜鳥の声のかそけさを咳き咽びつつ聞きとめてをり

鳥の小さな鳴き声と咳という二つの音の対比が見事である。この重い一連を海人は次の十九首めで締めくくっている。

この冬はこの冬はとをおそれつつかそけき命を護し来にけり

この冬で死ぬのではないかと恐れながらも、辛うじて生きながらえてきたというこの歌は感慨深い。内田守がこの頃の海人を詠んだ歌のなかに、「二夜三夜仮睡もえせずふたがりゆく喉頭を護りて君死闘せり」（『日の本の』、八十三頁）という一首があるが、海人は文字通り死闘していたのである。

咳のため眠れなかったが、朝の清々しさを愛でる長歌「朝」は割愛して、「気管切開」に進もう。

気管切開

海人は一九三八年十一月に気管切開手術を受ける。執刀者の内田守が『海人遺稿』（改造社、一九三九）に寄せた「跋（其の二）」によれば、当時気管切開を受けたのは患者の二〜四パーセントに過ぎなかったという。内田のこの文をもう少し読んでみよう。

此の手術は私が執刀したのであつたが手術の準備が出来ても、何時までも本人が来ないので看護婦を迎へにやつたら、担架を待たせたまま、友人に歌を書かせてゐたと云ふ報告を受けて私は胸を打たれた。

内田が感動したように、筆者も海人の短歌にかける意志の強さには驚かざるをえない。「入室」（八首）、「気管切開」（十一首）は、臨場感に圧倒される連作である。「入室」は、自室から重病室へと運ばれるまでを詠んだ八首。五首めまでを読む。

気管切開のために重病室に入る

載せられて担架に出で来ぬわが室をめぐるけはひは聞きのこしつつ
病室の扉口《とぐち》と思ふおもりかに額にせまる石壁の冷え
今日よりのこの六尺のわが天地寝台のくぼみにそひて長まる

這入り来てひた咳きに咳くひとしきり此室の気の我には蘞《えぐ》さ
臥《ね》てをれば片面にあかる窓の下に迫れる海は今日をひそまる

「長まる」は、体を伸ばして横になるという意味。「六尺」はおおよそ一八〇センチで、当時としては海人はかなりの長身だった。『日の本の』によれば、重病棟は医局から近かったので内田は個室に入っている海人を二三日おきに訪れて、『白描』の原稿を催促したという。

六首めの前に詞書があり、場面が変わる。

大阪にて育てりといふ十あまりなる少年、肺結核を併発してすでに声も嗄れゐたりしが、入園以来月余をこの病室に送りて、とある夜をひそかに歿《みまか》る

しまらくを足音《あのと》はみだれ亡骸《なきがら》の運び去られてまた音もなし
わが眼にも仄白みつつ遺されし寝台《ベッド》に今朝の日はあたるらし
明暮を隣寝台《ベッド》にもの食ひし童吾一は昨夜《よべ》を先立つ

海人の隣のベッドに横たわっていた吾一少年は、愛生園に入ってからずっと重病室で過ごし一か月少しで亡くなった。「しまらくと」の歌は、静かな重病室に人が何人もやって来て、少年の遺体を運び出した後に静寂が戻ってくるという時間の流れを描き出している。

「気管切開」は手術の場面を詠んだ十一首である。

内田守は『日の本に』で、「気管切開の歌も、人間が堪えうる最大受難が芸術化されたるものと

して、海人によって『白描』中に加えられたることは、たしかに偉観であるといわねばならない」と書いているが、筆者も同感である。

海人自身、その文末に（手術後一週間を経て）と添えてある「気管切開」という短い文（『明石海人全集』下巻、改造社、一九四二）のなかで、「気管切開の手術は黙禱を捧げてから執り行ふと言はれるほどの、ときに一命に係る大手術」と書いている。先述のように、海人がこの手術を受けたのは一九三八年十一月で、術者は内田守だった。喉仏の下に入れた金属製のカニューレという管を通して呼吸をすることになる。一首めと二首め。

高々と手術の台に置かれたり噴く湯けむりの音のもなかを
気管切開はじまらむとす手術台めぐらふ人の黙《もだ》しき暫し

客観的な描写が手術直前の緊張感を捉えている。三首めから五首めまでは手術の最中の歌。局所麻酔だったため、海人は意識があったのだ。

気管切開てふ生きの命のうつろひを見つめては居り怖れもしつつ
切割くや気管に肺に吹入りて大気の冷えは香料のごとし
幾夜《いくよさ》を喘ぎあかして気管切開をはれる台に睡気さし来ぬ

「切割くや」の歌について、少し説明したい。『日の本の』には、「咽頭を切開すると寒冷の空気が直接気管から肺に入る」と書かれている。なるほど、吸気は鼻腔から咽頭を通るうちに温度が上がって気管に達する。カニューレからでは外気は暖められることなく気管や肺に入ってくるので、「大気の冷え」はそのことを示す。気管や肺に入ってくる空気は冷たいが満足に息ができるようになった感激を、海人は「香料」という表現に託したと読んだ。

六首めから最後の十一首には、手術が終わった直後からその夜のことが詠まれている。

このままにただねむりたし呼吸管いで入る息に足らふ命は
また更に生きつがむとす盲我くづれし喉を今日は穿ちて
喉穿りて横たはる夜の素硝子の窓にはららぐ霰ひとしきり
うつうつと眠りつ醒めつ夜もすがら附添ふ人の身じろぎを聞く
呼吸管かよふ息音《ね》は身にしみて幽けくもあれや深夜《ふかよ》冴えつつ
まともなる息はかよはぬ明暮を命は悲し死にたくもなし

最後の歌には、海人の苦しさが現われている。前出の『海人遺稿』の内田守の跋によれば、当時咽頭切開を受ける者は患者の二～四パーセント位で、「喉切《のどきり》三年」という言葉があったという。咽頭切開をしたら、寿命は三年くらいだということを意味するのだが、切ない言葉である。海人の場合は、腸結核が悪化したため、咽頭切開を受けた翌年の一九三九年六月九日に亡くなっている。

海人はこの手術によって声を失った。しかし、ある患者から教えてもらった静脈から採血する際に用いるゴムのチューブをカニューレに挿入し声を出すときに空気を送り込むという方法で、かすかに聞き取れる声が出せるようになった（松村好之『慟哭の歌人――明石海人とその周辺』小峯書店、一九七〇）。

『白描』出版、そして死

「気管切開」の次には、病を得てからの半生を振り返る内容の長歌「父なる我は」が置かれており、それに続く「朔」二首が『白描』「第一部　白描」の掉尾を飾る。

おほかたは命のはての歌ぶみの稿を了へたり霜月の朔
かたゐ我三十七年をながらへぬ三十七年の久しくもありし

内田は、『日の本の』に「『気管切開』の大連作を加えて、十二月末日にようやく歌集『白描』の原稿を改造社に送った」と書いているので、一首めは事実とは異なる。しかし、ここはせわしい「師走」ではなく「霜月」だろう。「かたゐ我」は、癩患者の一生を描いた『白描』「第一部　白描」の最後の歌に相応しい。

明石海人生前唯一の歌集『白描』は、海人の驚異的な努力と内田守の献身的な支援、そしてさまざまな人の助力によって、一九三九年二月二十三日改造社から刊行された。その年の六月九日、海人は三十七歳の生涯を閉じる。当時長島愛生園では患者が亡くなると、解剖が行なわれていたが、海人の遺体を解剖した愛生園園長光田健輔によれば、ひどい腸結核で、肺も結核にかなり侵されていたという（内田『日の本の』による）。

第七章　ポエジイ短歌――『白描』「第二部　翳」

『白描』「第二部　翳」の位相

「第二部　翳」の評価

　これまで『白描』の「第一部　白描」を読んできたが、この章では「第二部　翳」を検討する。出版直後から『白描』はその「第一部　白描」が高く評価され、「第二部　翳」は長い間看過されてきた。

　一九三九年六月九日海人は亡くなる。同人として所属していた「日本歌人」がただちに「日本歌人」九月号を「海人追悼号」として発行した。この号には、主宰の前川佐美雄、長島愛生園の内田守、「日本歌人」の会員たちが追悼文を寄せている。「日本歌人」から大きな影響を受けた「第二部　翳」を評価する寄稿者が多いのは、必然と言えるだろう。佐美雄はこの号に収められている「明石海人と『日本歌人』」で、次のように記している。

「白描」の第二篇「翳」の如き歌（これらは全部「日本歌人」に載つたものである。）を無下

> に排斥したりするのを見ると、作者の本体を知らないにも割合があると寧ろ憫笑に似た気持さへ湧いて来るのである。或る有名な歌人は「白描」一巻から「翳」の部分を抹殺すべしと言つてゐたさうであるが、僕からすればさういふ歌人をこそ封殺すべく、又明石君自身にしてもさう言はれることはまことに心外に堪へないものがあるに違いない。

「無下に排斥」という文言に、出版直後の『白描』の受容のされ方が端的に示されているが、それはその後も続いたのだった。佐美雄をはじめとする「日本歌人」の歌人たちや後に見る土岐善磨は例外として、長い間等閑視されてきた「第二部　翳」を高く評価したのは、塚本邦雄の「短歌考幻学」(「短歌」一九六四年四月号)である。塚本はこの評論で大胆にも次のように主張した。

> 歌集『白描』の存在理由はただ一つ、「翳」と題する第二部の作品群によってのみ証明されることを、ぼくはかたくなに信じてやまぬ。そしてこの「翳」が今日までに一度でも正当に評価されたことがあったろうか。

塚本が大胆だと筆者が思うのは、それまでほとんど無視されてきた「翳」を評価したという点ではない。そうではなく、『白描』の存在理由は「翳」のみによって証明されると断言していることだ。塚本のこの見解に対して異論はあるだろう。筆者も同意しかねるのだが、それについてはエピローグで書く。

さて、一般論として、『白描』を「第一部　白描」から読んできた読者の多くは「第二部　翳」

で面食らうに違いない。詠まれている対象も詠み方もあまりにも異なっているからだ。先の評論で、塚本に「一冊の歌集がかくも歴然と、全く異なる主題と手法に二分されていることも珍しかろう」と言わしめるほどである。

「翳」の方法

「翳」を俯瞰することで、塚本が指摘する「第一部　白描」と「全く異なる主題と手法」を把握しておきたい。その前に、『白描』の第一部と第二部では形式が異なっている点を確認しておきたい。

プロローグに載せた写真（56、57頁）のように、「第一部　白描」ではあたかも章のタイトルのように奇数の頁の中央に連作の題が印刷されているのに対して、「第二部　翳」では、一般的な歌集と同様連作の前に示されている。連作名と歌数をあげる。

「夜」八首、「天」六首、「斜面」二十一首、「寂」二首、「星宿」五首、「砌」十首、「軛」六首、「軌跡」八首、「奈落」十首、「鑄」八首、「冴」五首、「巷」十二首、「年輪」十首、「譚」十首、「昼」五首、「遅日」四首、「暁」七首、そして「翳」十七首である。

数首〜数十首にタイトルがついた十八の連作あわせて一五四首からなる「第二部　翳」（以下、「翳」）は、明治から現代にいたる歌集の一般的な構成を採っているのである。

さて、主題を検討しよう。海人は「翳」の扉に次のように記している。

単なる空想の飛躍でなく、まして感傷の横流でなく、刹那をむすぶ永遠、仮象をつらぬく真実を覚めて、直観によつて現実を透視し、主観によつて再構成し、之を短歌形式に表現する――日本歌人同人の唱へるポエジイ短歌論を斯く解してこの部の歌に試みた。

癩の診断から気管切開にいたる一人の患者を経時的に描き出すことが「第一部　白描」のテーマだった訳だが、これから見ていくように「翳」の主題は幻想なのである。

さて、先述のように「日本歌人」は前川佐美雄が率いた結社で、一九三四年六月に結社誌「日本歌人」を創刊している。一九二五年三月に「竹柏会心の花」に入った佐美雄は、第一歌集『植物祭』を一九三〇年七月佐佐木信綱の序文で心の華叢書として素人社書屋から上梓した。『植物祭』巻末の「植物祭後記」で、佐美雄は「これこそ僕の求めるポエジーであり、偽りなき僕自身をさらけ出してゐることにならう」と記しているが、この歌集に収められている短歌はきわめて意欲的で斬新だった。三枝昂之（一九四四～）は『前川佐美雄』（五柳書院、一九九三）のなかで、歌壇で大きな話題となったこの歌集の特色として、「自己の客体化」、「自他の二重性」、「自他の交換」、「既成への否定意志」の四つをあげているが、「自己の客体化」は「白」について、「既成への否定意志」については「青」を論じる時にふれる。

「日本歌人」に一九三五年五月に入った海人は、「日本歌人」同年十月号から翌一九三六年三月号まで合わせて五回にわたって評論「短歌に於ける美の拡大」を連載した。この評論で、海人は自らが考える「ポエジー」について論を展開している（引用は、皓星社版『海人全集』上巻、一九九三年より）。

海人は、ポエジーを「どんなに叩きつけても散文には還元しない詩の本体」と定義し、「短歌の任務も結局は之を如何に短歌形式に盛るかにある」と主張する。そして、「ポエヂー《ママ》が触発する現代的特質」として「混沌」、「明朗性」、「積極性」、「主知性」、「思想性」、「積極性」（松岡註：連載で号が分かれたためか海人は三つめの「積極性」とほぼ同じ内容を繰り返している）、「虚無性」、「機械性」の九つをあげる。

筆者はこのうち七つめの「虚無性」に注目する。この特性を、海人は次のように定義している。

既成の宗教、道徳を破壊し魂の故郷を失つた現代人の宿命の相である。古来の短歌に表れた枯淡な無常観ではなく、触れれば血の滴る生々しい傷口である。既に挽歌としては万葉の時代から歌ひ古されたものであるが、さういふ個人的な、対象の明確な哀感ではなく、もつと一般的な、もつと常住的な、根元的に、魂の底に空ろな影を投げてゐる寂寥感――時代時代の潮流と交感して（中略）人生を真摯に生きやう《ママ》とする人々の間に、常にその純粋な形態を保つてゐる近代的感覚の一つである。

これから見ていくように、「翳」には色彩がくり返し現われるが、生に彩りを添えるものではなく、生の影やその虚ろなさまを浮き彫りにしているように筆者には思われるのだ。

万華鏡としての短歌

色彩の饗宴

この「ポエジイ短歌」を現実のものとするために海人が用いた素材の一つが色で、色彩の出現頻度が『白描』の第一部と第二部は大きく異なっている。池田功「日本近現代文学に描かれたハンセン病の研究——明石海人『白描』の色彩語を中心に——」(「明治大学人文科学研究所紀要」第七十八冊、二〇一六)は、『白描』の第一部と第二部を比較し、色彩語の使用される頻度が「第一部の一六%に対して第二部が五二%となり、三倍以上に多くなっている」ことを指摘している。

色彩に注目して「翳」を読んでいこう。「翳」二番めの連作「天」は、六首すべてに色彩語が現われる。「蒼」が五首、「黝《くろず》む」が一首である。まずこの一連から読みはじめよう。一首め。

大空の蒼ひとしきり澄みまさりわれは愚かしき異変をおもふ

澄みきった青空が詠まれているのだが、何かしら不穏な歌である。「愚かしき異変」とは一体なにか。「日本歌人」一九三六年九月号は、発売禁止の処分を受けた。海人の「七月」十三首のうち、「二・二六事件」という詞書を持つ最後の二首「反乱罪死刑宣告十五名日出づる国の今朝のニュースだ」「死をもつて行ふものを易々と功利の輩があげつらひする」が原因の一つとされている。この二首から、「愚かしき異変」を筆者は二・二六事件ととった。

「天」の二首め、三首めは一首めと趣を異にし、青い空が描写されている穏やかな歌である。

蒼空の澄みきはまれる昼日なか光れ光れと玻璃戸をみがく
蒼空のこんなにあをい倖をみんな跣足で跳びだせ跳びだせ

吉本隆明は、短歌を論じた『写生の物語』（講談社、二〇〇〇）のなかの「明石海人の場合1」で、三首めを「平明な短歌的声調で詠まれた」短歌として、「歌人はリズムと音韻が充たされたはてに、ひとつの天上を見たのではないかおもえて、ほっとさせられるのだ」と評している。たしかに、この歌では青空は幸福の象徴とも読める。しかし、四首めから六首めまでは、先の二首とはトーンが異なり再び不穏な感じがする。

掻き剝がしかきはがすなるわが空のつひにひるまぬ蒼を悲しむ
涯もなき青空をおほふはてもなき闇がりを彫《ゑ》りて星々の棲む
ひとしきり物音絶ゆる簷《のき》をめぐり向日葵を驕らす空の黝《くろず》む

この三首で、「蒼」、「青」、「黝む」は、一首め「蒼」と同じように不安や不吉さを連想させる。四首めは空という果てしのない存在と較べて自分の有限さを悲しむという歌と解した。先の評論で、吉本はこの歌を「はてしなくひろがる晴れた日の夜空の闇に、いっぱいの星がまるで暗がりに彫られたように散らばっているという意味」にとった。この解釈に異論はない。そのうえで吉本は、「修辞的な労苦はあるといえても、ポエジーとしての意味はまったくないか、ほんの少ししかない」と評している（「明石海人の場合2」）。たしかにそうかもしれないが、ここでは「涯もなき」という修飾を受けた青空が、虚無感を感じさせることに注目しておきたい。

「天」の六首で、二首めと三首めはポジティブな意味を与えられているが、それ以外の四首ではネガティブなイメージと結びつけられている。結論を先取りすれば、「翳」においては、色彩は不穏や不安に結びつく場合が多い。

「赤」の鮮烈、「緑」の静寂

後にみる「青」や「白」と較べると、「赤」（「紅」も含む）は少なく七首に現われるに過ぎない。しかし、血の色でもある赤は、「翳」で鮮烈な印象を読む者にあたえる。「斜面」は二十一首のうち、十三首に色が現われる。青が三首、白が四首（うち一首には黄も入っている）、黄一首（この一首には白も詠まれている）だが、なかでも注目されるのは六首に出てくる赤である。

ひたぶるに若き果肉をかがやかす赤茄子畠にやすらひがたし
蟬の声のまつただなかを目醒むれば壁も畳もなまなまと赤し
狙ひよる蛇の眼もなく斬りかかる狂人《きちがひ》もなくダアリア赤し
赤茄子の落つる日なかをうつうつと海魚の肌の変色は見ぬ
まのあたり向ひの坂を這ひあがる日あしの赤さのがれられはせぬ
かたくなに忿りを孕むけだものの赤みだつ眼を刎ねかへしをり

五首めの「まのあたり」はさておき、六首中五首の「赤」は不穏であったり凶々しかったりする。一首めの「ひたぶるに」だが、四句めまでは自然の恵みを讃える結句を予想させる。しかし、その推察は「やすらひがたし」で裏切られることになる。この歌に現わされた違和感とでも呼びうる感じは、次の「蟬の声の」ではさらに強くなる。午睡から覚めた時、壁も畳もなまなましく赤く見えるというのはかなり不気味な体験ではないか。この歌には蟬という昆虫が現われるが、三首め、四首め、六首めの歌にも、それぞれ「蛇」、「海魚」、「けだもの」と動物が現われ、不穏な感じを煽りたてる。

三首めだが、結句「ダアリア赤し」を導く「狙ひよる蛇の眼」も「斬りかかる狂人《きちがひ》」も尋常でない。六首めの「刎」は「首をはねる」という字義で、怒りを孕んだ獣の眼から逃れられないということだろうか。

赤のいささかどぎつい使い方と関連しているのが、「血」が現われる歌である。

路々にむらがる銀の月夜茸蹴ちらせばどつと血しぶきぞたつ　　「軌跡」

色彩語としては「銀」が現われるだけだが、「血」は当然読者に「赤」を想起させる。月夜茸は夜青白く光る毒茸で、近年の日本での誤食性茸中毒のうちで最も多い。毒茸だと知って読むと、ずいぶん気分が悪くなる歌といえるのではないか。

新緑の夜をしらじらとしびれつつひとりこよなき血を滴らす　「翳」

「緑」はこの一首だけに現われるが、生きることが苦痛とでもいいたげな切ない歌である。「ハンゼン氏病歌人の原点――明石海人――」（「国文学　解釈と鑑賞」一九八三年第七号）で篠弘はこの歌を含む五首をあげ、次のように書いている。

美しい自然のひろがりと、苦渋にとんだ、肉体と精神が、みごとに一体化したもので、きわめて珍しい世界がくりひろげられていた。

静謐とした外界と生きる苦痛が捉えられた一首で、この「緑」は「赤」とはずいぶん異なった意味合いを持っている。

「青」の憂うつ

「翳」に現われる色のなかで最も多いのは青系統の色（青、蒼、あを）で、二十六首に詠まれている。

青はどんな色だろうか。『色彩学入門』（東京大学出版会、二〇〇九）のなかで、齋藤美穂は日本およびさまざまな国での調査にもとづいて、日本、台湾、アメリカ、ドイツ、デンマーク等々で好きな色の一位となっている青が「多くの地域で人々に最も好まれる色相」としている。さらに齋藤は、「青はタブー色となりにくい唯一の色であることが指摘されている」とも記している。千々岩英彰は、『図解世界の色彩感情事典』（河出書房新社、一九九九）で世界二十か国の学生五三七五人を対象にした調査で、日本を含めた十一か国で「さえた青紫」（千々岩のこの本の「さえた青紫」の色見本は、筆者には「青」に見える）が好きな色の第一位に選ばれたことを報告している。

色の好みと文化には関係があることはこれまで多くの論者が指摘しているが、少なくとも日本では青はポジティブな意味を担う色と考えてよさそうである。

さきに見た「天」のなかの二首、「蒼空の澄みきはまれる昼日なか光れ光れと玻璃戸をみがく」や「蒼穹のこんなにあをい倖をみんな跣足で跳びだせ跳びだせ」の他にも、「翳」には青がポジティブな意味で用いられている例はある。たとえば次の二首だ。

コロンブスがアメリカを見たのはこんな日か掌をうつ蒼い太陽　「軌跡」

簷《のき》をめぐる青葉若葉にうづもれて今朝は真白なるページを披く　「翳」

しかし、こうした歌はむしろ例外であり、「翳」で青系統の色（青、蒼、あを）は不穏、不吉といったネガティブなイメージと結びついている。

「翳」の三番めの「斜面」は二十一首一連だが、多くの色が現われる。内訳は、青三首、白三首、赤五首、黄一首で、白と黄を含むものが一首「白き手の被害妄想をのがれくる空にまつ黄なる花々尖《とが》る」である。青が出てくる三首めと五首めを読んでみよう。

飛びこめば青き斜面は消え失せてま下にひろがる屋根のなき街
わたる日のくるめき堕ちし簷ふかく青き毒魚をむしりて啖《くら》ふ

二首ともあまりよく分からない歌だが、青が全体の不吉なイメージを強めているのは確かである。「わたる日の」の歌は、毒を持つ魚を食うという点でどこかしら狂気を感じさせる。先に紹介した『前川佐美雄』のなかで、三枝昻之が『植物祭』の表現の特質の四番めとしてあげた「既成への否定意志」について論じた一節のなかで引用されている「なにゆゑに室《へや》は四角でならぬかときちがひのやうに室を見まはす」(「四角い室」)に通じるものがあると考えるのは無理があるだろうか。三枝は佐美雄の「なにゆゑに」の歌について、「世の中に対する何か抑え難くて解消し難いむしゃくしゃ」を、世間で一般的な「四角い家の形」に対して吐き出した、と述べている。海人のこの歌もそのような心の働きから生まれたように筆者には思われる。

青が禍々しい意味合いを担っている歌をもう少し見ていこう。

明暮をあだにおろかに思はねど屍となる身ぞ臭ふなる

この歌からはじまるのは、十首一連の「奈落」である。初句の「明暮」は日々の生活、結句はいずれ遺体となる自分の体は悪い臭いがするという意味ととった。「奈落」というタイトルが示すように絶望感にみちた一連で、次の二首に現われる「蒼」や「青」もネガティブな意味合いで用いられている。

空の青に眼《まなこ》を凝らすならひにも見放されつつ夜ごと眠りぬ（四首め）

こんなとき気がふれるのか蒼き空の鳴をひそめし真昼間の底（十首め）

「空の青に」は、失明が近い時の歌だろうか。光を失うことの恐怖が切実だ。一方、「こんなとき」は、第三章と第四章で紹介した海人が明石の第二楽生病院から長島愛生園に転院する際に一時的に精神に変調をきたしたことを詠んだものと思われる。

三枝は、先に引いた節で、「佐美雄の世界において〈私〉は折々に別のものに変身をするが、その変身のメインの系列は〈きちがい〉〈白痴〉〈鬼〉である」と続け、それら存在が、「世間的な尺度への反措定、強い反措定である」と述べている。狂気への予兆をはらんだこの歌は、佐美雄の『植物祭』のなかの次の歌を思い起こさせる。

苦しさにのたうちまはる気ぐるひの重なるはてやつひに死ぬべし　「苦悩の氷柱」

『白描』巻末の「作者の言葉」で、海人は次のように書いている。重要な箇所なので、少し長く引用する。

第一部白描は癩者としての生活感情を有りの儘に歌つたものである。けれど私の歌心はまだ何か物足りないものを感じてゐた。あらゆる仮装をなかぐり捨てて赤裸々な自我を思ひの儘に跳躍させたい、かういふ気持から生れたものが第二部翳で、概ね日本歌人誌に発表したものである。が、仔細に見れば此処にも現実の生活の翳が射してゐることは否むべくもない。この二つの行き方は所詮一に帰すべきものなのであらうが、私の未熟さはまだ其処に至つてゐない。

「現実の生活」とは何か。それはまさしく「第一部　白描」で描き出された「癩者」としての生活である。右にあげた「奈落」からの二首には、失明の恐怖や狂気が詠まれている。これらはまさに海人が体験したものだ。海人が自覚しているとおり、「ポエジイ短歌」を志向した「翳」にも「現実の生活の翳」が射している歌は少なくない。

たそがるる青葉若葉にいざなはれ何に堕ちゆくこの身なるべき

「翳」十七首のうちの一首である。この歌は「第一部　白描」巻頭の〈診断〉最初の一連「診断の日」のなかの、「診断を今はうたがはず春まひる癩《かたゐ》に堕《お》ちし身の影をぞ踏む」や「人間の類を逐はれて今日を見る狙仙《そせん》が猿のむげなる清さ」に近い。「青葉若葉」と「癩《かたゐ》」の対比が海人の悲哀を読む者に伝える歌である。

「錆」

霧も灯も青くよごれてまた一人我より不運なやつが生れぬ

自分よりも不幸な人間がいると言い聞かせることで、辛うじて心の平静を保とうとする虚無感は、第五章で読んだ「第一部　白描」の「慰問品」のなかの「世の中のいちばん不幸な人間より幾人目位にならむ我儕《われら》か」とつながっている。

「白」の幻想

青に次いで歌の数が多いのは白で、二十首に詠まれている。白は、さまざまな文化で純粋さ、清潔さといったポジティブな意味を担っている。例としては、花嫁の衣装、医師の白衣等々枚挙に暇がない。先に引いた千々岩の調査でも全体で四位に入っており、好まれる色であることが示されている。次の叙景歌では、白はポジティブな意味を担う。

あかつきの窗をひらけば六月の白い花びらが手のひらに降る　「暁」

しかし、白が現われる歌のなかでこれは例外で、多くは超現実的な内容が詠まれている。白が夢とかかわりを持つ六首を読んでみよう。

夜な夜なを夢に入りくる花苑の花さはにありてことごとく白し　「夜」
更くる夜のおそれを白く咲きひらき夢にはさむき花甕を巻きぬ　同
かたはらに白きけものの睡る夜のゆめに入り来てしら萩みだる　同
ある朝の白き帽子をかたむけて夢に見しれる街々を行く　「巷」
白き猫空に吸はれて野はいちめん夢に眺めしうすら日の照り　「昼」

あかつきの夢に萌えくる歯朶わらび白き卵は我を怖れぬ　「遅日」

最初の「夜」からの一首「夜な夜なを」だが、この「白」がどことなく寒い感じがするのは、夢に現われる花苑の花がすべて白だからだろうか。二首めでは白が「おそれ」とつながり、三首めでは「白きけもの」と「しら萩」が不穏をかきたて、四首めの「白き帽子」はどことなく危うい感じを醸しだしている。五首めは「白き猫」が空に吸い込まれていくという光景だ。六首めの「白い卵」が自分を怖れるという表現は、三枝が佐美雄の『植物祭』の短歌の四つの特徴として示した「自己の客体化」の手法を用いていると考えられる。

次の歌は白を幻想的に詠んだ歌の白眉と思うが、いかがだろうか。

ある朝け五層の天主は燃えおちて池心にねむる白華《びやくげ》一輪　「譚」

シュールレアリスムの絵のような光景で、この世の儚さも感じさせる一首である。

一方、次の三首は癩者としての海人の実生活にかかわってくるように思われる。

円心の一点しろく盲《めし》ひつつ狂はむとするいのちたもてり　「斜面」
われの眼のつひに見るなき世はありて昼のもなかを白萩の散る　「砌」
まんまんと湛ふる朝の此処かしこ白くにごして娑婆《しやば》がこゑあぐ　「巷」

一首めは「盲《めし》ひつつ」とあるので、眼が見えなくなってきた頃の作か。「狂はむとするいのちたもてり」という下句が痛切だ。二首めは失明した後の作だとすれば、萩が散る気配を感じているのである。あるいは、目は見えているが、自分が生きる限られた時間に対する虚無的な眼差しだろうか。いろいろ考えさせる作だ。三首めだが、筆者は自分を癩者として締め出した巷つまり世間に対する嫌悪と解した。

断絶と連続――「白描」と「翳」

篠弘によれば、『白描』出版当時「第二部　翳」を評価したのは土岐善麿（一八八五～一九八〇）ただ一人だったという（「ハンゼン氏病歌人の原点――明石海人――」「国文学 解釈と鑑賞」一九八三年第七号）。「翳」が受け入れられなかった原因を筆者なりに考えると、不治の病いとしての癩を患っていたものが多かった当時にあって「第一部　白描」の衝撃があまりにも強いものだったからではないか。

「短歌研究」に発表した海人の追悼文で、土岐は次のように論じている。

『白描』一巻によつて遺された「明石海人」の蒼白き運命は、そのまゝこの一千余首の作品の中に、芸術の「不滅なるもの」を示してゐる。第二部の「翳」のうちに、一層冷徹な、静思的な感激が、超現実的なものとなつてあらはれてゐることは、これを読みたどるものにとつても、のつぴきならぬものと共に、一種平安の情を与へることを否み難い。

（「『白描』の著者を悼む」「短歌研究」一九三九年七月号）（傍点松岡）

土岐がいう「一種平安の情」を与える歌は、確かに「翳」のなかにある。

わが指の頂にきて金花蟲《たまむし》のけはひはやがて羽根ひらきたり　「年輪」
星の座を指にかざせばそこここに散らばれる譜のみな鳴り交す　「星宿」

ミクロなレベル（一首め）とマクロなレベル（二首め）で人間と自然との交感を捉え、読む者を心穏やかにさせる歌だ。しかし、「青」や「白」を詠んだ歌の多くに見いだせる不穏、不安が「翳」の基調をなしていると考える。

塚本邦雄は、『殘花遺珠』（邑書林、一九九五）所収の「明石海人」で、「われの眼のつひに見るなき世はありて昼のもなかを白萩の散る」（「砌」）を引きつつ、次のように指摘している。

「つひに見るなき世はありて」の諦観に至るのに、作者は幾度死を考へたことだらう。それが通奏低音として、「翳」の悲調は成り立つてゐる。悼みつつ嘉《よみ》する他はない。

全く異なるように思える『白描』の「第一部　白描」と「第二部　翳」だが、つながっていることを検討してきた。今後の課題としてより詳細な分析を期したい。

エピローグ　感傷と「探求の語り」――『白描』の受容をめぐって

海人の短歌が長島愛生園の外に出るまで

出発

　海人がいつ頃短歌を作り始めたのかははっきりしない。荒波力『幾世の底より』の年譜によれば、海人が和歌山の打田に住み佐野病院に通院していた一九二八年四月に、次女が亡くなったことを妻からの手紙で知って、その死を悼む短歌二百首あまりを記したノートが存在するという。海人はそれ以降歌を作り続けていたと思われるが、詳細は明らかでない。

　第二章と第三章に記したように、海人はその後明石の第二楽生病院をへて一九三二年十一月に長島愛生園に入った。荒波は『幾世の底より』で、海人の短歌が初めて活字になったのは「短歌春秋」一九三三年十二月号で、野田青明の筆名の三首が入選したことを明らかにしている。さらに同書によれば、その後野田青明や明石青明名義での作が「短歌春秋」の一九三四年九月号まで何度か掲載されるが、すべて叙景歌や叙情歌で自らの病気について詠んだ歌はない。

　一九三一年三月最初の国立らい療養所として患者を受け入れた長島愛生園は、一九三一年十月に機関誌「愛生」を創刊する。月刊となった一九三四年六月刊行の通巻六号（四巻二号）から、海人は別のペンネームも用いつつ「愛生」に積極的に歌を載せるようになる。同誌一九三四年八月号掲載の故郷の子と亡くなった父に向けた歌十四首のなかで、海人は自分が病身であることを明らかにしている。

あが父よまさきくあれと吾《あ》も病みて眠りなき夜をひたすら祈る

「まさきくあれ」とは、「無事でいてください」という意味である。この歌以外の三首も「はかなくも病み病む我や」、「吾病めば」、「世を病めば」という句を含んでいる。

ちゝのみの父の御墓も子の墓も訪ふすべなくてわれは果つらむ

「ちゝのみの」は父にかかる枕詞である。この歌は、父や子（海人は父よりも前に次女を亡くしている）の墓に参ることができずに自分は死ぬのだろうという意味である。この十四首のなかには、子と生きて会うことはないという嘆きの歌が六首ある。

海人は、これらの短歌で、自分が病気で家族からは離れた場所で療養生活を送っており、その病気は感染性のため家族には再び会えないということを示唆しているが、癩患者であるということをはっきりと示してはいない。海人はこの姿勢で短歌を詠んでいく。

「短歌研究」デビュー

一九三二年の創刊から現在にいたるまで短歌総合誌のなかで重要な位置を占める「短歌研究」に、海人の短歌が初めて掲載されたのは一九三四年一月号の投歌欄で、北原白秋が一首（「青明」名義）採っている。その後の投歌欄では、一九三四年三月号（一首、野田青明名義で吉井勇選）、五月号（一首、野田青明名義で尾上柴舟選）、七月号（一首、野田青明名義で吉井勇選）、十一月号（一首、明石海人名義で太田水穂選）、十二月号（一首、明石海人名義で斎藤茂吉選）と順調に選ばれていく。次節で詳しく検証するが、「短歌研究」は後に海人を大きくとりあげることになる。

「癩歌人」としての海人を検討する場合、園外の人々に対していつ長島愛生園の患者だと明らかにしたかが重要だが、それは一九三五年二月号の掲載作である。「短歌研究」には投稿されてきた短歌のなかから選者の著名歌人数名が選歌し簡単な評を付して掲載する「推薦短歌」という欄があり、この号の担当者は釈迢空（一八八七〜一九五三）、石原純（一八八一〜一九四七）、窪田空穂（一八七七〜一九六七）の三人であった。

海人は「明石海人」と「目白四朗」二つの名義で投稿し、海人名義の作を迢空が選び、目白四朗名義のものを空穂が採った。迢空選は、「長病みの昼の臥しどに歩み来る妻の素足の白さすべなき」である。「推薦者の言葉」で、迢空は「明石氏の歌は、出来るだけ脂気を抜く必要があると考える。『歩みよる』『すべなき白さ』など、さうした感情はもつと沈潜させねば、其だけを興味に作つたものに見えるからである」と指摘している。これは技巧上の問題である。筆者が注目したいのは、この歌からは作者が長く病んでいること以上のこと、つまり、どんな病気なのか、どのくらい長く病んでいるのか、ということは分からないということだ。

したがって、「癩歌人」という観点からは窪田が選んだ「目白四朗」名義の四首が重要である。歌を送ってきた者のなかから三人が選ばれて、それぞれ作者が付けたタイトルとともに作品が掲載されている。目白四朗名義の短歌は次の四首である。

癩療養所に向ふ

いやはてにむづかる吾子をあやさんと作る笑顔につひに泣きたり

皇太后陛下御下賜金記念日に

そのかみの悲田施薬のおん后いまに在《ま》すかと仰ぐかしこさ
みめぐみをうけまくかしこ日の本の癩者と生《あ》れてわれ悔ゆるなし
これの世を季の世なりと誰か言ふ癩者が築くこの園を見よ

癩は当時忌み嫌われており、タイトルの「癩療養所に向ふ」に驚いた読者も少なくないと思われる。「短歌研究」誌上に「癩療養所」という言葉が現われたのは、管見の限りこれが初めてである。一首めの「いやはて」は漢字では「弥終」で、「最後」という意味であり、別れを嫌がる子供をあやす場面の歌である。

この四首のなかで重要なのは、しかし、二首めから四首めである。詞書の「皇太后陛下御下賜金記念日」から検討していこう。皇太后とはプロローグで紹介したように大正天皇の后だった貞明皇后である。貞明皇后は大正時代から「救癩」に取り組んでいた。

ここで、序章で紹介した島田尺草が下賜の直後に「大御心」という題で五首詠んだうち最初の二首を引いておきたい。

大御心

畏くも皇太后陛下には我等癩患者を哀れにおぼしめされ
昭和五年十一月十日御下賜金を賜ふ

醜《しこ》の身も生きながらへて畏《かしこ》しやけふの御沙汰に逢ひにけるかも
醜《しこ》の身は家にうとまれ遠く居れど恵みにもれぬ世はありがたし

ここには、自らを「醜《しこ》の身」と捉える意識と、「けふの御沙汰」つまり御手許金が下賜されたという「恵み」への感謝が表れており、当時のヒエラルキーが明確に示されている。

海人の「癩療養所に向ふ」の二首めに登場する「悲田施薬のおん后」とは、第四章に書いたように聖武天皇の后の光明皇后で、癩患者に救いの手を差し伸べたとされる。貞明皇后は積極的に「救癩」活動を行なっていくうちに、この光明皇后と重ね合わされるようになった。愛生園がある長島にあるもう一つの国立ハンセン病療養所邑久光明園は、光明皇后にちなんで命名されている。目白四朗すなわち海人の二首め「そのかみの悲田施薬のおん后いまに在《ま》すかと仰ぐかしこさ」は、「その昔の悲田院施薬院の皇后が今おられるのですかと仰ぐありがたさ」という意味となり、詞書通り皇太后つまり貞明皇后讃歌となっている。

三首めは「みめぐみ」を讃える歌で、後に触れる『新万葉集』と『白描』にも収められたよく知られる歌である。四首めの「季」は「すえ」と読み、「終末」を意味する。すなわち、現在のこの世を終末と誰がいうのか、「癩者が築くこの園」すなわち長島愛生園を見よ、という意味になる。この三首は皇后を讃えるとともに、「癩者が築く園」すなわち長島愛生園を賞揚するものとなっている。

さて、「推薦短歌」の最後には、推薦された短歌の作者たちの住所が掲載されている。「明石海人」の住所が「岡山県虫明局私函（松岡註：私書箱の意味）第一号」となっているの対して、「目白四朗」のそれは「岡山県長島愛生園」となっている。このことから、「目白四朗」はここに入っている患者だということが分かる。すなわち、読者に対してこれは癩患者の詠んだ癩についての歌であると明示しているのである。

「推薦の言葉」で、空穂は次のように書いている。

目白四朗氏の「癩療養所に向ふ」は、その真情と純粋さとの胸に触れ来るものがある。しかしそこに、一脈の弱きに過ぎるものを感じる。その幾分は、詞をいたはり過ぎ、臆病になつてゐる為と思はれる。これに強さが添つてくれば、いいものにならうと思ふ。

空穂のこの評の「しかしそこに」以下が、どの歌のどの句についての批評なのか明示されていない。自己の卑下に対してか、あるいは二首と三首めの貞明皇后に対する手放しの賞讃に対してなのかもしれない。筆者が注目するのは、これらの歌は臆病であり弱いので、強さがあればよりよくなるだろうという空穂の主張である。これについては、最終節で立ち戻って検討する。

目白四朗名義の「癩療養所に向ふ」のなかの「皇太后陛下御下賜金記念日に」という詞書が付さ

れている三首は、貞明皇后を讃えるだけでなく、癩患者であることを受け入れて自分が暮らす長島愛生園を賞揚するという点で、自らを「醜《しこ》の身」として貞明皇后の恵みを受けるだけの尺草作とは異なっている。

海人と目白四朗、すなわち海人の短歌が「短歌研究」の「推薦短歌」欄に掲載されたことを、長島短歌会に集う人々は祝福した。「愛生」一九三五年三月号に掲載されている「長島短歌会報」には、「明石海人氏目白四朗氏 推薦祝賀会」が開かれたことが報告されている。「明石氏の宅を拝借して開催」されたこの会では歌会も開かれ、参加者たちは自由詠（題を決めずに自由に短歌を詠む）と題詠（決められた題にしたがって詠む）で山茶花の歌を詠み、「十時過散会」している。この祝賀会には、患者だけでなく宮川量（園芸等を担当の職員：一九〇五～一九四九）、第三章と第四章に登場した医師小川正子といった病院職員も参加している。

この記事の後には、「立川先生除隊歓迎歌会」という記事があり、医師の立川昇（生没年不詳）が軍務を解かれ長島愛生園に復帰したことを祝う歌会が開かれたことが分かる。この歌会では、「火」が題に選ばれ、宮川や小川の他に林文雄（医師：一九〇〇～一九四七）、田尻敢（医師：一九〇二～一九六六）も加わり参加者「二十数人」の会となった。

ここで注目すべきは、医師を最上位、患者を最下位とする園内でのヒエラルキーとは異なる関係、短歌を詠むという点においては平等に近い関係が歌会においては成立していたということである。

海人と改造社

『新万葉集』刊行まで

改造社という出版社なくして海人は広く知られることはなかったし、『白描』が二万部を超える当時の歌集としては異例の売れ行きを示すことはなかったに違いない。山本実彦（一八八五～一九五二）が一九一九年四月に創業した改造社は、一九四四年七月末に軍部の圧力を受けて中央公論社ともども一旦解散を余儀なくされるまで、大きな社会的影響力を持った出版社だった。創業と同時に創刊した総合雑誌「改造」は、識者の論説を掲載するだけでなく、文芸にも力を入れ有名作家たちの小説を連載した。たとえば、谷崎潤一郎（一八八六～一九六五）の『卍』や志賀直哉（一八八三～一九七一）の『暗夜行路』は、「改造」の連載小説だった。一九二六年に刊行を始めた一冊一円の『現代日本文学全集』（全六十三巻）は、手軽に買うことができたため売行きがよく、いわゆる「円本ブーム」を昭和初期に引き起こした。

改造社は短詩型文学にも手を広げ、一九三二年十月に「短歌研究」、一九三四年三月には「俳句研究」を創刊する。さらに、改造社は一九三七年十二月から一九三九年六月にかけて『新万葉集』を出版するにいたる。社長の実弟山本三生《さんせい》（一八九三～没年不詳）を編纂代表としたこのアンソロジーは、本巻九巻、『補巻　総索引』、『別巻　宮廷篇』の全十一巻からなる。本巻には、六六七五人の二万六七八三首が収められているとされる。『別巻　宮廷篇』以外は、著名な歌人は五十首の自選歌、一般からは一名二十首以内で募集した短歌から選ばれた。選歌にあたった審査委員は、太田水穂、北原白秋、窪田空穂、斎藤茂吉、佐佐木信綱、釈迢空、土岐善麿、前田夕暮、与謝野晶子、尾上柴舟の十名で、当時の有力歌人たちである。明治、大正、昭和三代の『万葉集』を目指して、さまざまな社会階層の有名歌人から無名の人々の短歌を網羅しようとした壮大な事業だった。一九三七年三月に『新万葉集』の出版計画を固めた改造社は、「短歌研究」の四月号に「全日本の歌人に告ぐ・新万葉集」という折込広告を入れ、東京日日新聞や読売新聞に広告を出したという。

これに呼応して、長島愛生園の内田は「愛生」一九三七年四月号に「改造社の『新万葉集』発刊に際して全国の癩歌人に檄す」を書いている。内田は、『新万葉集』の刊行を「盛事と云ふべきである」としたうえで、患者たちに次のように呼びかけている。

癩療養所の歌壇が始まつてから既に十二年現在各療養所とも研究機関を持ち全国に約三百名の癩歌人が居り中央誌で真剣に研究してゐる人も五十名を下らない《ママ》それで出来るだけ多くの人が傑作を送つて此の新万葉集に癩短歌の一矢否数矢を射あて丶貰ひたいと願つてゐる。

次節でみるように、内田の呼びかけに応えた「癩歌人」は少なくなかった。そして、海人もその一人だったのである。

審査委員たちの選歌が終わると、改造社はただちに『新万葉集』の宣伝を開始した。社にとって非常に重要な事業であったため、第一巻の刊行開始の前に「短歌研究」誌上で二号続けて特集を組んだのである。一九三七年十一月号の「新万葉集審査の感想」では、五人の審査委員（斎藤茂吉、土岐善麿、太田水穂、前田夕暮、佐佐木信綱）たちの見解を載せているが、二人が「癩短歌」に言及している。一人めは、土岐善麿で、「癩患者、結核患者の実にすくなくないことも

（中略）作品として種々な示唆をふくむ」と述べている。

もう一人は前田夕暮（一八八三〜一九五一）で、癩短歌を非常に高く評価し「新万葉集審査所感」に次のように記している。

病気の歌と挽歌の多いのにも驚かされた。何だか三人の中一人位の割合に胸を病み癩を病む作品があらはれ、子を妻を、夫を父母を喪ひ悲しんだ歌があらはれてくる。レプラを病む人の歌は全部何十万の作品の中で、最も私を感動せしめたものが多かつた。これは作品の芸術的価値よりも、作者の直面してゐる厳粛な人生が先づ衝迫してくるのにもよる。（中略）これらは新万葉集が新しく掘り出した人生素材であり、畢竟短歌といふ短詩型が人間の本源的感情の直叙にあることを痛感せしめた。

この時点で、前田が「癩歌人」を「新万葉集が新しく掘り出した人生素材」としている点は、注目に値する。なぜなら、『新万葉集』出版開始以後、「癩短歌」、すなわち癩患者が詠んだ短歌は大きな反響を呼ぶからである。

続く十二月号では「新万葉集審査の選歌を了へて」というタイトルの特集で、尾上柴舟、釈迢空、与謝野晶子の三名の審査委員が執筆している。釈迢空は、『新万葉集』には「疾病」の歌が「多く出たことは、予想外であつた」という感想を述べる。そして「肺病の歌に、わりあひに溺れてゐる者が多いのに、癩患者の方に、真実を摑んで、其を過不足のない表現で示してゐる人が多いのは、思ひがけない事であつた」とする。

尾山篤二郎（一八八九〜一九六三）が編集し、一九一四年に岡村書店から出版された『大正一万歌集』は、春、夏、秋、冬、雑詠に分類されている。雑詠の部の「病」の項があり、斎藤茂吉ら六人の歌人の短歌が三十首ほど掲載されている。癩についての歌はないが、結核を詠んだ歌は入っている。ここから分かるのは、病気について詠んだ短歌は一九一四年から一九三七年の間にさほど増えてはいなかったということだ。

改造社は、「短歌研究」だけでなく総合雑誌「改造」でも『新万葉集』を取り上げている。「改造」一九三七年十二月号には、審査員の一人斎藤茂吉（一八八二〜一九五三）の「新万葉集」が載っている。

> 新万葉集には、専門歌人のみでなく、あらゆる階級、あらゆる職業の人の作を収録してゐる。現代のお歴々から路傍の癩者の歌までも収録してゐるといふことは、万葉集の内容とその類を等しくするもので、新万葉の名も決して不自然ではないことを示すものである。

茂吉が、『万葉集』の防人の歌のような詠み人知らずの歌を念頭に置いていたのは間違いない。茂吉は、『万葉集』は天皇から無名の人にいたるさまざまな社会階層の人々の歌を収める「国民」歌集と捉えていたのである。茂吉のこの認識が誤りであることは、品田悦一（一九五九〜）が『万葉集の発明』（新曜社、二〇〇一）のなかで的確に指摘している。しかし、『新万葉集』は茂吉の言うように当時の日本で短歌を詠んでいた人々の作品を縦断的に集めているという点で画期的であり、癩患者の歌が入ったという点も重い意味を持っていた。

『新万葉集』第一巻の衝撃

『新万葉集』最初の配本は『別巻　宮廷篇』（一九三七年十二月刊）で、皇族以外の歌を収めた巻が出版されたのは翌一九三八年一月刊行の『第一巻』からである。作者名の五十音順に編集されているため、苗字が「あ」から「う」までの歌人の歌を収めるこの『第一巻』に海人の十一首が掲載された。

「短歌研究」一九三八年三月号は、「新万葉集巻一を読む」と題した特集を組んでいる。この特集に寄せた「歌人の歌と素人の歌」で、長谷川如是閑（一八七五～一九六九）は「本巻に癩患者の歌人があるが、それはやや文学的に出来てゐる。然し私がそれを読んで泣かうとするのは、実感に訴へられてゞあるやうに思はれる」と書いている。

海人の歌を三首引用しているのは吉井勇（一八八六～一九六〇）である。吉井は「新万葉集第一巻の抒情歌」で、叙情歌を三つのカテゴリーに分け、「父性愛母性愛をうたつた、いくつかの優れたる作品」のなかで「童わが茅花ぬきてし墓どころその草丘に吾子はねむらむ」を、「肉親に対する愛情をうたつた作品」のなかで「送り来し父がかたみの綿衣さながら我に合ふがすべなさ」、そして「相聞歌」のなかで「子を守りて終らむといふ妻が言身《こと》に沁みつつなぐさまなくに」を紹介した。さらに吉井は、「その他佳作だと思つた」連作の作者として明石海人ら七名をあげたうえで、「殊に明石海人氏の歌には胸に迫つて来るものがあるのを感じた」と記している。

同じ号で、尾山篤二郎は「建国祭行進――独歩・龍之介・新万葉集」のなかで『新万葉集』について言及している。尾山は、その「アの部分を五六十頁しか読んでゐない」としたうえで、そのなかでは「何んと云つても明石海人と云ふ作家の歌が群を抜いてゐる。今度の審査に当つた人から特に癩患者の歌が傑出してゐると云ふ話を聞いたが、これを読むと如何にもと思つた」として、『新万葉集』に掲載された全十一首すべてを紹介し、「これらの歌十一首は四年程前の作になるのだが、皆哀切なる調子で、一読惻然たるものがある」と述べている。

さらに尾山は次のように絶賛している。

歌調は万葉調である。だが、実朝の万葉調でも真淵の万葉調でも元義の万葉調でもなく、大正昭和の万葉調である。従つて此点は珍しとしないが、語句がこれ程まで緊密に臻り得てゐるものは甚だ疎だから、大正昭和の万葉調中の代表的作品と云つてもい丶のである。

尾山は現在半ば忘れられた存在だが、前出の『大正一万歌集』を編集しており一九三七年当時にはすでに歌集や評論を数多く出していた影響力のある人物で、『新万葉集』の評議員でもあった。長谷川如是閑は著名な評論家である。吉井勇は現在でもよく知られている歌人だが、やはり『新万葉集』評議員を務めていた。彼らが高く評価したこともあって、海人は一躍広く知られるようになったと考えられる。

改造社のストラテジー

改造社は、『新万葉集』第一巻の海人の短歌が驚きを持って迎えられるだろうと予測していたに違いない。というのは、「短歌研究」一九三八年四月号の「新人作品」の最初に、海人の「癩」と題された五十首が掲載されているからである。篠弘は、第七章で紹介した「ハンゼン氏病歌人の原点――明石海人――」のなかで、「この思いきった起用は、いかに海人に対する関心の強かったかをあらわしている」と指摘しているが、海人に続く井戸川美和子（一九〇八～一九八一）は三十三首にとどまる。一方、尺草はこの号が出た時にはすでに亡くなっていたため、「故島田尺草」で二十五首が掲載されている。つまり、この号の「新人作品」は海人と尺草の二人の癩患者を取り上げたのだ。

この号には、東大皮膚科の教授太田正雄すなわち木下杢太郎（一八八五～一九四五）の「新万葉集のうちの癩者の歌」も載っている。太田は、「詩と宗教と、是れが病者に残された慰安であり或者に取つてはまた生命であらう」と指摘した後に、二首を引用しつつ次のように書いている。

皇太后陛下は夙に此事を御心にかけたまひ、しばしば御下賜金、御歌を下されたまうた。為政者といはず、社会の注意はこの疾患、この病者の事に集つた。殊に病者の暗い心は赫耀たる光明を得た。明石海人氏は、古朴の語を以て此感激を叙べてゐる。

そのかみの悲田施薬のおん后今も座すかとをろがみまつる
みめぐみは言はまくかしこ日の本の癩者に生れてわが悔むなし

改造社は、明石海人を大々的に売り出すようになる。さらに「短歌研究」一九三八年七月号では、「杖」の題で短歌六首、長歌「疫を生く」、十一月号には「明暮」二十首と長歌「跫音」を掲載している。また、総合雑誌の「改造」も海人を取り上げ、六月号は「鬼歯朶」六首、十月号では日記に短歌が組み合わされた「歌日記」が誌面を飾った。

海人の生前唯一の歌集『白描』が改造社から刊行されたのは、翌一九三九年二月二十三日である。この歌集はさまざまな場で取り上げられ、プロローグで書いたように二万五千部のベストセラーとなる。

これまで見てきたように、『白描』「第一部　白描」は、発病から失明を経て気管切開にいたる出来事を自然詠を織り込みながら経時的に詠んでいる。一方、「第二部　翳」の短歌は第七章で示したように前川佐美雄が率いていた「日本歌人」の影響を受けた「ポエジイ短歌」であり、第一部と作風は大きく異なっている。

塚本が「短歌考幻学」（一九六四）で示した見解、すなわち『白描』の存在理由は「第二部　翳」のみによって証明されるという見解を第七章で紹介した。『殘花遺珠』（邑書林、一九九五）所収の「明石海人」でも塚本の立場は変わらないが、この文には彼の「第一部　白描」についての所感が示されていて興味深い。

> 症状が深刻になり、それを縷述吟詠すれば、そのまま、胸を打つヒューマン・ドキュメントと銘打たれ、別格扱ひされかねない。だが實は眞の詩歌の優越性と、その事實は必ずしも一致するものではない。

たしかに塚本が言うように、「詩歌の優越性」は、感動的な「ヒューマン・ドキュメント」――本書ではそれを「探求の語り」と「混沌の語り」として捉えた――とは必ずしも一致しない。しかし、『白描』は当時の癩患者の生を私たちに伝える貴重な歌集である。そして、発売当時ベストセラーとなったことにも重要な意味がある。であれば、『白描』の存在理由は「翳」のみによって証明されるという塚本の断言に、筆者は同意しかねる。

感傷、「探求の語り」、そしてこれからの海人

感傷

『白描』は、なぜこれほどまでに好評を博したのだろうか。まず、海人の歌の上手さがその原因の一つである。長島愛生園で明石海人をさまざまな面から支援しただけでなく、序章で紹介した島田尺草を九州療養所で指導した内田守は、『島田尺草全集』巻頭の「編者の言葉」のなかで、「北條民雄、明石海人の二天才」と比較すると、尺草は「才気に乏しく天才的な感じが少いのは否めない」としている。内田は、個々の短歌の出来栄えだけでなく歌集の構成をも視野に入れてこう評価したのだと考えられる。そうであれば、内田のこの見解に筆者も同意する。

これまで見てきたように、『新万葉集』第一巻が刊行される以前から、海人は釈迢空や窪田空穂に注目されてはいた。そして、彼らの論評が掲載された「短歌研究」は海人の名を広めた。しかし、一冊の歌集として魅力がなければ、『白描』は二万五千部も売れることはなかったに違いない。その魅力を考えてみたい。

一九三九年五月号の「文藝春秋」に「歌人明石海人」を書いた三好達治（一九〇〇～一九六四）は、「新女苑」の同年四月号に載った「白描抄」を読んで初めて海人を知り、自ら『白描』を買って読んだことを冒頭で明らかにしている。三好は、海人が「冷静沈着な歌ひぶり」で癩という過酷な現

実を捉えており、それゆえこの歌集の「読後の印象感銘はために一層深沈として鋭く鮮明である」と評している。

三好は海人を「天才」と賞讃するが、短歌の技術的な面だけではなく、海人が広く受け入れられた理由も的確に指摘している。〈島の療養所〉以降の「島の日常生活闘病生活を歌つた作品」から六首をあげ、三好は次のように述べている。

> これらの感傷詠嘆の、その反省力の行届いた慎ましい意志力との、何といふ均整のとれた静かな調和であらう。

「感傷」に注目したい。そもそも「感傷」とはなんだろうか。『広辞苑 第六版』は、「感じて心をいためること。感じて悲しむこと。感じやすく、すぐ悲しんだり、さびしくなったりする心の傾向」と「感傷」を定義し、『日本国語大辞典 第二版』は、「（一）物に感じて心をいためること。また、そのさま。（二）わずかな刺激で感情が動かされる心の傾向。感じやすい心のさま」としている。本書では、「感傷」を、物事に感じ心を痛めること、すぐ悲しむ心の傾向、また、その気持ち、とする。

このように定義するならば、三好は、海人が発病して以来心を痛めたさまざまな出来事を冷静沈着に短歌に定着させているところを評価していることが分かる。この態度は、このあと説明する「探求の語り」につながるものである。

ここで、『白描』を少年時代に読んだ人物の感想に耳を傾けてみよう。岡野弘彦は、プロローグで紹介した「『昭和』短歌を読みなおす10 明石海人と渡辺直己」という座談会で海人について貴重な発言をしている。「ぼくがこの歌集のことを知ったのは中学三年のときで、たいへん話題になって、東京の発行所に直接注文しました」と述べたあと、当時は第一部に目が向いたとして、その理由を「この悲痛な運命を詠んだリアルな表現が青年の心にロマンティックな響き方をした」と語っているのである。ここでは、読者である岡野少年は、海人の「感傷」に反応して「感傷」的になったということになる。

つまり、『白描』にかかわる「感傷」には、(一) 海人の「感傷」と、(二) それが引き起こす読書の「感傷」があると考えることができる。過酷な運命を悲嘆しつつも、卑屈にならずにそれを受け入れるという海人の「感傷」が、その短歌の巧みなレトリックによって読者の「感傷」を引き起こした、と一般化できるのではないか。

「探求の語り」

第四章でフランクの病む人間の語りについての論を紹介したが、ここであらためて確認しておきたい。「病いの語り」には、(一)「回復の語り」、(二)「混沌の語り」、(三)「探求の語り」の三つがあるとフランクは説く。

(一)「回復の語り」は、「昨日私は健康であった。今日私は病気である。しかし明日には再び健康になるであろう」という基本的な筋書きを持つ。この語りは、病気になって間もない人に多く慢性病患者では少ない。

これに対し、(二)「混沌の語り」は、慢性病や死に至る病いなど治癒することのない病気となった人の語りで、「回復の語り」とは逆にプロットを欠いて混乱しているため聞くのがつらい。それは、「物語の語り手が生《ライフ》を経験していくままに語られ」、私たちがどのように「苦しみの中に取り込まれてしまうか」を語っているのである。

（三）「探求の語り」では、病める者は「苦しみに真っ向から立ち向かおうと」し、「病いを受け入れ、病いを利用（use）しようとする」。「病いは探求へとつながる旅の機会」となり、病む人は自分の言葉で自分の病いについてのそれぞれの物語を語る。この「探求の語り」は、「病む人自身の視点から語られ、混沌を隅へと追いやってしまう」のだ。

これら三つの語りは、「万華鏡の中の模様」のように、「交互に、そして反復的に語られる」ため明確に識別できるわけではない。「回復の語り」は「医療の勝利について」の語りで、医療が病気と闘って勝利を収めるのであり、病む人はその闘いには加わらない。一方、「混沌の語り」では、「苦しむ人自身の語りであり続ける」が、「その苦しみがあまりにも大きいため」、病む人はそれを筋道立てて語ることはできない。つまり、「回復の語り」でも「混沌の語り」でも、病む人は自分について十全に語ることはできないのだ。これに対して、「探求の語り」では、病む人は、自らの言葉で病気の体験を語る。フランクが三つの語りのなかで「探求の語り」を最も重視するのは、この点においてである。

「探求の語り」とは、病む者が苦しみに立ち向かい、病いを受け入れ病いを活用しようとする物語で、病む者にその人独自の物語を語る声を与える。一人の人間が癩と診断されて療養所に入り、死に近いことを意味する気管切開を受けるまでを描いた『白描』の「第一部　白描」の基調をなすのは、「探求の語り」だと筆者は考える。

しかし、「第一部　白描」のなかには「混沌の語り」も含まれる。眼の痛み、失明、気管切開と次々に海人に襲いかかる苦難のなかに否応なしに飲み込まれていくさまを描き出した歌がそれである。「探求の語り」を基調として、時に「混沌の語り」が立ち現われるというつくりになっているのだが、それが読者を『白描』「第一部　白描」に引き込んでいく力なのである。言い換えれば、「第一部　白描」では病気とともに生きる穏やかな海人と、時おり現われる病苦に翻弄されひどく不安定な海人が描写されており、そのことが私たちを魅了するのだ。

海人は癩という不治で忌み嫌われている病気を受け入れ、自分の言葉で語ることにより自らの生を立て直していった。そして、その頂点は次の歌である。

みめぐみは言はまくかしこ日の本の癩者に生《あ》れて我悔ゆるなし

読者は、過酷な運命を受容し貞明皇后に感謝しつつ生きていく癩患者の物語を『白描』の「第一部　白描」に読みとったのだ。だからこそ戦争の足音が迫ってくる時代にあって、『白描』はこれだけの読者を獲得したのだと筆者は考える。

＊　　＊　　＊

プロローグで紹介したように、二〇一二年には『明石海人歌集』が岩波文庫に入った。また、海人は二〇一六年刊の池澤夏樹個人編集『日本文学全集』（河出書房新社）のなかの『近現代詩歌』の短歌の部門を担当した穂村弘が選んだ五十人の歌人の一人となっている。海人の新たな解読が現われることを期して、筆を擱きたい。

あとがき

本書は、二〇一八年から二〇二一年にわたって「短歌研究」に連載した「光をうたった歌人――新・明石海人論」にもとづき、主に『白描』の「第一部　白描」を検討したものである。具体的には、プロローグから第六章までが右の連載に手を入れたもの、第七章は書き下ろし、エピローグは「感傷と『探求の語り』：明石海人『白描』の受容をめぐって」（「成城大学共通教育論集」第十三号、二〇二〇）を改稿したものだ。プロローグと序章は同じ意味だが、適当な言葉が見つからずこれらを用いることにした。引用した文献は本文中に明記しており、巻末に参考文献一覧を付けることはしなかった。

私が海人に関心を持ったきっかけは、池田光穂さんの『看護人類学入門』（文化書房博文社、二〇一〇）のなかの小川正子を論じた第十一章「病気と人生」を読んだことだ。小川は本書にも登場する長島愛生園の医師で、癩患者を見つけて長島愛生園へ入るよう説得するために高知や岡山を巡回した記録『小島の春』（長崎書店、一九三八）が二十二万部のベストセラーとなり一躍有名になった人物である。この本には彼女が訪問した地で詠んだ歌が鏤められており、歌文集と呼べるものとなっている。文化人類学者として医療と社会について注目してきた私は、当時の癩と短歌の関係に関心を持ち、『白描』を読むことになったのである。

本書が出版されるまでに多くの方々からお力添えをいただきました。二〇〇七年に入会して以来、佐佐木幸綱先生を始めとする短歌結社〈心の花〉の皆さまから短歌の解釈について学んできたことが糧となりました。心からお礼を申し上げます。〈心の花〉の田中薫さんからは文法についてさまざまなご教示をいただき、感謝しております。短歌結社〈りとむ〉主宰の三枝昂之さんは、出版に際してのご助言をくださいました。ありがとうございました。明石海人顕彰会の石井喜彦さんには、たいへんお世話になりました。お礼を申し上げます。

音楽学者の細川周平国際日本文化研究センター名誉教授と、文化人類学者の池田光穂大阪大学名誉教授（文末に示す戦前の癩と短歌についての研究の共同研究者でもある）の研究から大きな刺激を受けてきた。三十年来の友人である二人にはたいへん感謝しており、御礼を申し上げます。また、連載当時、昨今では絶滅危惧種の感もある文学青年の医学生としてさまざまな感想を寄せてくれて、現在は医師となっている北田晨人君、ありがとう。

連載を勧めてくださった短歌研究社の堀山和子前編集長、連載中からさまざまなご指摘やご助言をいただいた國兼秀二編集長、本を作る過程でお世話になった菊池洋美さん、感謝しております。タイトルに相応しい装幀をしてくださった岡孝治さん、ありがとうございました。

最後に、本書は日本学術振興会から科学研究費補助金をいただいた「終戦までのハンセン病患者の「臣民」化における短歌と医療の関係をめぐって」（挑戦的研究 17K18479 二〇一七年度〜二〇二二年度）の成果の一環であることを記し、謝意を表します。

二〇二二年八月　酷暑の東京にて

松岡秀明

松岡秀明《まつおか・ひであき》

一九五六年浦和市（現さいたま市）生まれ。山形大学医学部医学科卒業。東京大学大学院人文社会系研究科修了。カリフォルニア大学バークレー校博士課程修了。文化人類学博士（Ph.D. in Anthropology）。大阪大学招聘教授などを経て、現在東京大学死生学・応用倫理センター研究員。

二〇〇七年〈心の花〉に入会して作歌開始。二〇一〇年、第十回心の花賞受賞。二〇一八年、第三十六回現代短歌評論賞受賞。歌集に『病室のマトリョーシカ』（ながらみ書房、二〇一六年）がある。

検印

省略

二〇二二年十二月一日　印刷発行

天啓
――ハンセン病歌人明石海人の誕生

著　者　松《まつ》岡《おか》秀《ひで》明《あき》

発行者　國兼秀二

発行所　短歌研究社

郵便番号一一二―〇〇一三
東京都文京区音羽一―一七―一四　音羽YKビル
電　話〇三（三九四四）四八二二・四八三三
振　替〇〇一九〇―九―二四三七五番

印刷・製本　モリモト印刷株式会社

ISBN 978-4-86272-703-9 C0095